トム・ソーヤの冒険

マーク・トウェイン／作
田邊雅之／監訳
日本アニメーション／絵

★小学館ジュニア文庫★

もくじ

おもな登《とう》場《じょう》人《じん》物《ぶつ》

トム・ソーヤ

この物語《ものがたり》の主人公《しゅじんこう》。
いたずらと冒険《ぼうけん》が大好《だいす》きな男《おとこ》の子《こ》。
両親《りょうしん》を亡《な》くして、
弟《おとうと》のシッドと一緒《いっしょ》にポリー
おばさんの家《いえ》で暮《く》らす。

ハックルベリー・フィン

トムの親友《しんゆう》。
一人《ひとり》で自由気《じゆうき》ままに
暮《く》らしている。

ベッキー・サッチャー

トムが好《す》きな女《おんな》の子《こ》。
サッチャー判事《はんじ》の娘《むすめ》。

ジョー・ハーパー

トムのクラスメイトで親友《しんゆう》。

シッド

トムの弟《おとうと》。

インジャン・ジョー

正体不明《しょうたいふめい》の
村《むら》のならず者《もの》。

ポリーおばさん

トムの亡《な》くなった
お母《かあ》さんの姉《あね》。

メアリー

トムのいとこ。

ポリーおばさんの悩《なや》みの種《たね》

「トム！」

返事《へんじ》がありません。

「トム！」

やはり返事《へんじ》はありません。

「いったいあの子《こ》はどうしたんだろう。トムったら！」

ポリーおばさんは眼鏡《めがね》を下《さ》げて部屋《へや》を見渡《みわた》しました。それから今度《こんど》は眼鏡《めがね》を上《あ》げて、もう一度《いちど》、部屋《へや》を眺《なが》めました。

たかが男《おとこ》の子《こ》を探《さが》すために、眼鏡《めがね》が必要《ひつよう》になったことはほとんど、いや一度《いちど》もありません。眼鏡《めがね》をかけるのは、あくまでも「見《み》た目《め》」のためでした。実際《じっさい》に、どのくらいよく見《み》えるようになるかという点《てん》でいえば、眼鏡《めがね》についているのが二枚《にまい》のストーブのふただったとしても、あまり変《か》わりはなかったでしょう。

おばさんはちょっと困《こま》ったような様子《ようす》をしましたが、どならずに、でも周《まわ》りにある家具《かぐ》には聞《き》こえるほどの大《おお》きさの声《こえ》で言《い》いました。

「いいかい、あんたを見《み》つけたら――」

でも、最後《さいご》まで言《い》い切《き》ることはできませんでした。

おばさんはトムがベッドのところに隠《かく》れているのだと思《おも》い、ほうきでベッドの下《した》を突《つ》っつくことにしました。かがんだ姿勢《しせい》で、ぐいと力《ちから》を入《い》れて一回《いっかい》突《つ》くごとに、呼吸《こきゅう》を整《ととの》えなければならなかったのです。

けれどベッドの下《した》から飛《と》び出《だ》してきたのは猫《ねこ》だけでした。

「あの子《こ》はあたしの手《て》に負《お》えないね」

おばさんは開《あ》いているドアに近寄《ちかよ》り、外《そと》に広《ひろ》がるトマト畑《ばたけ》やアサガオが咲《さ》く庭《にわ》を眺《なが》めました。そこにもトムの姿《すがた》は、まったく見当《みあ》たりません。

ポリーおばさんは、遠《とお》くに響《ひび》くように声《こえ》を上《あ》げて叫《さけ》びます。

「おーい、トームー！」

そのとき後《うし》ろでかすかな物音《ものおと》がしました。おばさんはすばやくふりむくと、逃《に》げようとするトムの上着《うわぎ》の首元《くびもと》を、なんとかつかみました。

「ここにいたのかい！　やっぱり戸棚《とだな》の中《なか》だったんだね。そこで何《なに》をしていたんだい？」

「何《なに》もしてないよ」

「何《なに》もしていないだって！　あんたの手《て》や口《くち》を見《み》てごらんよ。そりゃあなんの跡《あと》だい？」

「知《し》らないよ、おばさん」

「あたしにはわかってるわ。ジャムよ……それをジャムっていうんだよ。ジャムに手《て》を出《だ》したら、むちで打《う》つよって、もう四十回《よんじっかい》も言《い》ったはずだよ。さあ、むちをよこしな」

むちが振《ふ》り上《あ》げられました。トムはもう逃《に》げられません。

「うわっ、おばさん、後《うし》ろを見《み》て！」

ポリーおばさんがくるりとふりむくと、その拍子《ひょうし》にふわりとスカートが広《ひろ》がります。おばさんがあわててすそを押《お》さえたすきに、トムはまんまと逃《に》げ出《だ》しました。部屋《へや》から飛《と》び出《だ》すと高《たか》い塀《へい》をよじのぼり、あっという間《ま》に塀《へい》の向《む》こう側《がわ》に姿《すがた》を消《け》しました。

あっけにとられたポリーおばさんは、優《やさ》しい声《こえ》で笑《わら》い出《だ》しました。

「まったくとんでもない子《こ》だね。あたしもあたしだ。懲《こ》りるってことを知《し》らないのかね？　こんな手《て》には、何度《なんど》もひっかかってきたじゃないか？　ばかな年寄《としよ》りは一番《いちばん》しまつが悪《わる》いよ。年《とし》をとった犬《いぬ》に新《あたら》しい芸当《げいとう》は仕込《しこ》めないって、ことわざ通《どお》りだ。

あの子《こ》は小《ちい》さな悪魔《あくま》みたいにずる賢《がしこ》いけど、そうは言《い》っても、亡《な》くなった妹《いもうと》の息子《むすこ》なんだ。むちで打《う》つ気《き》になんて、どうしたってなれないよ。

ああ神様《かみさま》、あたしはあの子《こ》をきちんとしつけられません。聖書《せいしょ》に書《か》いてあるみたいに、むちで打《う》つのをためらったら、駄々《だだ》っ子《こ》になるっていうじゃないか。

どうせ今日《きょう》の午後《ごご》も学校《がっこう》をサボるんだろうから、明日《あした》は罰《ばつ》としてお手伝《てつだ》いをさせなきゃ。土曜日《どようび》にお手伝《てつだ》いをさせるのは、そりゃあひと苦労《くろう》だよ。他《ほか》の子供《こども》たちはみんな遊《あそ》んでいるわけだからね。それにあの子《こ》は、仕事《しごと》をしたりするのが何《なに》より嫌《きら》いときてる。でも親代《おやが》わりとしての責任《せきにん》をちょっとは果《は》たさないと、あの子《こ》をだめにしちまう」

案《あん》の定《じょう》、トムは学校《がっこう》をサボって自由《じゆう》に羽《はね》を伸《の》ばしました。家《いえ》にもなかなか帰《かえ》ってきません。トムの家《いえ》に住《す》んでいる黒人《こくじん》の少年《しょうねん》ジムは、夕《ゆう》ごはんの前《まえ》に、次《つぎ》の日《ひ》に使《つか》う薪《まき》をのこぎりで切《き》ったり、火《ひ》をつけるときに使《つか》う薪《まき》を割《わ》ったりします。

トムが戻《もど》ってきたのは、ジムの仕事《しごと》を手伝《てつだ》うのにやっと間《ま》に合《あ》うような時間《じかん》でした。とはいえ実際《じっさい》には、仕事《しごと》の大半《たいはん》をジムにやらせて、自分《じぶん》は冒険《ぼうけん》の話《はなし》ばかりをしていました。トムの家《いえ》には、トムと半分血《はんぶんち》がつながっている弟《おとうと》のシッドも住《す》んでいました。シッドは自分《じぶん》に任《まか》されたたきぎ拾《ひろ》いの仕事《しごと》を、もう終《お》えていました。シッドはおとなしくて、トムのように冒険《ぼうけん》をしたり、問題《もんだい》を起《お》こしたりするような男《おとこ》の子《こ》ではありません。

晩《ばん》ごはんの間《あいだ》、トムがすきをうかがっては砂糖《さとう》をくすねていると、ポリーおばさんは何《なに》かをたくらんでいるような、意味《いみ》ありげな質問《しつもん》をしてきました。トムに本当《ほんとう》のことを白状《はくじょう》させるつもりなのです。

ポリーおばさんは、自分《じぶん》は他《ほか》の人《ひと》をわなにかけるのがうまいはずだと、ひそかにうぬぼれていました。実《じつ》は何《なに》をたくらんでいるのかは、周《まわ》りの人《ひと》に簡単《かんたん》にわかったのですが、おばさん自身《じしん》は相手《あいて》をひっかける方法《ほうほう》をいろいろ考《かんが》えるのも大好《だいす》きでした。

「トム、学校《がっこう》もけっこう暑《あつ》かったんじゃないかい?」

「うん、おばさん」

「すごく暑《あつ》かっただろう?」

「うん」

「泳《およ》ぎにいきたくならなかったかい、トム?」

トムは少《すこ》し戸惑《とまど》いました。何《なに》やら、嫌《いや》な予感《よかん》がします。でもポリーおばさんの顔色《かおいろ》をうかがっても、おばさんが何《なに》を考《かんが》えているかわからなかったので、こう答《こた》えることにしました。

「ううん……まあ、それほどじゃあなかったよ」

おばさんは片手《かたて》を伸《の》ばして、トムのシャツを触《さわ》りました。

「でも今《いま》は、そんなに暑《あつ》くないようだね」

おばさんはしめた、と思《おも》いました。トムに気《き》づかれずに、服《ふく》がぬれていないことを確《たし》かめられたからです。

トムには、おばさんの狙《ねら》いがもうわかっていました。ポリーおばさんは、トムが泳《およ》ぎにいかなかったかどうかを探《さぐ》ろうとしているのです。

そこでトムは、こんなふうに付《つ》け加《くわ》えました。

「ポンプで水《みず》をくんで、何人《なんにん》かで頭《あたま》からかぶったんだ。まだ髪《かみ》がぬれてるよ、ほら」

トムの頭《あたま》がぬれていることを見過《みす》ごしたせいで、わなをしかけそこなってしまいました。ポリーおばさんはいらいらしましたが、新《あたら》しい質問《しつもん》を思《おも》いつきました。

「ねえトム、頭《あたま》から水《みず》をかぶるだけなら、あたしがシャツの右《みぎ》と左《ひだり》の襟《えり》を縫《ぬ》いつけてあげたところを開《あ》けたりしなくてよかったんだよね？　上着《うわぎ》のボタンを外《はず》して見《み》せてごらん」

トムの顔《かお》から不安《ふあん》の色《いろ》が消《き》えました。上着《うわぎ》のボタンを外《はず》して見《み》せると、シャツの両襟《りょうえり》はしっかり縫《ぬ》いつけられたままになっています。ポリーおばさんは、トムがシャツを脱《ぬ》いだりしないように、こんな工夫《くふう》もしていたのです。

「あたしの勘違《かんちが》いだったね！　学校《がっこう》をサボって泳《およ》いだのかとばかり思《おも》っていたよ。トム、あんたは見《み》かけよりもいい子《こ》なんだね。少《すく》なくとも今回《こんかい》だけはね」

おばさんは自分《じぶん》の予想《よそう》が外《はず》れて半分《はんぶん》がっかりしましたが、トムが今回《こんかい》は言《い》いつけを守《まも》ったので、半分《はんぶん》うれしくも感《かん》じていました。

ところが、ここでシッドが告《つ》げ口《ぐち》をします。

「でもほら、おばさんが襟《えり》を縫《ぬ》ったのは白《しろ》い糸《いと》だったと思《おも》うけど、それは黒《くろ》い糸《いと》だよ」

「そうだ、あたしは白《しろ》い糸《いと》で縫《ぬ》ったんだ！　トム！」

トムは話《はなし》の残《のこ》りを最後《さいご》まで聞《き》かず、もうドアから外《そと》に逃《に》げていくところでした。

「シッド、告《つ》げ口《ぐち》なんかしやがって。今度《こんど》やっつけてやるからな！」

安全《あんぜん》な場所《ばしょ》まで逃《に》げてくると、トムは上着《うわぎ》の襟《えり》に刺《さ》してある、二本《にほん》の太《ふと》い針《はり》を確《たし》かめてみました。片方《かたほう》には白《しろ》、もう片方《かたほう》に黒《くろ》い糸《いと》を通《とお》して巻《ま》きつけてあります。トムはこっそり泳《およ》いだあと、おばさんが縫《ぬ》いつけていた襟《えり》を、自分《じぶん》でわざわざ縫《ぬ》い直《なお》していたのです。

「シッドがよけいなことを言《い》わなきゃ、おばさんは絶対《ぜったい》に気《き》づかなかったのに。頭《あたま》にくるな！　おばさんはシャツの襟《えり》を白《しろ》い糸《いと》で縫《ぬ》ったり、黒《くろ》い糸《いと》で縫《ぬ》ったりするんだ。本当《ほんとう》にどっちかに決《き》めてほしいよ……いちいち覚《おぼ》えていられないんだから。

とにかくシッドをやっつけてやる。あいつ、覚《おぼ》えてろ！」

でも二分《にふん》もたたないうちに、いらいらした気持《きも》ちはどこかに消《き》えていました。大人《おとな》たちが何《なに》か新《あたら》しいことを見《み》つけて夢中《むちゅう》になると、嫌《いや》なことを忘《わす》れてしまうのと同《おな》じです。

トムが夢中《むちゅう》になったのは、変《か》わった口笛《くちぶえ》の吹《ふ》き方《かた》でした。上《うわ》あごに舌《した》をつけて、鳥《とり》がさえずるようなメロディーを出《だ》すやり方《かた》です。

一生懸命《いっしょうけんめい》に練習《れんしゅう》してコツを覚《おぼ》えたトムは、喜《よろこ》びいっぱいで道《みち》を歩《ある》いていきました。トムは、まるで天文学者《てんもんがくしゃ》が新《あたら》しい惑星《わくせい》を発見《はっけん》したような気分《きぶん》になっていました。心《こころ》の底《そこ》から強《つよ》く、純粋《じゅんすい》な喜《よろこ》びを感《かん》じていたという点《てん》では、トムの喜《よろこ》びのほうが天文学者《てんもんがくしゃ》よりも大《おお》きかったのは確《たし》かです。

夏《なつ》の時期《じき》は、夕方《ゆうがた》になってもなかなか暗《くら》くなりません。

やがてトムは口笛《くちぶえ》を吹《ふ》くのをやめました。目《め》の前《まえ》にトムよりも少《すこ》し背《せ》の高《たか》い、見慣《みな》れぬ男《おとこ》の子《こ》が立《た》っていたのです。

大人《おとな》であれ子供《こども》であれ、あるいは男《おとこ》の子《こ》であれ女《おんな》の子《こ》であれ、よそから引《ひ》っ越《こ》してきた人《ひと》はトムが住《す》んでいる村《むら》、小《ちい》さくてみすぼらしいセントピーターズバーグ村《むら》では、すぐに注目《ちゅうもく》の的《まと》になります。しかもこの少年《しょうねん》は、きちんとした服装《ふくそう》をしていました。教会《きょうかい》に行《い》く日曜日《にちようび》でもないのにです。上品《じょうひん》な帽子《ぼうし》をかぶり、真新《まあたら》しくておしゃれな青《あお》い上着《うわぎ》を身《み》につけ、きっちりボタンまでしめています。ズボンも新《あたら》しくておしゃれで、革靴《かわぐつ》もはき、派手《はで》なネクタイまでつけていました。

見知《みし》らぬ男《おとこ》の子《こ》の都会的《とかいてき》な雰囲気《ふんいき》が、トムをイライラさせました。相手《あいて》のきれいな格好《かっこう》を見《み》つめれば見《み》つめるほど、むこうは自慢《じまん》するような態度《たいど》をとります。トムは自分《じぶん》の服《ふく》が、どんどんみすぼらしくなっていく気《き》がしました。

トムと少年《しょうねん》は、黙《だま》ったまま向《む》きあいました。にらみあいながら、円《えん》を描《えが》くようにじりじりと移動《いどう》していきます。最初《さいしょ》に口《くち》を開《ひら》いたのはトムでした。

「おまえなんかやっつけてやる」

「できるなら、やってみろよ」

「ああ、できるね」

「できないね」

「できる！」

「できない！」

気《き》まずい沈黙《ちんもく》のあと、トムが再《ふたた》び言《い》いました。

「おまえ、なんて名前《なまえ》だ？」

「おまえには関係《かんけい》ないよ」

「じゃあ、むりやり言《い》わせてやる」

「へえ、やってみなよ」

「おまえがそんなに言《い》うんなら、やってやるさ」

「そんなに、そんなに、そんなに！　さあ、どうだ？」

「おれは片手《かたて》を後《うし》ろにしばられたままだって、おまえをひっぱたくことができるんだぞ」

「へえ、やってみれば？　できるって、自分《じぶん》で言《い》ったんだから」

「ああ、やるよ。おれをばかにするならな」

「わかった、わかった……そんなふうに口《くち》ばっかりで、何《なに》もできないやつがよくいるんだ」

「頭《あたま》のいいふりをしやがって。自分《じぶん》をすごいと思《おも》ってんだろ？　変《へん》な帽子《ぼうし》！」

「とれるならとってみろよ。そんなことをしたら、誰《だれ》だってとっちめてやるぞ」

「まだ生意気《なまいき》なことを言《い》うなら頭《あたま》に石《いし》をぶつけるぞ」

「じゃあ、やってみろよ。さっきからなんで口《くち》ばっかりなんだ？　怖《こわ》いんだろ？」

「怖《こわ》くなんかないね」

「怖《こわ》がってるね」

「怖《こわ》くなんかない」

「怖《こわ》がってる」

二人《ふたり》はさらににらみ合《あ》いながら、じりじりと横《よこ》に動《うご》きます。肩《かた》が触《ふ》れあうほど近寄《ちかよ》ったところでトムが口《くち》を開《ひら》きました。

「どっかに行《い》っちゃえ」

「自分《じぶん》が行《い》けよ」

「行《い》くもんか」

「こっちだって行《い》くもんか」

二人《ふたり》は顔《かお》を真《ま》っ赤《か》にして押《お》しあったあと、注意《ちゅうい》しながらいったん下《さ》がります。ここでまたトムが言《い》いました。

「弱虫《よわむし》の子犬《こいぬ》みたいなくせに。おれの兄《にい》ちゃんに言《い》いつけてやる。おまえなんか小指《こゆび》でひとひねりだ」

「おまえの兄《にい》ちゃんなんか怖《こわ》いもんか。おれには、もっと大《おお》きな兄《にい》ちゃんがいるんだ。おまえの兄《にい》ちゃんなんか、あの塀《へい》の向《む》こうに投《な》げ飛《と》ばしてやる」（どちらも空想《くうそう》のお兄《にい》さんです）

トムは足《あし》の親指《おやゆび》で地面《じめん》に線《せん》を描《か》きました。

「この線《せん》からこっちに来《き》たら、立《た》ち上《あ》がれなくなるくらいぶん殴《なぐ》ってやる」

見知《みし》らぬ男《おとこ》の子《こ》は、すぐに線《せん》を飛《と》び越《こ》えて言《い》いました。

「ほら。自分《じぶん》で言《い》ったんだから、やってみせろよ」

「そうあせるなよ。今《いま》にみてろよ」

「やるって言《い》ったんだろう。なんでやらないんだ？」

「やるさ。二《に》セントよこしたら、いつでもやってやるさ」

相手《あいて》はポケットから大《おお》きく薄《うす》い銅貨《どうか》を二枚出《にまいだ》すと、うす笑《わら》いを浮《う》かべて差《さ》し出《だ》しました。

トムが銅貨《どうか》を地面《じめん》にたたきつけ、取《と》っ組《く》み合《あ》いが始《はじ》まりました。

二人《ふたり》とも泥《どろ》まみれになって転《ころ》げ回《まわ》り、猫《ねこ》のようにお互《たが》いをつかみあいました。一分間《いっぷんかん》、髪《かみ》や服《ふく》を引《ひ》っ張《ぱ》り、鼻《はな》を殴《なぐ》り、ひっかきあいます。

やがて、栄光《えいこう》をかけた泥《どろ》まみれの勝負《しょうぶ》の結果《けっか》がだんだん見《み》えてきました。トムは相手《あいて》に馬乗《うまの》りになってげんこつでたたき始《はじ》めます。

「参《まい》ったって言《い》え！」

相手《あいて》の男《おとこ》の子《こ》は、必死《ひっし》にもがきながら泣《な》いています。悔《くや》しくてたまらないのです。

「参《まい》ったって言《い》えよ！」

トムは殴《なぐ》り続《つづ》けます。

よその村《むら》からやってきた男《おとこ》の子《こ》が、苦《くる》しそうな声《こえ》でついに「降参《こうさん》」と言《い》ったので、トムは放《はな》してやりました。

「これでわかったか。今度《こんど》は相手《あいて》をよく見《み》たほうがいいぞ」

男《おとこ》の子《こ》は服《ふく》のほこりを払《はら》い落《お》としながら歩《ある》き出《だ》しました。すすり泣《な》きながらときどき後《うし》ろをふりかえり、「今度《こんど》おまえを見《み》つけたらどうするか覚《おぼ》えてろ」と捨《す》てぜりふを吐《は》いています。

トムは相手《あいて》をばかにしながら、すっかり上機嫌《じょうきげん》になって歩《ある》き出《だ》しました。ところが背中《せなか》を向《む》けたとたん、背中《せなか》に石《いし》をぶつけられてしまいます。

相手《あいて》は、カモシカのような速《はや》さで逃《に》げ出《だ》しました。トムは卑怯者《ひきょうもの》を追《お》いかけ、どこに住《す》んでいるのかを突《つ》き止《と》めました。しばらく門《もん》のところで「出《で》てこい」とけしかけましたが、相手《あいて》は窓《まど》の向《む》こうであかんべえをするだけで出《で》てきません。

そのうち、とうとうお母《かあ》さんが出《で》てきて、トムのことを不良《ふりょう》で、お行儀《ぎょうぎ》が悪《わる》くて、下品《げひん》な子供《こども》だとののしり、家《いえ》に帰《かえ》りなさいと命令《めいれい》してきました。

トムは仕方《しかた》なく帰《かえ》ることにしましたが、「待《ま》ち伏《ぶ》せしてやるからな」と言《い》うのを忘《わす》れませんでした。

トムが家《いえ》に着《つ》いたのは、ずいぶん遅《おそ》い時間《じかん》になってからでした。

窓《まど》からそっと忍《しの》びこむと、おばさんが待《ま》ち構《かま》えていました。

トムの服《ふく》はケンカのせいでぼろぼろになっています。それを見《み》たおばさんは、何《なに》があっても土曜日《どようび》に仕事《しごと》をさせてやると、強《つよ》く決心《けっしん》したのでした。

楽《たの》しいペンキぬり

土曜日《どようび》の朝《あさ》がやってきました。

あたりは夏《なつ》のまばゆい光《ひかり》に照《て》らされ、すべてのものは新鮮《しんせん》で、生《い》き生《い》きとしています。

そこにトムが現《あらわ》れました。ペンキ入《い》りのバケツと、長《なが》い柄《え》のついたハケを持《も》って歩道《ほどう》を歩《ある》いています。塀《へい》を見渡《みわた》したとたん、トムは憂《ゆう》うつな気分《きぶん》になってしまいました。

板《いた》でできた塀《へい》は高《たか》さが三《さん》メートルもあり、長《なが》さは三十《さんじゅう》メートルも続《つづ》いています！　うきうきとした気分《きぶん》はどこかに吹《ふ》き飛《と》びました。人生《じんせい》はむなしく、つらいものにしか思《おも》えなくなりました。

トムはため息《いき》をつきながらハケをバケツに浸《ひた》して、板《いた》を一枚《いちまい》ぬりました。もう一度《いちど》ハケをバケツに入《い》れて次《つぎ》をぬる、その繰《く》り返《かえ》しです。

白《しろ》くぬり終《お》わったわずかな部分《ぶぶん》と、これからぬらなければならない大陸《たいりく》のように広《ひろ》い部分《ぶぶん》を見比《みくら》べたトムは、がっかりしながら、座《すわ》り込《こ》んでしまいました。

そこへ、ブリキのバケツを持《も》ったジムが門《もん》から出《で》てきました。スキップしながら『バッファロー・ギャルズ』という歌《うた》を歌《うた》っています。

これまでトムは、ポンプがある村《むら》の井戸《いど》まで、水《みず》をくみにいくのを嫌《いや》がってきました。でも今《いま》は、それほど嫌《いや》な仕事《しごと》だとは思《おも》えません。井戸《いど》に行《い》けば、いつもの仲間《なかま》たちに会《あ》えるのです。そこでは男《おとこ》の子《こ》も女《おんな》の子《こ》も順番《じゅんばん》を待《ま》ちながら、のんびり休《やす》んだり、おもちゃを交換《こうかん》したり、言《い》い争《あらそ》いやケンカやおしゃべりをしているのです。

トムの家《いえ》から井戸《いど》までは、百四十《ひゃくよんじゅう》メートルほどしか離《はな》れていません。なのにジムは、いつも一時間以上《いちじかんいじょう》かけて水《みず》をくんできました。しかもたいていは、誰《だれ》かがジムを呼《よ》びにいかなくてはならないのです。

トムはそのことを思《おも》い出《だ》しました。

「やあジム。ちょっと塀《へい》をぬってくれたら、代《か》わりに水《みず》をくんであげるぜ」

ジムは首《くび》を振《ふ》ります。

「だめです、トム様《さま》。奥様《おくさま》はわたしにこうおっしゃったんです、『誰《だれ》ともおしゃべりしないで、水《みず》をくんできなさい』って。きっとトム様《さま》にペンキぬりに誘《さそ》われるだろうけど、相手《あいて》にするなと言《い》われました。塀《へい》のことは、あとで奥様《おくさま》がお調《しら》べになるって言《い》っていました」

「おばさんの言《い》うことなんか気《き》にするなよ、ジム。いつもそんなふうに言《い》うんだから。

ほら、バケツをよこしなよ……あっという間《ま》に戻《もど》ってくるから。そしたらおばさんにだってわかりゃしないよ」

「だめです、トム様《さま》。そんなことをしたら頭《あたま》を引《ひ》っこ抜《ぬ》くと言《い》われました。奥様《おくさま》だったら、本当《ほんとう》にやりますよ」

「まさか！　おばさんにできるもんか。指《ゆび》ぬき（縫《ぬ》い物《もの》をするとき、指《ゆび》にはめて使《つか》う道具《どうぐ》）をはめた手《て》で頭《あたま》をたたくだけさ。そんなの全然《ぜんぜん》怖《こわ》くないよ。

怖《こわ》いことを言《い》っておどかすけど、口《くち》で言《い》われるだけなら痛《いた》くもなんともないんだ。とにかく、おばさんを泣《な》かせたりしなきゃいいだけの話《はなし》さ。

ねえ、ジム、ビー玉《だま》をやるよ。白《しろ》いやつだぜ！」

ジムの気持《きも》ちが揺《ゆ》らぎ始《はじ》めました。

「すごい！　最高《さいこう》のビー玉《だま》ですね！　でもトム様《さま》、やっぱり奥様《おくさま》がとっても怖《こわ》いんです」

「もし塀《へい》をぬってくれたら、つま先《さき》をすりむいたところも見《み》せてやるんだけどな」

ジムも人《ひと》の子《こ》です。ついに心《こころ》を動《うご》かされたジムは、バケツを置《お》いてビー玉《だま》を受《う》け取《と》り、包帯《ほうたい》が外《はず》されたトムのつま先《さき》を夢中《むちゅう》になって眺《なが》めました。

ところが次《つぎ》の瞬間《しゅんかん》、ジムはバケツを持《も》ってお尻《しり》をひりひりさせながら、道《みち》を飛《と》ぶような勢《いきお》いでかけおりていきました。ポリーおばさんに見《み》つかったのです。

トムも再《ふたた》び、せっせと塀《へい》をぬり始《はじ》めます。一方《いっぽう》、ポリーおばさんはスリッパを持《も》って、勝《か》ち誇《ほこ》ったような顔《かお》をして家《いえ》に戻《もど》っていきました。

でも、トムの根気《こんき》は長続《ながつづ》きしませんでした。今日《きょう》やるはずだった楽《たの》しい遊《あそ》びのことを考《かんが》え始《はじ》めて、どんどん悲《かな》しい気持《きも》ちになってきたのです。

もうすぐ、休日《きゅうじつ》を満喫《まんきつ》している少年《しょうねん》たちが通《とお》りかかり、仕事《しごと》をさせられているトムをからかうに違《ちが》いありません。そう思《おも》っただけで、はらわたが煮《に》えくり返《かえ》るような気持《きも》ちになります。

そこでトムは、自分《じぶん》の宝物《たからもの》をポケットから出《だ》して調《しら》べてみました。おもちゃが少々《しょうしょう》とビー玉《だま》、それにがらくた。ペンキぬりの仕事《しごと》をちょっと代《か》わってもらえても、三十分間《さんじっぷんかん》、完全《かんぜん》に自由《じゆう》の身《み》になるにはまるで足《た》りません。

トムは仲間《なかま》の男《おとこ》の子《こ》たちを物《もの》で釣《つ》るという考《かんが》えをあきらめ、わずかな財産《ざいさん》をまたポケットにしまいました。

ところが望《のぞ》みもなくなってどんよりした気持《きも》ちになった瞬間《しゅんかん》、いいアイディアがひらめいたのです！　それはまさに素晴《すば》らしい、見事《みごと》な思《おも》いつきでした。

トムはハケを握《にぎ》ると、落《お》ち着《つ》いて塀《へい》をぬり始《はじ》めました。

まず姿《すがた》を現《あらわ》したのはベン・ロジャースでした。トムは、ベンだけにはばかにされたくないと思《おも》っていました。

ベンはとんだりはねたりしながらやってきました。これから楽《たの》しいことが起《お》きるだろうと思《おも》って、うきうきしている証拠《しょうこ》です。

ベンはリンゴをかじりながら、ときどき、メロディーをつけて長《なが》く叫《さけ》んだかと思《おも》うと、ディンドンドン、ディンドンドンと低《ひく》い声《こえ》も出《だ》しています。大《おお》きな蒸気船《じょうきせん》『ビッグ・ミズーリ号《ごう》』になったつもりなのです。

トムの近《ちか》くまで来《く》ると、『ビッグ・ミズーリ号《ごう》』はスピードを落《お》としながら大《おお》きくかじをきり、いかにも大変《たいへん》そうに停止《ていし》しました。ベンは船長《せんちょう》が命令《めいれい》を出《だ》す声《こえ》や、船《ふね》の中《なか》から聞《き》こえるベルの音《おと》をさかんに真似《まね》しています。

しかしトムは蒸気船《じょうきせん》に目《め》もくれず、ひたすら塀《へい》をぬり続《つづ》けます。ベンはしばらくトムを見《み》つめたあと、声《こえ》をかけてきました。

「よお！　大変《たいへん》だな！」

返事《へんじ》はありません。トムは今《いま》ぬったばかりの塀《へい》を芸術家《げいじゅつか》のように眺《なが》めています。そして、もう一度《いちど》同《おな》じところをそっとぬったあと、再《ふたた》びできばえを確《たし》かめました。

ベンはトムの横《よこ》に近《ちか》づいてきます。トムはリンゴが欲《ほ》しくて口《くち》からつばが出《で》てきましたが、仕事《しごと》を黙々《もくもく》と続《つづ》けました。

「調子《ちょうし》はどうだ？　仕事《しごと》をさせられてんのか？」

もう一度声《いちどこえ》をかけられたトムが、突然《とつぜん》ふりかえります。

「おお、ベン！　気《き》がつかなかったよ」

「へん、おれはこれから泳《およ》ぎにいくんだ。おまえも行《い》きたくないか？　でも、もちろん仕事《しごと》があるもんな……そうだろ？」

トムはしばらくの間《あいだ》、ベンをじっと見《み》つめてから答《こた》えました。

「仕事《しごと》ってなんのことだい？」

「それは仕事《しごと》じゃないのかよ？」

トムは再《ふたた》び塀《へい》をぬりながら、そっけなく答《こた》えました。

「まあ、そうかもしれないし、そうじゃないかもしれないな。とにかくこれはトム・ソーヤにぴったりの作業《さぎょう》なんだ」

「なんだよ、まさかそれが好《す》きだって言《い》うんじゃないだろうな？」

トムはハケを動《うご》かす手《て》を止《と》めません。

「好《す》きかって？　嫌《きら》いになる理由《りゆう》なんてないよ。子供《こども》が塀《へい》をぬらせてもらえるチャンスなんて、しょっちゅうあるわけじゃないだろう？」

これでベンの見方《みかた》はがらりと変《か》わりました。

ベンはリンゴをかじるのをやめてしまいます。トムは優雅《ゆうが》にハケを動《うご》かしながら、少《すこ》し下《さ》がって仕上《しあ》がりを確認《かくにん》し、あちこちにちょっと手《て》を加《くわ》えてからまた塀《へい》を眺《なが》めています。

トムの動作《どうさ》を見《み》つめていたベンは、さらに夢中《むちゅう》になりました。そしてついに、こう頼《たの》んだのです。

「なあトム、ちょっとおれにもぬらせてくれよ」

トムは一瞬《いっしゅん》考《かんが》えて、いいよと答《こた》えそうになりましたが、やめることにしました。

「だめ、だめ、そういうわけにはいかないよ、ベン。いいかい、ポリーおばさんは、この塀《へい》についてはすごくうるさいんだ。特《とく》にここは通《とお》りの側《そば》だから、きれいに仕上《しあ》げなきゃならないんだ」

「え、そうなのか？　なあ頼《たの》むよ、ちょっとだけやらせてくれよ。本当《ほんとう》にちょっとだけでいいから。おれがおまえなら、きっとやらせるけどな、トム」

「ベン、もちろん、おれだってやらせてあげたいよ。本当《ほんとう》にね。でもポリーおばさんはね、ジムがぬりたいって言《い》ってもやらせなかったんだ。シッドも同《おな》じさ。

代《か》わってやるわけにはいかないってことがわかるだろ？　この塀《へい》をおまえにぬらせて、もし何《なに》かがあったら……」

「ああ、わかったよ、おれも本当《ほんとう》に気《き》をつけるようにするさ。さあ、ちょっとやらせてくれよ。リンゴの芯《しん》をあげるから」

「わかった、ほら……いや、ベン、やっぱりだめだ。心配《しんぱい》だし……」

「じゃあリンゴ、全部《ぜんぶ》やるよ！」

トムは顔《かお》では渋《しぶ》りながら、でも心《こころ》の中《なか》では「しめた」と思《おも》いながらハケを渡《わた》しました。

太陽《たいよう》の下《もと》で『ビッグ・ミズーリ号《ごう》』が汗《あせ》を流《なが》しながら塀《へい》をぬっている間《あいだ》、引退《いんたい》した芸術家《げいじゅつか》のトムは、リンゴをかじりながら、他《ほか》のおめでたい少年《しょうねん》たちをつかまえる作戦《さくせん》を練《ね》りました。

候補《こうほ》は他《ほか》にいくらでもいました。次《つぎ》から次《つぎ》へとトムをからかいにやってくるのですが、結局《けっきょく》は塀《へい》をぬらされることになるのです。

ベンが疲《つか》れ果《は》ててしまうと、トムはまだ使《つか》える凧《たこ》と引《ひ》き換《か》えに、今度《こんど》はビリー・フィッシャーに塀《へい》をぬらせました。ビリーがへとへとになると、次《つぎ》はジョニー・ミラーが、死《し》んだネズミをつるして振《ふ》り回《まわ》すひもと交換《こうかん》に、ぬらせてもらうことになりました。

そんな調子《ちょうし》で、どんどん時間《じかん》が過《す》ぎていきます。トムは朝《あさ》には財産《ざいさん》なんてまったく持《も》っていなか

ったはずなのに、午後《ごご》も半《なか》ばにさしかかる頃《ころ》には、まさに億万長者《おくまんちょうじゃ》のようになっていました。

今《いま》やトムは、最初《さいしょ》に持《も》っていたがらくたの他《ほか》に、十二個《じゅうにこ》のビー玉《だま》、口琴《こうきん》という楽器《がっき》の部品《ぶひん》、透《す》かすと向《む》こうが見《み》える青《あお》いガラスビンのかけら、糸巻《いとまき》で作《つく》った大砲《たいほう》、何《なに》も開《あ》けられない鍵《かぎ》、チョークのかけら、テーブルに置《お》くビンのガラス製《せい》のふた、ブリキでできたおもちゃの兵隊《へいたい》が一人《ひとり》、おたまじゃくしが二匹《にひき》、爆竹六個《ばくちくろっこ》、片目《かため》のつぶれた子猫一匹《こねこいっぴき》、真鍮《しんちゅう》のドアノブ、犬《いぬ》の首輪《くびわ》（犬《いぬ》はついていません）、ナイフの柄《え》、オレンジの皮四切《かわよんき》れ、そして、こわれた窓枠《まどわく》を手《て》に入《い》れていました。

しかも男《おとこ》の子《こ》たちが塀《へい》をぬる間中《あいだじゅう》、トムはのんびりと楽《たの》しい時間《じかん》を過《す》ごしていました——遊《あそ》び相手《あいて》はたくさんいたからです。

おかげで塀《へい》は三回《さんかい》もぬり重《かさ》ねられました。ペンキがなくならなければ、トムはずっと塀《へい》をぬらせる代《か》わりに何《なに》かを手《て》に入《い》れ、村中《むらじゅう》の男《おとこ》の子《こ》たちを破産《はさん》させていたでしょう。

世《よ》の中《なか》って、そんなに悪《わる》いもんじゃないなと、トムは心《こころ》の中《なか》で思《おも》いました。トムは知《し》らず知《し》らずのうちに、人間《にんげん》の行動《こうどう》に関《かん》する、大《おお》きな原則《げんそく》を発見《はっけん》していました。大人《おとな》であれ子供《こども》であれ、相手《あいて》に何《なに》かをやりたいと思《おも》わせるには、わざとやりにくくすればいいのです。

恋《こい》に落《お》ちた将《しょう》軍《ぐん》トム

塀《へい》のペンキぬりを終《お》えたトムがポリーおばさんの前《まえ》に姿《すがた》を現《あらわ》しました。おばさんは奥《おく》まった居心《いごこ》地《ち》のいい部屋《へや》の、開《あ》いた窓《まど》のそばに座《すわ》っていました。部屋《へや》にはおばさん以外《いがい》、猫《ねこ》しかおらず、猫《ねこ》もおばさんのひざで眠《ねむ》っていましたうたた寝《ね》から目《め》を覚《さ》ましたおばさんは、なぜわざわざつかまりにきたのだろうと不思議《ふしぎ》に思《おも》いました。トムがとっくに仕事《しごと》を放《ほう》り出《だ》していなくなっただろうと思《おも》っていたからです。しかもトムはこんなふうに話《はな》しかけてきます。

「おばさん、もう遊《あそ》びにいってもいい？」

「もうかい？　塀《へい》はどこまでやったの？」

「全部《ぜんぶ》ぬり終《お》わったよ、おばさん」

「トム、うそをつくんじゃないよ。あたしはうそが大嫌《だいきら》いなんだ」

「うそなんかついてないよ。全部《ぜんぶ》、終《お》わったんだ」

おばさんはトムの言《い》うことを信《しん》じる気《き》になれず、自分《じぶん》の目《め》で確《たし》かめにいきました。トムが言《い》ったことの二割《にわり》でも本当《ほんとう》なら、まだましだと思《おも》っていたのです。

ところが塀《へい》はすべて白《しろ》くぬられているばかりか、ていねいに二度《にど》、三度《さんど》とぬり重《かさ》ねられています。おばさんは驚《おどろ》きのあまり、口《くち》をポカンと開《ひら》いてしまいました。

「こりゃたまげた。ペンキぬりはごまかしようがないものね。トム、おまえはその気《き》になれば仕事《しごと》ができるじゃないか」

ただしトムをほめすぎたと思《おも》ったおばさんは、こう付《つ》け加《くわ》えるのも忘《わす》れません。

「まあ、『その気《き》になる』ってことがめったにないんだけど。これじゃ遊《あそ》びにいかせないわけにはいかないね。でも、遅《おそ》くならないうちに帰《かえ》ってくるんだよ。でないと、またお仕置《しお》きだからね」

仕事《しごと》ぶりにすっかり感心《かんしん》したおばさんは、トムを戸棚《とだな》のところに連《つ》れていき、おいしそうなリンゴを一個《いっこ》選《えら》んで渡《わた》しました。ずるいことをするのではなく、きちんと努力《どりょく》をしてもらえるごほうびがどんなに尊《とうと》くて、味《あじ》もおいしく感《かん》じられるかということを説明《せつめい》しながらです。

しかしトムは、おばさんがありがたい聖書《せいしょ》の言葉《ことば》を使《つか》ってお説教《せっきょう》をしめくくっている間《あいだ》に、ドーナツを一個《いっこ》くすねるのも忘《わす》れませんでした。

トムがスキップしながら家《いえ》の外《そと》に出《で》ていくと、ちょうど弟《おとうと》のシッドが二階《にかい》の奥《おく》の部屋《へや》へ通《つう》じる外《そと》階段《かいだん》をのぼり始《はじ》めたのが見《み》えました。

周《まわ》りには手《て》ごろな土《つち》のかたまりがたくさん転《ころ》がっています。次《つぎ》の瞬間《しゅんかん》、シッドの体《からだ》には土《つち》のかたまりが次々《つぎつぎ》に命中《めいちゅう》しはじめます。

ポリーおばさんが、はっと我《われ》に返《かえ》ってシッドを助《たす》けようと思《おも》ったときには、もう手遅《ておく》れでした。トムはもう塀《へい》の向《む》こうに消《き》えています。家《いえ》には門《もん》がありましたが、すぐに外《そと》に出《で》たがるトムは、たいていの場合《ばあい》、門《もん》など通《とお》りません。

トムはせいせいした気分《きぶん》になっていました。黒《くろ》い縫《ぬ》い糸《いと》のことをおばさんに告《つ》げ口《ぐち》したシッドに、仕返《しかえ》しができたからです。

安全《あんぜん》なところまで逃《に》げたトムは、親友《しんゆう》のジョー・ハーパーと戦争《せんそう》ごっこをするために、村《むら》の広場《ひろば》に向《む》かって歩《ある》き出《だ》しました。

ただし二人《ふたり》は「将軍《しょうぐん》」だという設定《せってい》になっていたので、直接戦《ちょくせつたたか》うことはしません。戦《たたか》うのはもっと下《した》っ端《ぱ》の兵隊《へいたい》の役目《やくめ》です。トムとジョーは周《まわ》りが見下《みお》ろせるところに並《なら》んで座《すわ》り、部下《ぶか》に命令《めいれい》を出《だ》していきます。

長《なが》く激《はげ》しい「戦《たたか》い」が終《お》わり、トムの軍隊《ぐんたい》が大勝利《だいしょうり》をおさめました。二人《ふたり》は戦死《せんし》した兵隊《へいたい》を数《かぞ》えて捕虜《ほりょ》を交換《こうかん》したあと、次《つぎ》の戦争《せんそう》が起《お》きる筋書《すじが》きと、いつ戦争《せんそう》が起《お》きるのかを決《き》めました。

やがて、軍隊《ぐんたい》の兵隊《へいたい》たちが行進《こうしん》しながら帰《かえ》っていきます。トムも一人《ひとり》で家《いえ》に向《む》かいました。

ジェフ・サッチャーの家《いえ》の前《まえ》を通《とお》りかかると、庭《にわ》に初《はじ》めて見《み》かける女《おんな》の子《こ》がいました。青《あお》い目《め》のかわいい子《こ》で、長《なが》い金髪《きんぱつ》を二《ふた》つに編《あ》んでいます。夏用《なつよう》の白《しろ》いワンピースの下《した》に、刺繍《ししゅう》の入《はい》ったパンタレット（長《なが》いズボン）をはいていました。

その姿《すがた》を見《み》たとたん、大勝利《だいしょうり》をおさめたばかりの将軍《しょうぐん》トムは、あっけなく降参《こうさん》してしまいました。

それまでトムは、エイミー・ローレンスに夢中《むちゅう》になっていました。何《なん》か月《げつ》も口説《くど》き続《つづ》けて、一週間前《いっしゅうかんまえ》にようやく相手《あいて》からも告白《こくはく》してもらえたばかりです。

ところが、自分《じぶん》が世界一《せかいいち》の幸《しあわ》せ者《もの》だと思《おも》っていた期間《きかん》は、たった七日間《なのかかん》で終《お》わりました。まるで見知《みし》らぬ人《ひと》が帰《かえ》っていったときのように、エイミーは一瞬《いっしゅん》のうちに、トムの心《こころ》から消《き》えてしまったのです。

トムはこの新《あたら》しい天使《てんし》のような女《おんな》の子《こ》に夢中《むちゅう》になり、こっそり観察《かんさつ》しはじめました。

やがて相手《あいて》が自分《じぶん》に気《き》がついたことを知《し》ったトムは、自分《じぶん》ではそしらぬふりをしながら、子供《こども》じみたやり方《かた》で相手《あいて》の気《き》をひこうとします。しばらくの間《あいだ》、とんだり、はねたり、ひやりとするような軽業《かるわざ》を続《つづ》けて、自分《じぶん》を見《み》せびらかしました。

なのに、ちらっと横《よこ》を見《み》ると、女《おんな》の子《こ》が家《いえ》の中《なか》に入《はい》ろうとしているではありませんか。

トムは塀《へい》のところに行《い》ってもたれかかりながら、もう少《すこ》し庭《にわ》にいてくれたらいいのに、と嘆《なげ》きました。

次《つぎ》の瞬間《しゅんかん》、トムの顔《かお》はぱっと明《あか》るく輝《かがや》きました。家《いえ》に入《はい》る直前《ちょくぜん》、その女《おんな》の子《こ》が塀越《へいご》しにパンジーの花《はな》を投《な》げてよこしたのです。

トムはあたりを走《はし》り回《まわ》ったあと、パンジーから五十《ごじっ》センチほど離《はな》れたところで止《と》まり、額《ひたい》に手《て》をかざして、何《なに》かおもしろいものでも見《み》つけたような仕草《しぐさ》をしました。

それからわらを一本《いっぽん》つまみあげると、鼻《はな》にのせてバランスをとりはじめようとします。そのまま横《よこ》に移動《いどう》しながらじりじりとパンジーに近《ちか》づくと、はだしの足《あし》の指《ゆび》でパンジーをつかんだまま、片《かた》足《あし》でぴょんぴょんとびながら角《かど》を曲《ま》がっていきました。

でも姿《すがた》を隠《かく》したのは一瞬《いっしゅん》でした。トムはパンジーを上着《うわぎ》の内側《うちがわ》にしまいこみ、再《ふたた》び塀《へい》の前《まえ》に戻《もど》ってくると、あたりが暗《くら》くなるまで自分《じぶん》をアピールし続《つづ》けました。

少女《しょうじょ》はとうとう現《あらわ》れませんでしたが、どこかの窓《まど》のそばにいて、自分《じぶん》の気持《きも》ちに気《き》づいてくれたかもしれない。トムはそう考《かんが》えることで、少《すこ》しだけ自分《じぶん》をなぐさめました。

トムはしぶしぶ家《いえ》に帰《かえ》りましたが、頭《あたま》の中《なか》は夢《ゆめ》でいっぱいでした。

トムが夕《ゆう》ごはんの間中《あいだじゅう》はしゃいでいたので、ポリーおばさんは「いったい何《なに》にとりつかれたのかしら」と不思議《ふしぎ》に思《おも》ったほどでした。

トムはシッドに土《つち》のかたまりをぶつけたことでひどく叱《しか》られましたが、これっぽっちもしょげていないようです。それどころかおばさんの目《め》の前《まえ》で砂糖《さとう》を盗《ぬす》もうとして、手《て》をぴしゃりとたたかれました。

「おばさん、シッドのときにはたたかないじゃないか」

「そりゃあシッドは、おまえのように面倒《めんどう》をかけないからね。あたしが見張《みは》っていないと、あんたはいつも砂糖《さとう》をくすねようとするじゃないか」

やがておばさんが台所《だいどころ》に入《はい》っていくと、安心《あんしん》しきったシッドは得意《とくい》げに砂糖《さとう》が入《はい》ったつぼに手《て》を伸《の》ばしました。トムにとっては、我慢《がまん》できないほど嫌《いや》なことです。

ところがシッドは指《ゆび》を滑《すべ》らせ、つぼを落《お》として割《わ》ってしまいました。トムは有頂天《うちょうてん》になりました。あまりに喜《よろこ》んだために、よけいなことを口《くち》にせず黙《だま》っている余裕《よゆう》さえできました。

(ここは何《なに》も言《い》わないでおこう。おばさんが戻《もど》ってきてもじっと座《すわ》っていて、誰《だれ》がやったんだい?って聞《き》かれたら答《こた》えるんだ。あの優等生《ゆうとうせい》が叱《しか》られる、こんなに楽《たの》しいことはないぞ!)

トムは心《こころ》の中《なか》で、こう言《い》いきかせていました。

やがてポリーおばさんが戻《もど》ってきました。割《わ》れたつぼを見《み》るやいなや、眼鏡越《めがねご》しに怒《いか》りの稲妻《いなずま》を光《ひか》らせます。トムはあまりにうれしくて、自分《じぶん》の気持《きも》ちを抑《おさ》えるのがやっとでした。

「さあ来《き》たぞ！」

ところが心《こころ》の中《なか》でこう叫《さけ》んだ瞬間《しゅんかん》、トムは床《ゆか》の上《うえ》に大《だい》の字《じ》になっていました。おばさんはシッドではなく、トムをたたいたのです。おばさんがもう一度《いちど》たたこうと、力《ちから》を込《こ》めて手《て》を上《あ》げた瞬間《しゅんかん》、トムが叫《さけ》びました。

「待《ま》ってよ、ねえ、なんでぼくをぶつの？　つぼを割《わ》ったのはシッドだよ！」

ポリーおばさんは振《ふ》り上《あ》げた手《て》を止《と》めて、うろたえました。

トムは自分《じぶん》に対《たい》する誤解《ごかい》が解《と》けて、同情《どうじょう》してもらえるだろうと思《おも》っていました。でも、ようやく口《くち》を開《ひら》いたおばさんは、こう言《い》っただけでした。

「ふん、おまえがぶたれたってしょうがないよ。あたしが見《み》ていないときに、何《なに》か他《ほか》のいたずらをしてたに違《ちが》いないんだから」

こうは言《い》ったものの、良心《りょうしん》がとがめたおばさんは、トムに優《やさ》しい愛情《あいじょう》のある言葉《ことば》をかけたくなりました。

でも、それでは自分《じぶん》の間違《まちが》いを認《みと》めることになってしまいます。示《しめ》しがつかなくなると考《かんが》えたおばさんは、後《うし》ろめたい気持《きも》ちを抱《かか》えたまま、何《なに》も言《い》わずに家事《かじ》を続《つづ》けました。一方《いっぽう》、トムはすねて部屋《へや》のすみに座《すわ》り込《こ》み、悲《かな》しみにくれていました。でもおばさんが心《こころ》の中《なか》ではすまなく思《おも》っていることがわかっていたので、ひそかに喜《よろこ》んでもいました。

もうこうなったら、自分《じぶん》の殻《から》に閉《と》じこもり、相手《あいて》の気持《きも》ちも無視《むし》するだけです。ポリーおばさんはうっすらと目《め》に涙《なみだ》を浮《う》かべながら、時折《ときおり》、何《なに》か言《い》いたげな表情《ひょうじょう》でちらちら見《み》てきます。でもトムは気《き》づかないふりをしていました。心《こころ》の中《なか》でこんな場面《ばめん》を思《おも》い浮《う》かべていたのです。

トムは病気《びょうき》で死《し》にそうになっています。おばさんはトムの上《うえ》にかがんで「お願《ねが》い、許《ゆる》してちょうだい」と頼《たの》みますが、トムは壁《かべ》のほうを向《む》いたまま、何《なに》も言《い》わずに死《し》んでいくのです。

トムは、自分《じぶん》が川《かわ》でおぼれた場面《ばめん》も想像《そうぞう》しました。トムの遺体《いたい》が家《いえ》に運《はこ》ばれてきます。カールした髪《かみ》はびっしょりぬれていて、手《て》もぴくりとも動《うご》きません。傷《きず》ついた心《こころ》を抱《かか》えたまま、永遠《えいえん》の眠《ねむ》りについているのです。おばさんはトムに抱《だ》きつき、きっと雨《あめ》のような涙《なみだ》を流《なが》すでしょう。そして、どうぞお願《ねが》いですから、この子《こ》を返《かえ》してください、もう二度《にど》とトムにひどいことを言《い》ったりしませんからと、神様《かみさま》にお願《ねが》いするに違《ちが》いありません！

こんな場面《ばめん》をあまりにも一生懸命《いっしょうけんめい》に想像《そうぞう》していたせいで、トムは何度《なんど》もつばを飲《の》みこまなければなりませんでした。目《め》は涙《なみだ》でかすみ、まばたきすると涙《なみだ》が鼻《はな》をつたって流《なが》れます。トムは気《き》の毒《どく》な自分《じぶん》の姿《すがた》を思《おも》い描《えが》き、うっとりしていました。

ちょうどそこへ、いとこのメアリーが帰《かえ》ってきました。田舎《いなか》で一週間《いっしゅうかん》を過《す》ごしたばかりのメアリーは、家《いえ》に帰《かえ》ってきたうれしさではしゃいでいます。

でもトムにとっては目障《めざわ》りです。メアリーが明《あか》るい太陽《たいよう》のように歌《うた》いながら部屋《へや》に入《はい》ってくると、トムは逆《ぎゃく》に黒《くろ》い雲《くも》のようなどんよりとした雰囲気《ふんいき》をただよわせながら、反対側《はんたいがわ》のドアから出《で》ていきました。

トムはいつも友達《ともだち》とたむろする場所《ばしょ》ではなく、今《いま》の自分《じぶん》の気持《きも》ちにふさわしい、人《ひと》けのない寂《さび》しい場所《ばしょ》を探《さが》しました。やがて丸太《まるた》のいかだにふらふらと吸《す》い寄《よ》せられると、いかだの端《はし》に腰《こし》かけて荒涼《こうりょう》とした大《おお》きな川《かわ》を眺《なが》めました。苦《くる》しまずに、おぼれて死《し》ぬことができたらと思《おも》ったのです。

ここでトムは突然《とつぜん》、例《れい》の女《おんな》の子《こ》にもらったパンジーのことを思《おも》い出《だ》しました。上着《うわぎ》から取《と》り出《だ》してみると花《はな》はくしゃくしゃにしおれています。トムはますます悲劇的《ひげきてき》でロマンチックな想像《そうぞう》にのめり込《こ》んでいきました。

ぼくが死《し》んだことを知《し》ったら、あの子《こ》は悲《かな》しんでくれるかな？　泣《な》きながら首《くび》に腕《うで》を回《まわ》して、死《し》んだぼくをなぐさめてあげたいと思《おも》ってくれるかな？

トムは自分《じぶん》が悲劇《ひげき》の主人公《しゅじんこう》になる場面《ばめん》を何度《なんど》も想像《そうぞう》しました。さらには細《こま》かな設定《せってい》をいろいろ変《か》えながら飽《あ》きるほど考《かんが》えたあげく、ため息《いき》をつきながらようやく立《た》ち上《あ》がり、闇《やみ》の中《なか》を再《ふたた》び歩《ある》き出《だ》しました。

時間《じかん》は夜《よる》の九時半《くじはん》か十時頃《じゅうじごろ》になっていました。

トムは誰《だれ》もいない通《とお》りを歩《ある》きながら、あこがれの少女《しょうじょ》が住《す》む家《いえ》の前《まえ》までやってきました。ちょっと立《た》ち止《ど》まって耳《みみ》を澄《す》ましましたが、何《なに》も聞《き》こえてきません。二階《にかい》の窓《まど》からは、カーテン越《ご》しに薄《うす》暗《ぐら》いロウソクの光《ひかり》が見《み》えます。女神様《めがみさま》のような少女《しょうじょ》は、あそこにいるのでしょうか？

トムは塀《へい》をよじ上《のぼ》って植木《うえき》の茂《しげ》みをそっと通《とお》り抜《ぬ》けて、窓《まど》の下《した》に立《た》ちました。そして長《なが》い間《あいだ》、ドキドキしながら窓《まど》を見《み》つめると地面《じめん》にあおむけに寝転《ねころ》がり、両手《りょうて》を胸《むね》の上《うえ》で組《く》んでしおれた花《はな》を持《も》ちました。

（こうやってぼくは死《し》んでいくんだ。冷《つめ》たい世間《せけん》の中《なか》で、住《す》む家《いえ》や友達《ともだち》も、自分《じぶん》を愛《あい》していて最後《さいご》の瞬間《しゅんかん》を看取《みと》ってくれるような人《ひと》もいないまま、死《し》んでいくんだ……）

そのとき、窓《まど》が開《あ》き、場違《ばちが》いなメイドの声《こえ》が聞《き》こえました。おごそかな雰囲気《ふんいき》が台無《だいな》しになったかと思《おも》うと、さらには大量《たいりょう》の水《みず》が上《うえ》から降《ふ》りそそいできたのです。

鼻《はな》に水《みず》が入《はい》って窒息《ちっそく》しそうになった悲劇《ひげき》のヒーローは、勢《いきお》いよくとびあがりました。

ぴゅっと何《なに》かが通《とお》り過《す》ぎる音《おと》と、ぶうぶう文句《もんく》を言《い》う声《こえ》、そしてガラスの割《わ》れる音《おと》とともに、小《ちい》さなぼんやりとした人影《ひとかげ》は、塀《へい》を飛《と》び越《こ》えて暗闇《くらやみ》の中《なか》に消《き》えていきました。

日《にち》曜《よう》学《がっ》校《こう》の栄《えい》光《こう》と大《おお》恥《はじ》

静《しず》かな朝《あさ》が来《き》ました。柔《やわ》らかな太陽《たいよう》の光《ひかり》が、平和《へいわ》な村《むら》を包《つつ》んでいます。

朝《あさ》ごはんが終《お》わると、ポリーおばさんは家族全員《かぞくぜんいん》のためのお祈《いの》りをしました。聖書《せいしょ》に書《か》いてあるありがたい言葉《ことば》に、ときどき、おばさんが自分《じぶん》で考《かんが》えたと思《おも》われる言葉《ことば》が混《ま》ざります。

お祈《いの》りが終《お》わると、トムは気合《きあ》いを入《い》れて聖書《せいしょ》の暗記《あんき》を始《はじ》めました。シッドはもう何日《なんにち》も前《まえ》に暗《あん》記《き》を終《お》わらせていましたが、トムは五《いつ》つの文章《ぶんしょう》を覚《おぼ》えるのに必死《ひっし》でした。

トムが覚《おぼ》えようとしていたのは、「山上《さんじょう》の垂訓《すいくん》（山《やま》の上《うえ》でいただいた教《おし》え）」という部分《ぶぶん》です。そこを選《えら》んだのは、もっと短《みじか》いところが他《ほか》に見《み》つからなかったからです。

三十分後《さんじっぷんご》、頭《あたま》の中《なか》には、ぼんやりと聖書《せいしょ》の文章《ぶんしょう》が浮《う》かぶようになりましたが、トムにとってはそれが精《せい》いっぱいでした。聖書《せいしょ》を暗記《あんき》している間《あいだ》も、頭《あたま》の中《なか》では神様《かみさま》のことではなく、自分《じぶん》たち人間《にんげん》が住《す》んでいる世界《せかい》のことを考《かんが》えていました。まったく集中《しゅうちゅう》できずに、指《ゆび》をちょこちょこ動《うご》かし続《つづ》けていたのです。

メアリーがトムの聖書《せいしょ》を取《と》り上《あ》げて、覚《おぼ》えたところを暗唱《あんしょう》してごらんと言《い》ってみましたが、案《あん》の定《じょう》、トムはしどろもどろでした。

「心《こころ》のま、ま……えっと」

「貧《まず》しい、でしょ」

「そうだ、貧《まず》しいだ。心《こころ》の貧《まず》しい人《ひと》は……ええと」

「幸《さいわ》いである」

「幸《さいわ》いである。心《こころ》の貧《まず》しい人《ひと》は幸《さいわ》いである。て、天《てん》は……」

「天国《てんごく》は」

「天国《てんごく》だね。天《てん》の国《くに》はその人《ひと》たちのものである。悲《かな》しむ人々《ひとびと》は幸《さいわ》いである。その、その……」

「人《ひと》たちよ！」

「そうだ、人《ひと》たちだ。その人《ひと》たちは、なぐ……」

「なぐさめられん」

「その人《ひと》たちはなぐさめられん。心《こころ》の貧《まず》しい人《ひと》は幸《さいわ》いである。天国《てんごく》はその人《ひと》たちのものである。うーんと、悲《かな》しむのは人《ひと》たち、あれ、なんだっけ？　メアリー、教《おし》えてよ！　なんでそんなにいじわるをするの？」

「トムったら、あなた本当《ほんとう》に物覚《ものおぼ》えが悪《わる》いのね。わたしはいじわるしているわけじゃないのよ。そんなことしないもの。もう一回《いっかい》、自分《じぶん》で覚《おぼ》えてみなくちゃ。がっかりしないで。あなたなら覚《おぼ》えられるわ。そしたら、とってもいいものをあげる。だからがんばってみて」

「わかった！　ねえメアリー、とってもいいものって何《なに》？」

「今《いま》はそのことは考《かんが》えないで、トム。でもわたしがいいものだと言《い》うんだから、本当《ほんとう》にいいものよ」

「きっとそうだよね。わかった。じゃあもう一度《いちど》、やってみるよ」

トムはもう一回《いっかい》、挑戦《ちょうせん》することにしました。そして見事《みごと》に覚《おぼ》えきったのです。

メアリーがごほうびにくれたのは、十二《じゅうに》・五《ご》セントで買《か》った新品《しんぴん》のナイフでした。「正真正銘《しょうしんしょうめい》の本物《ほんもの》」で、信《しん》じられないほど立派《りっぱ》なものでした。

トムは、ナイフがどれだけ切《き》れるのかを試《ため》そうと、まずはタンスを削《けず》ってみようとしました。でも、ちょうどそのとき、日曜学校《にちようがっこう》に行《い》く準備《じゅんび》をしなさいと言《い》われてしまいます。

トムはメアリーに顔《かお》を洗《あら》わされ、カールした髪《かみ》をむりやりとかされ、よそゆきの服《ふく》を着《き》せられました。ボタンをあごの下《した》まできっちりとめ、シャツの大《おお》きな襟《えり》を肩《かた》まで垂《た》らし、麦《むぎ》わら帽子《ぼうし》を頭《あたま》にのせてできあがりです。

トムはきゅうくつな格好《かっこう》をするのが大嫌《だいきら》いでしたが、

「お願《ねが》いだから言《い》うことをきいてちょうだい。あなたはいい子《こ》でしょ」

とメアリーになだめられ、よく磨《みが》かれた革靴《かわぐつ》もぶつぶつ言《い》いながらはきました。

三人《さんにん》の子供《こども》たちは、教会《きょうかい》の日曜学校《にちようがっこう》へ出発《しゅっぱつ》しました。トムが大嫌《だいきら》いな場所《ばしょ》、シッドとメアリーは大好《だいす》きな場所《ばしょ》です。

日曜学校《にちようがっこう》の授業《じゅぎょう》は九時《くじ》から十時半《じゅうじはん》まででした。その後《あと》はお祈《いの》りの時間《じかん》になります。

小《ちい》さな教会《きょうかい》には、高《たか》い背《せ》もたれのついた木《き》の椅子《いす》が並《なら》んでいて、三百人《さんびゃくにん》くらいが座《すわ》れるようになっていました。トムはシッドとメアリーを先《さき》に行《い》かせ、自分《じぶん》は教会《きょうかい》の入《い》り口《ぐち》のところで、友達《ともだち》が来《く》るのを待《ま》つことにしました。

「おいビリー、黄色《きいろ》の券《けん》持《も》ってるか？」

「うん」

「何《なに》となら交換《こうかん》してくれる？」

「そっちは、何《なに》を持《も》ってるんだよ？」

「リコリス（あめ）のかけらと釣《つ》り針《ばり》」

「じゃあ見《み》せて」

トムが差《さ》し出《だ》したものに満足《まんぞく》したビリーは、黄色《きいろ》い券《けん》と交換《こうかん》しました。

続《つづ》いてトムは、白《しろ》いビー玉二個《だまにこ》の代《か》わりに赤《あか》い券《けん》を三枚《さんまい》、ちょっとしたがらくたと交換《こうかん》に青《あお》い券《けん》二枚《にまい》を手《て》に入《い》れました。

さらに十分《じっぷん》か十五分間《じゅうごふんかん》、教会《きょうかい》にやってくる少年《しょうねん》をつかまえては、自分《じぶん》の宝物《たからもの》とさまざまな色《いろ》の券《けん》を交換《こうかん》してから、トムはようやく中《なか》に入《はい》りました。

席《せき》に着《つ》いたトムは、近《ちか》くにいた男《おとこ》の子《こ》とさっそくケンカを始《はじ》め、怖《こわ》い年配《ねんぱい》の先生《せんせい》に止《と》められてしまいます。しかし、いたずらは止《と》まりません。先生《せんせい》がちょっと背《せ》を向《む》けたすきに、今度《こんど》は隣《となり》の椅子《いす》に座《すわ》っていた男《おとこ》の子《こ》の髪《かみ》を引《ひ》っ張《ぱ》ります。相手《あいて》がふりむいたときには一生懸命《いっしょうけんめい》に本《ほん》を読《よ》んでいたふりをしてごまかし、それが終《お》わると、別《べつ》の男《おとこ》の子《こ》をピンで突《つ》っつきました。

トムが出席《しゅっせき》していた日曜学校《にちようがっこう》のクラスは、いつもこのように落《お》ち着《つ》きがなく、ざわざわしていました。聖書《せいしょ》をきちんと覚《おぼ》えている子供《こども》は一人《ひとり》もおらず、暗唱《あんしょう》するときには、いつも助《たす》け船《ぶね》を出《だ》してもらう羽目《はめ》になります。

それでもどうにか暗唱《あんしょう》し終《お》わると、子供《こども》たちは聖書《せいしょ》の言葉《ことば》が書《か》かれている券《けん》を、ごほうびにもらえることになっていました。

まず聖書《せいしょ》に書《か》かれている文章《ぶんしょう》を二《ふた》つ暗唱《あんしょう》すると、青《あお》い券《けん》が一枚《いちまい》もらえます。この青《あお》い券《けん》を十枚集《じゅうまいあつ》めると赤《あか》い券《けん》を一枚《いちまい》もらえ、赤《あか》い券十枚《けんじゅうまい》で黄色《きいろ》い券《けん》を一枚《いちまい》もらえます。そして黄色《きいろ》い券《けん》を十枚《じゅうまい》を集《あつ》めた生徒《せいと》は、聖書《せいしょ》がもらえることになっていました。つまり聖書《せいしょ》をもらうためには、聖書《せいしょ》の文章《ぶんしょう》を二千《にせん》も覚《おぼ》えて、暗唱《あんしょう》しなければならないのです。

おそらく読者《どくしゃ》のみなさんの中《なか》にも、こんなにたくさん覚《おぼ》えようとする人《ひと》はいないでしょう。たとえ有名《ゆうめい》な画家《がか》が描《か》いたきれいな挿絵《さしえ》が入《はい》った、豪華《ごうか》な聖書《せいしょ》をもらえるとしてもです。

ところがメアリーは二年間《にねんかん》こつこつと努力《どりょく》して、聖書《せいしょ》を二冊《にさつ》ももらっていました。ドイツ人《じん》のお父《とう》さんとお母《かあ》さんをもつ少年《しょうねん》は、なんと四冊《よんさつ》か五冊《ごさつ》ももらっていました。

あるとき、その男《おとこ》の子《こ》は文章《ぶんしょう》を三千《さんぜん》も覚《おぼ》えて一気《いっき》に暗唱《あんしょう》してみせました。ところがあまりに頭《あたま》を使《つか》いすぎたせいで、次《つぎ》の日《ひ》から様子《ようす》がおかしくなってしまいました。

これは日曜学校《にちようがっこう》の先生《せんせい》にとって、大《おお》きなショックでした。トムの言葉《ことば》を借《か》りれば、日曜学校《にちようがっこう》の先生《せんせい》は大《おお》きな行事《ぎょうじ》が行《おこな》われるたびにその子《こ》に暗唱《あんしょう》をさせて、「得意《とくい》になっていた」からです。

メアリーや、この男《おとこ》の子《こ》の例《れい》からもわかるように、こつこつ券《けん》をためて聖書《せいしょ》をもらえるのは年上《としうえ》の生徒《せいと》にかぎられていました。

おそらくトムの場合《ばあい》、聖書《せいしょ》を本気《ほんき》で欲《ほ》しいと思《おも》ったことなどは一度《いちど》もなかったでしょう。ただしみんなの前《まえ》で聖書《せいしょ》を受《う》け取《と》って目立《めだ》ちたいという気持《きも》ちだけは、ずっともっていました。

やがて日曜学校《にちようがっこう》の校長先生《こうちょうせんせい》が、生徒《せいと》にお説教《せっきょう》（聖書《せいしょ》のお話《はなし》）をするために前《まえ》に出《で》てきました。賛美歌《さんびか》の本《ほん》に、人差《ひとさ》し指《ゆび》を挟《はさ》みながらです。

これはコンサートで独唱《どくしょう》する歌手《かしゅ》の人《ひと》たちが、楽譜《がくふ》に指《ゆび》を挟《はさ》んでいるのによく似《に》ています。日曜《にちよう》学校《がっこう》の先生《せんせい》や歌《うた》い手《て》の人《ひと》たちは、実際《じっさい》には賛美歌《さんびか》の本《ほん》や楽譜《がくふ》を眺《なが》めたりしません。でも誰《だれ》もが、なんとなく指《ゆび》を挟《はさ》んでいるのです。

校長《こうちょう》のウォルターズ先生《せんせい》は三十五歳《さんじゅうごさい》のやせた男性《だんせい》で、髪《かみ》は薄《うす》い茶色《ちゃいろ》で短《みじか》く、あごには同《おな》じ色《いろ》のヤギのようなひげをはやした人物《じんぶつ》でした。

服装《ふくそう》も独特《どくとく》です。日曜学校《にちようがっこう》の先生《せんせい》たちは、襟《えり》がピンと立《た》った上着《うわぎ》を着《き》ます。でもウォルターズ先《せん》生《せい》が着《き》ている上着《うわぎ》の襟《えり》は耳《みみ》に届《とど》くほど高《たか》いので、首《くび》を横《よこ》に曲《ま》げられません。いつも正面《しょうめん》しか向《む》けないので、横《よこ》を見《み》るときには体《からだ》ごと向《む》きを変《か》えなければなりませんでした。

ウォルターズ先生《せんせい》は、とてもまじめそうな顔《かお》をしていて、性格《せいかく》もやはり誠実《せいじつ》で正直《しょうじき》でした。神聖《しんせい》なものや神聖《しんせい》な場所《ばしょ》を敬《うやま》う気持《きも》ちが強《つよ》いので、日曜学校《にちようがっこう》でお説教《せっきょう》をするときには、自分《じぶん》でも気《き》がつかないうちに、ふだんとまったく違《ちが》う奇妙《きみょう》なイントネーションになりました。

でも、お説教《せっきょう》の内容《ないよう》はありきたりでしたし、話《はなし》の最後《さいご》の三分《さんぶん》の一《いち》は誰《だれ》もあまりきちんと聞《き》いていませんでした。一部《いちぶ》の男《おとこ》の子《こ》たちは再《ふたた》びケンカや悪《わる》ふざけを始《はじ》めてしまい、落《お》ち着《つ》かない雰囲気《ふんいき》とひそひそとした話《はな》し声《ごえ》が、まじめなシッドやメアリーのところまで広《ひろ》がっていきます。

子供《こども》たちがおしゃべりを始《はじ》めたのには、大《おお》きな理由《りゆう》がありました。日曜学校《にちようがっこう》にお客《きゃく》さんが入《はい》ってきたのです。弁護士《べんごし》のサッチャー氏《し》と一緒《いっしょ》に現《あらわ》れたのは、体《からだ》の弱《よわ》ったおじいさんと、灰色《はいいろ》の髪《かみ》をした太《ふと》りぎみで堂々《どうどう》とした中年《ちゅうねん》の紳士《しんし》、その奥《おく》さんと思《おも》われる上品《じょうひん》な女性《じょせい》です。奥《おく》さんと思《おも》われる女《じょ》性《せい》は、一人《ひとり》の女《おんな》の子《こ》を連《つ》れていました。

その女《おんな》の子《こ》を見《み》るなり、トムは目立《めだ》つためにありとあらゆる努力《どりょく》を始《はじ》めました。他《ほか》の男《おとこ》の子《こ》をひっぱたいたり、髪《かみ》を引《ひ》っ張《ぱ》ったり、あっかんべえをしてみせたりしながら、女《おんな》の子《こ》に注目《ちゅうもく》してもらおうと必死《ひっし》になったのです。

とはいえトムにも、一《ひと》つだけ心《こころ》にひっかかっていることがありました。前《まえ》の晩《ばん》、その女《おんな》の子《こ》が住《す》んでいる家《いえ》の庭《にわ》で、恥《は》ずかしい思《おも》いをしたことです。でも有頂天《うちょうてん》になったトムは、嫌《いや》な記憶《きおく》をあっという間《ま》に忘《わす》れてしまいました。

お客《きゃく》さんたちは一番前《いちばんまえ》の一段高《いちだんたか》い席《せき》に座《すわ》りました。ウォルターズ先生《せんせい》はお説教《せっきょう》を終《お》えると、すぐに紹介《しょうかい》を始《はじ》めます。

堂々《どうどう》とした中年《ちゅうねん》の紳士《しんし》は、とても偉《えら》い人《ひと》だということがわかりました。地方裁判所《ちほうさいばんしょ》の判事《はんじ》さんだったのです。子供《こども》たちはこれほど立派《りっぱ》な人《ひと》を見《み》たことがなかったので、いったい、この人《ひと》の体《からだ》は何《なに》でできているのだろうと疑問《ぎもん》に思《おも》ったり、好奇心《こうきしん》と怖《こわ》いもの見《み》たさが入《い》り交《ま》じった気持《きも》ちで、どなるところを見《み》てみたいなどと思《おも》ったりしました。

その紳士《しんし》は、二十《にじっ》キロほど離《はな》れたコンスタンチノープルという町《まち》から来《き》た人《ひと》で、セントピータースバーグ村《むら》に住《す》んでいる、サッチャー弁護士《べんごし》のお兄《にい》さんであることもわかりました。生徒《せいと》のジェフ・サッチャーがすぐに前《まえ》に出《で》て、親《した》しげにあいさつをしました。彼《かれ》にとって、おじさんにあたるからです。ジェフ・サッチャーは、学校中《がっこうじゅう》の生徒《せいと》にうらやましがられました。

「あいつを見《み》ろよ、ジム！　前《まえ》に出《で》ていくぜ。ほら！　握手《あくしゅ》をするぞ。あの人《ひと》と握手《あくしゅ》しているんだ！　ちくしょう、ジェフみたいになりたいと思《おも》わないか？」

でもお客《きゃく》さんの前《まえ》で目立《めだ》ちたいと思《おも》ったのは、生徒《せいと》たちだけではありません。まずウォルターズ先生《せんせい》は、やたらと誰《だれ》かに命令《めいれい》して、手当《てあ》たり次第《しだい》に指示《しじ》を出《だ》し始《はじ》めます。図書係《としょがかり》の女性《じょせい》も、自分《じぶん》のことを知《し》ってもらおうと、本《ほん》をわきにたくさん抱《かか》えて走《はし》り回《まわ》り、早口《はやくち》でぺちゃぺちゃしゃべったりします。これは、いかにもありがちな行動《こうどう》でした。

一方《いっぽう》、若《わか》い女《おんな》の先生《せんせい》は、さっき平手打《ひらてう》ちをしたばかりの男《おとこ》の子《こ》に優《やさ》しく顔《かお》を近《ちか》づけて、いたずらをしてはだめよと、おしとやかに指《ゆび》を立《た》てて言《い》いきかせたり、行儀《ぎょうぎ》よくしている子供《こども》の頭《あたま》を、いかにも愛情《あいじょう》たっぷりになでたりします。かと思《おも》うと若《わか》い男《おとこ》の先生《せんせい》は、軽《かる》く生徒《せいと》を叱《しか》ったりしながら、自分《じぶん》がいかに偉《えら》いかを見《み》せつけようとしました。

男《おとこ》の子《こ》であれ女《おんな》の子《こ》であれ、子供《こども》たちがいろんな方法《ほうほう》で目立《めだ》とうとしたのは言《い》うまでもありません。そのため建物《たてもの》の中《なか》では丸《まる》めた紙《かみ》が飛《と》び交《か》い、そこら中《じゅう》で取《と》っ組《く》み合《あ》いをする音《おと》が聞《き》こえるようになっていました。

そんな中《なか》、例《れい》の中年《ちゅうねん》の紳士《しんし》は一番前《いちばんまえ》の席《せき》に堂々《どうどう》と座《すわ》って、いかにも大物《おおもの》らしい笑顔《えがお》をふりまいていました。自分《じぶん》のことをアピールしたがっているという意味《いみ》では、実《じつ》はこの判事《はんじ》さんも生徒《せいと》や先生《せんせい》たちとまったく同《おな》じだったのです。

ウォルターズ先生《せんせい》は、自分《じぶん》をアピールすることができて満足《まんぞく》していました。

しかし先生《せんせい》には、一《ひと》つだけやり残《のこ》していたことがありました。自分《じぶん》の日曜学校《にちようがっこう》に、聖書《せいしょ》をもらえるような優秀《ゆうしゅう》な生徒《せいと》がいることを、なんとかして見《み》せつけたいと思《おも》っていたのです。

黄色《きいろ》の券《けん》を何枚《なんまい》か持《も》っている子供《こども》はいましたが、十枚持《じゅうまいも》っている生徒《せいと》は一人《ひとり》もいません。ドイツ人《じん》を両親《りょうしん》にもつ、あの優秀《ゆうしゅう》な生徒《せいと》が元通《もとどお》りになってこの場《ば》に戻《もど》ってきてくれるなら、ウォルターズ先生《せんせい》はきっとどんなことでもしたでしょう。

お客《きゃく》さんの前《まえ》で、優秀《ゆうしゅう》な生徒《せいと》に聖書《せいしょ》を渡《わた》すことはできないようだ、先生《せんせい》がそうあきらめた瞬間《しゅんかん》、予想《よそう》もしていなかったことが起《お》きました。

トム・ソーヤが黄色《きいろ》の券《けん》と赤《あか》の券《けん》を九枚《きゅうまい》ずつ、そして青《あお》い券《けん》を十枚《じゅうまい》握《にぎ》りながら前《まえ》に出《で》てきて、聖《せい》書《しょ》をくださいと言《い》ってきたのです。

まさに青天《せいてん》のへきれきです。

この子《こ》にかぎっては、たとえ十年《じゅうねん》かかっても聖書《せいしょ》をもらえるようにはならないだろう。ウォルターズ先生《せんせい》はそう思《おも》っていました。かといって、むりやり断《ことわ》るわけにもいきません。トムは聖書《せいしょ》をもらえるだけの券《けん》を、きちんと用意《ようい》してきたのです。

こうしてトムは、判事《はんじ》さんやお客《きゃく》さんたちが座《すわ》っている壇《だん》の上《うえ》に迎《むか》えられました。

一躍《いちやく》ヒーローとなったトムは、判事《はんじ》さんと同《おな》じくらい注目《ちゅうもく》を集《あつ》めています。その様子《ようす》を見《み》ていた他《ほか》の男《おとこ》の子《こ》たちは、嫉妬《しっと》で頭《あたま》の中《なか》がいっぱいになりました。最《もっと》も悔《くや》しい思《おも》いをしたのは、トムを手《て》助《だす》けする形《かたち》になった少年《しょうねん》たちです。

そもそもトムが聖書《せいしょ》をもらえるようになったのは、塀《へい》のペンキぬりで稼《かせ》いだ財産《ざいさん》と引《ひ》き換《か》えに、券《けん》を集《あつ》めたからでした。トムに券《けん》を渡《わた》してしまった少年《しょうねん》たちは、なんて自分《じぶん》はお人《ひと》よしだったのだろうと、みんな自分《じぶん》に腹《はら》を立《た》てていました。

気持《きも》ちがすっきりしないのは、校長先生《こうちょうせんせい》も同《おな》じでした。

校長先生《こうちょうせんせい》は、トムをさかんにほめながら聖書《せいしょ》を渡《わた》そうとしました。

でも先生《せんせい》の言葉《ことば》には、なぜか実感《じっかん》がこもっていません。トムには何《なに》か後《うし》ろめたい秘密《ひみつ》があるに違《ちが》いない。直観的《ちょっかんてき》に、そう感《かん》じていたのです。

そもそもトムが、これまで聖書《せいしょ》の文章《ぶんしょう》を二千《にせん》も暗唱《あんしょう》したはずがありません。二千《にせん》どころか、せいぜい十二《じゅうに》くらい暗唱《あんしょう》しただけで、頭《あたま》の中《なか》はいっぱいになってしまうはずです。

当《とう》のトムは口《くち》もきけず、息《いき》もできないほど心臓《しんぞう》がドキドキしていました。

偉《えら》い判事《はんじ》さんの前《まえ》に出《で》て、すっかり緊張《きんちょう》してしまったせいもありますが、何《なに》よりその判事《はんじ》さんが、天使《てんし》のような女《おんな》の子《こ》のお父《とう》さんだということがわかったからです。

判事《はんじ》さんはトムの頭《あたま》に片手《かたて》をのせて、君《きみ》は優秀《ゆうしゅう》な子供《こども》だとほめてから名前《なまえ》をたずねました。トムはどぎまぎしてしまい、つかえながらふだん呼《よ》ばれている名前《なまえ》を口《くち》にしただけでした。

「トム」

「いやそうじゃない、本当《ほんとう》の名前《なまえ》は？」

「トーマス」

「よし、それでいい。たぶん、もっと長《なが》い名前《なまえ》だと思《おも》っていたんだ。でも、もう一《ひと》つの名前《なまえ》もあるはずだ。それも教《おし》えてくれるかな」

「きちんと名字《みょうじ》も名乗《なの》りなさい、トーマス」

ウォルターズ先生《せんせい》があわてて注意《ちゅうい》します。

「それと最後《さいご》に『です』をつけて、礼儀《れいぎ》正《ただ》しく答《こた》えるように」

「トーマス・ソーヤ……です」

「おお、よく言《い》った！　よくやった。子供《こども》ながら男《おとこ》らしいぞ。聖書《せいしょ》の言葉《ことば》を、二千《にせん》も暗記《あんき》するとはたいしたもんだ。これは本当《ほんとう》にものすごい数《かず》だよ。君《きみ》はこの先《さき》、苦労《くろう》して覚《おぼ》えたことを絶対《ぜったい》に後悔《こうかい》しないだろう。知識《ちしき》はこの世《よ》で一番《いちばん》価値《かち》があるものだ。知識《ちしき》があればこそ、立派《りっぱ》な大人《おとな》になれるんだ。

トーマス、君《きみ》が大人《おとな》になったときに、昔《むかし》をふりかえってきっとこう言《い》うだろうね。今《いま》の自分《じぶん》があるのは、子供《こども》の頃《ころ》に通《かよ》った素晴《すば》らしい日曜学校《にちようがっこう》での教《おし》えのおかげだ、勉強《べんきょう》を教《おし》えてくださった先生《せんせい》がたのおかげだ、自分《じぶん》を励《はげ》まし、見守《みまも》り、きれいな聖書《せいしょ》を与《あた》えてくださった校長先《こうちょうせん》生《せい》のおかげだとね。

さあ、わたしと妻《つま》に、一生懸命《いっしょうけんめい》に覚《おぼ》えた内容《ないよう》を少《すこ》し教《おし》えてくれないか。イエス・キリストの十二《じゅうに》人《にん》の弟子《でし》の名前《なまえ》は当然《とうぜん》、全部《ぜんぶ》覚《おぼ》えているだろうね。最初《さいしょ》に弟子《でし》になった二人《ふたり》は、誰《だれ》と誰《だれ》だったかな？」

トムはボタンの穴《あな》をいじりながら、きまりが悪《わる》そうな顔《かお》をしていました。頬《ほお》を赤《あか》くして、下《した》を向《む》いたままです。

ウォルターズ先生《せんせい》も、困《こま》ったことになったと感《かん》じていました。心《こころ》の中《なか》で、こんなふうにつぶやいていたのです。

(あの子《こ》は一番簡単《いちばんかんたん》な質問《しつもん》にだって答《こた》えられるはずがないんだ。なのに判事《はんじ》さんは、いったいなんで質問《しつもん》なんかしたんだろう?)

とはいえ先生《せんせい》としては、トムにこう言《い》わざるを得《え》ません。

「お答《こた》えしなさい、トーマス。怖《こわ》がらなくていいから」

それでもトムは、ぐずぐずしています。

「さあ、答《こた》えてくれるわね」

今度《こんど》は判事《はんじ》さんの奥《おく》さんが、声《こえ》をかけてきました。

「最初《さいしょ》の二人《ふたり》の弟子《でし》の名前《なまえ》は?」

「ダビデとゴリアテ!」

ダビデとゴリアテは、確《たし》かに聖書《せいしょ》に出《で》てくる人物《じんぶつ》です。でも、イエス・キリストよりもかなり前《まえ》の時代《じだい》の人《ひと》たちなので、お弟子《でし》さんになりようがないのです。

あせったトムは、自分《じぶん》が知《し》っている人《ひと》の名前《なまえ》を、あわてて口走《くちばし》っただけでした。トムがまったく聖書《せいしょ》の内容《ないよう》を覚《おぼ》えていないこと、そして、ずるいやり方《かた》で赤《あか》や青《あお》の券《けん》を集《あつ》めたことは、こうしてばれてしまいました。このあとどうなったかは、読者《どくしゃ》のみなさんのご想像《そうぞう》におまかせします。

プードルとクワガタ

十時半《じゅうじはん》になる頃《ころ》、小《ちい》さな教会《きょうかい》のひびが入《はい》った鐘《かね》が鳴《な》り出《だ》しました。日曜学校《にちようがっこう》が終《お》わり、午前《ごぜん》の礼《れい》拝《はい》のために村《むら》の人《ひと》が集《あつ》まってきます。日曜学校《にちようがっこう》の生徒《せいと》たちは教会《きょうかい》に入《はい》り、家族《かぞく》の人《ひと》と一緒《いっしょ》に席《せき》に着《つ》きました。ポリーおばさんもやってきて、トムやシッド、メアリーと並《なら》んで座《すわ》りました。トムは通路側《つうろがわ》の席《せき》に座《すわ》らされました。窓《まど》の近《ちか》くに座《すわ》らせたりしようものなら、気《き》が散《ち》って騒《さわ》ぎ始《はじ》めるのは目《め》に見《み》えているからです。

賛美歌《さんびか》が合唱《がっしょう》され、次《つぎ》には牧師《ぼくし》さんが、村《むら》で行《おこな》われる集会《しゅうかい》などの予定《よてい》を連絡《れんらく》していきます。この連絡《れんらく》は、聖書《せいしょ》に出《で》てくる「最後《さいご》の審判《しんぱん》の日《ひ》」が来《く》るまで終《お》わらないのではないかと思《おも》えるほど、延々《えんえん》と続《つづ》きました。

連絡《れんらく》も終《お》わり、ようやく礼拝《れいはい》が始《はじ》まります

最初《さいしょ》はまず教会《きょうかい》、そして教会《きょうかい》にいる子供《こども》たちのためにお祈《いの》りが捧《ささ》げられました。

次《つぎ》には村《むら》にある他《ほか》の教会《きょうかい》、村全体《むらぜんたい》、郡全体《ぐんぜんたい》、州全体《しゅうぜんたい》、州《しゅう》のお役人《やくにん》さんのために捧《ささ》げられます。牧師《ぼくし》さんがお祈《いの》りを捧《ささ》げる範囲《はんい》は、どんどん広《ひろ》がっていきます。

今度《こんど》は、アメリカという国《くに》、アメリカ中《じゅう》の教会《きょうかい》やアメリカの国会《こっかい》、大統領《だいとうりょう》、政府《せいふ》で働《はたら》く人《ひと》たちのために捧《ささ》げられ、ついには嵐《あらし》にあっている気《き》の毒《どく》な船乗《ふなの》りさん、ヨーロッパの王様《おうさま》、ひどい王様《おうさま》のせいで苦《くる》しんでいるアジアの人《ひと》たち、キリスト教《きょう》のありがたさがわからない人《ひと》たち、そして海《うみ》のかなたの遠《とお》い国々《くにぐに》にいる、別《べつ》の宗教《しゅうきょう》を信《しん》じている人《ひと》たちのためにもお祈《いの》りが捧《ささ》げられました。

牧師《ぼくし》さんは最後《さいご》にこうしめくくります。

「これからわたしが口《くち》にする言葉《ことば》が、この大地《だいち》に種《たね》のようにまかれ、神《かみ》の恵《めぐ》みをもたらしますように。アーメン」

トムはお祈《いの》りがちっとも楽《たの》しくないので、我慢《がまん》しているのがやっとでした。本当《ほんとう》に我慢《がまん》できていたかどうかさえ、あやしいところです。

お祈《いの》りの途中《とちゅう》、一匹《いっぴき》のハエがトムの前《まえ》にある椅子《いす》の背《せ》もたれにとまりました。ハエは静《しず》かに手《て》をこすったり、腕《うで》で頭《あたま》をごしごし磨《みが》いたりしながら、お化粧《けしょう》を始《はじ》めます。あまりに力《ちから》を込《こ》めて頭《あたま》を磨《みが》くので、頭《あたま》が体《からだ》から取《と》れてしまうのではないかと思《おも》えるほどでした。

頭《あたま》を磨《みが》き終《お》えたハエは、今度《こんど》は後《うし》ろ足《あし》で羽《はね》をこすり始《はじ》め、コートのすそを押《お》さえるように羽《はね》をぴたりと寝《ね》かせました。

ハエはこういうお化粧《けしょう》を、とても落《お》ち着《つ》いてやっていきました。まるで自分《じぶん》が、安全《あんぜん》な場所《ばしょ》にいることを知《し》っているようです。

確《たし》かにハエは安全《あんぜん》な場所《ばしょ》にいました。トムはハエをつかまえたくてうずうずしていましたが、そんなことはできません。お祈《いの》りの途中《とちゅう》にハエをつかまえたりしたら、すぐに地獄《じごく》におちてしまうと信《しん》じていたからです。

そこでトムは、お祈《いの》りが終《お》わるまで待《ま》つことにしました。

牧師《ぼくし》さんのお祈《いの》りが終《お》わりに近《ちか》づくと、トムは指《ゆび》を丸《まる》く曲《ま》げてそっと前《まえ》に伸《の》ばしはじめます。そして「アーメン」の言葉《ことば》が聞《き》こえた直後《ちょくご》に、ハエを見事《みごと》につかまえました。

でもハエはすぐに、再《ふたた》び自由《じゆう》に動《うご》き回《まわ》れるようになりました。トムの様子《ようす》を見《み》つめていたおばさんが、ハエを放《はな》してやりなさいと命令《めいれい》したのです。

退屈《たいくつ》なお祈《いの》りの時間《じかん》が終《お》わると、今度《こんど》はつまらないお説教《せっきょう》が始《はじ》まりました。あまりのつまらなさに誰《だれ》もが一人《ひとり》、また一人《ひとり》とうたた寝《ね》をし始《はじ》めます。

トムは、牧師《ぼくし》さんが読《よ》む聖書《せいしょ》のページをいつも数《かぞ》えていました。内容《ないよう》を覚《おぼ》えていることはほとんどありませんが、今日《きょう》は牧師《ぼくし》さんの話《はなし》にちょっとだけ興味《きょうみ》をもちました。

牧師《ぼくし》さんは、イエス・キリストがよみがえったあとの世界《せかい》の話《はなし》をしました。そこでは一人《ひとり》の子供《こども》が、ライオンと子《こ》ヤギを連《つ》れてみんなの前《まえ》を歩《ある》いていく場面《ばめん》もあるのです。

トムは自分《じぶん》がその子供《こども》の役《やく》になれば、とても目立《めだ》てるだろうと思《おも》っていました。と同時《どうじ》に、おとなしいライオンじゃないと困《こま》るな、などと勝手《かって》に考《かんが》えていました。

でも興味《きょうみ》をもったのはその部分《ぶぶん》だけで、牧師《ぼくし》さんが他《ほか》の話題《わだい》について話《はなし》を始《はじ》めると、再《ふたた》び退屈《たいくつ》でたまらなくなりました。

ところがトムは、自分《じぶん》が宝物《たからもの》を持《も》ってきていたことを思《おも》い出《だ》しました。真《ま》っ黒《くろ》で大《おお》きく、とても強《つよ》そうな角《つの》をもったクワガタです。トムは、火薬《かやく》の箱《はこ》の中《なか》に入《い》れたクワガタを「かみつき虫《むし》」と呼《よ》んでいました。

箱《はこ》を開《あ》けたとたん、クワガタはトムの指《ゆび》にかみつきました。あわてたトムが指《ゆび》ではじくと、今度《こんど》は通路《つうろ》に落《お》ちました。トムはかみつかれた指《ゆび》をなめながら、クワガタを取《と》り返《かえ》そうと思《おも》いましたが、遠《とお》くて手《て》が届《とど》きません。周《まわ》りにいる人《ひと》たちも牧師《ぼくし》さんの説教《せっきょう》にうんざりしていたので、床《ゆか》の上《うえ》であおむけになったまま、もぞもぞ動《うご》くクワガタを眺《なが》めていました。

そこへ一匹《いっぴき》のプードルが、ふらふら歩《ある》いてきました。プードルは夏《なつ》の暑《あつ》さのせいで元気《げんき》がなく、動《うご》きも鈍《にぶ》くなっています。教会《きょうかい》の中《なか》にずっと閉《と》じこめられているので、何《なに》かおもしろいことはないかと探《さが》し回《まわ》っていたのです。

クワガタを見《み》つけたプードルは喜《よろこ》びました。だらりと垂《た》れていたしっぽを上《あ》げて、急《きゅう》に勢《いきお》いよく振《ふ》り始《はじ》めます。

まずプードルは、安全《あんぜん》な距離《きょり》を保《たも》ちながらクワガタの周《まわ》りを歩《ある》き、においをかぎました。もう一周《いっしゅう》すると、今度《こんど》はもっと大胆《だいたん》に近寄《ちかよ》ってにおいをかぎ、口《くち》でそっとかんでみようとしました。

けれど、これは失敗《しっぱい》。プードルはさらにもう二回《にかい》、同《おな》じことに挑戦《ちょうせん》しましたが、だんだんクワガタとじゃれるのが楽《たの》しくなり、今度《こんど》は腹《はら》ばいになって前足《まえあし》でクワガタをつかまえようとしました。

しかしプードルはそれにも飽《あ》きて、クワガタに注意《ちゅうい》を払《はら》わなくなっていきました。

やがてプードルはうとうとし始《はじ》めました。あごが少《すこ》しずつ下《さ》がっていき、クワガタに触《さわ》った瞬間《しゅんかん》、鋭《するど》い悲鳴《ひめい》が上《あ》がりました。クワガタに挟《はさ》まれたのです。

プードルが頭《あたま》を振《ふ》ったのでクワガタは二《に》メートルほど向《む》こうに飛《と》ばされて、また床《ゆか》にあおむけに落《お》ちてもぞもぞし始《はじ》めました。

周《まわ》りで見《み》ていた人《ひと》たちは、肩《かた》を揺《ゆ》らしながら笑《わら》いをかみ殺《ころ》しました。扇《おうぎ》やハンカチで顔《かお》を隠《かく》している人《ひと》もいます。トムもすっかりうれしくなりました。

でもプードルは恥《は》ずかしそうにしていました。きっと自分《じぶん》でもそう感《かん》じていたでしょう。そこで相手《あいて》に仕返《しかえ》ししてやろうと、もう一度《いちど》クワガタに近《ちか》づいていくと、用心《ようじん》しながら攻撃《こうげき》をしかけました。クワガタの周《まわ》りを歩《ある》きながらいろいろな方向《ほうこう》から飛《と》びかかったり、すぐ近《ちか》くに前足《まえあし》をおろしたり、近《ちか》づいて歯《は》でくわえようとしたりしました。

ところがしばらくすると、プードルはクワガタに仕返《しかえ》しするのにも飽《あ》きてしまいます。最初《さいしょ》はハエを、次《つぎ》にはアリのあとを追《お》いかけ回《まわ》しましたが、どちらも長続《ながつづ》きしませんでした。ありとあらゆる遊《あそ》びに飽《あ》きたプードルは、あくびをしながらため息《いき》をつくと床《ゆか》に座《すわ》りました。クワガタがいることなどすっかり忘《わす》れて、その真上《まうえ》に座《すわ》ってしまったのです。

痛々《いたいた》しい悲鳴《ひめい》が突然《とつぜん》上《あ》がったかと思《おも》うと、プードルは教会《きょうかい》の通路《つうろ》を、前《まえ》に向《む》かって飛《と》ぶように走《はし》り始《はじ》めました。悲鳴《ひめい》を上《あ》げながら祭壇《さいだん》の前《まえ》を横切《よこぎ》り、別《べつ》の通路《つうろ》を通《とお》って後《うし》ろに戻《もど》り、今度《こんど》は入《い》り口《ぐち》を横切《よこぎ》ります。そして再《ふたた》び、最後《さいご》の直線《ちょくせん》コースに入《はい》りました。その姿《すがた》は、まるで毛玉《けだま》でできた彗星《すいせい》が、光《ひかり》の速《はや》さで同《おな》じところをぐるぐると回《まわ》っているようでした。

それでもクワガタは離《はな》れないので、死《し》にものぐるいになったプードルは飼《か》い主《ぬし》のひざに飛《と》び乗《の》ろうとしました。でも飼《か》い主《ぬし》は、プードルを窓《まど》から放《ほう》り出《だ》してしまいます。悲《かな》しそうな鳴《な》き声《ごえ》はどんどん遠《とお》ざかり、やがて遠《とお》いどこかへ消《き》えていきました。

この頃《ころ》には、教会《きょうかい》にいる誰《だれ》もが顔《かお》を真《ま》っ赤《か》にして、必死《ひっし》で笑《わら》いをこらえていました。牧師《ぼくし》さんのありがたいお説教《せっきょう》も、台無《だいな》しになっていました。お話《はなし》は続《つづ》けられましたが調子《ちょうし》がくるってしまい、おごそかな雰囲気《ふんいき》はかけらもありません。どんなにまじめな話《はなし》をしても、後《うし》ろの席《せき》からは押《お》し殺《ころ》した笑《わら》いが聞《き》こえてくるばかりです。まるで牧師《ぼくし》さんが、おかしな話《はなし》をしているようにも見《み》えました。

やがてお説教《せっきょう》は終《お》わりました。神様《かみさま》への感謝《かんしゃ》の言葉《ことば》が捧《ささ》げられると、笑《わら》いを必死《ひっし》でこらえていた人《ひと》たちはひと安心《あんしん》しました。

トムは得意《とくい》になって教会《きょうかい》から帰《かえ》っていきました。こういうおもしろいことがあると、退屈《たいくつ》な礼拝《れいはい》の時間《じかん》も、そう悪《わる》くないなと満足《まんぞく》していたのです。

でもトムには残念《ざんねん》なこともありました。クワガタがどこかに行《い》ってしまったことです。

クワガタと遊《あそ》んでもいいけど、勝手《かって》に持《も》っていくのはずるいじゃないか。トムは心《こころ》の中《なか》でプードルにぶうぶう文句《もんく》を言《い》っていました。

学《がっ》校《こう》をずる休《やす》みする方《ほう》法《ほう》

月曜日《げつようび》の朝《あさ》、トムは憂《ゆう》うつな気分《きぶん》になっていました。月曜日《げつようび》はいつもそうでした。学校《がっこう》に通《かよ》う、長《なが》くてつらい一週間《いっしゅうかん》の始《はじ》まりだからです。

トムはベッドの中《なか》で、学校《がっこう》をサボる方法《ほうほう》をあれこれ考《かんが》えてみます。最初《さいしょ》に思《おも》いついたのは、自分《じぶん》が病気《びょうき》になればいいというアイディアでした。

トムはさっそく自分《じぶん》の体《からだ》を調《しら》べました。でも具合《ぐあい》の悪《わる》いところは、まったく見《み》つかりません。もう一度《いちど》よく調《しら》べてみると、お腹《なか》のあたりが少《すこ》し痛《いた》いような気《き》がしましたが、結局《けっきょく》、痛《いた》みは消《き》えてしまいました。

学校《がっこう》をずる休《やす》みする方法《ほうほう》をさらにじっくり考《かんが》えたトムは、突然《とつぜん》あることを発見《はっけん》しました。上《うえ》の歯《は》が一本《いっぽん》、ぐらぐらしているのです。

喜《よろこ》んだトムは、苦《くる》しそうなうめき声《ごえ》を上《あ》げようとしましたが、ポリーおばさんに歯《は》を抜《ぬ》かれてしまうかもしれないという考《かんが》えが頭《あたま》をよぎりました。それでは本当《ほんとう》に痛《いた》い思《おも》いをしてしまいます。そこでトムは歯《は》のことをひとまず忘《わす》れて、他《ほか》に悪《わる》いところがないかを調《しら》べることにしました。なかなか悪《わる》いところは見《み》つかりません。しかしトムはふといいことを思《おも》い出《だ》しました。何《なに》かの病《びょう》気《き》にかかると、指《ゆび》がくさりかけて二《に》、三週間入院《さんしゅうかんにゅういん》しなければならなくなる。そんなことを、お医者《いしゃ》さんが話《はな》していたのです。

トムは、すりむいたつま先《さき》をさっそく観察《かんさつ》しました。つま先《さき》がどんなふうになっていれば入院《にゅういん》できるのかはわかりませんが、やってみる価《か》値《ち》はありそうです。そこでトムは、はりきってうめき声《ごえ》を上《あ》げはじめました。

でもシッドはぐっすり眠《ねむ》ったままです。

さらに大《おお》きなうめき声《ごえ》を上《あ》げてみると、トムはなんだか本当《ほんとう》につま先《さき》が痛《いた》くなってきたような気《き》がしましたが、それでもシッドはぴくりともしません。

声《こえ》を出《だ》し続《つづ》けたせいでトムは息《いき》が切《き》れてきました。そこで少《すこ》し休《やす》んでから派《は》手《で》なうめき声《ごえ》を上《あ》げ、最後《さいご》はいらいらしながら「シッド、おいシッド!」と揺《ゆ》さぶりました。

シッドがようやく目《め》を覚《さ》ましました。トムは再《ふたた》びうめき声《ごえ》を上《あ》げます。

シッドは体《からだ》を起《お》こして、トムをじっと見《み》つめました。

「トム、ねえ、トム!」

今度《こんど》はトムが返事《へんじ》をしなくなりました。

「ちょっとトム！　トム！　いったいどうしたの、トム？」

シッドはそう言《い》ってトムを揺《ゆ》さぶり、心配《しんぱい》そうに顔《かお》をのぞきこみました。

「ああ、やめてくれよ、シッド。揺《ゆ》さぶらないで」

「ねえ、大丈夫《だいじょうぶ》かい、トム、おばさんを呼《よ》んでこなきゃ」

「いや、いいんだ。たぶん少《すこ》しすればおさまるから。誰《だれ》も呼《よ》んだりしなくていいよ」

「でも呼《よ》んでこなきゃ！　いつからこんなふうになったの？」

「何時間《なんじかん》も前《まえ》からずっとだよ。痛《いた》っ！　揺《ゆ》さぶらないでよ、シッド。ぼくを殺《ころ》す気《き》かよ」

「なんでもっと早《はや》く起《お》こしてくれなかったの？　ああ、トム、やめてよ！　うめき声《ごえ》を聞《き》くだけでぞっとするよ。いったい、どうしちゃったんだい？」

「シッド、これまでのことは全部《ぜんぶ》許《ゆる》してやるよ。（ううう〰〰）ぼくが死《し》んだら――」

「死《し》なないよね、トム！　嫌《いや》だよトム、お願《ねが》いだから。死《し》んじゃだめだよ……たぶん――」

「ぼくはみんなのことを許《ゆる》したげるよ、シッド。（ううう〰〰）みんなにそう伝《つた》えて。それからシッド、ぼくの代《か》わりに窓枠《まどわく》と片目《かため》がつぶれた猫《ねこ》を、新《あたら》しく引《ひ》っ越《こ》してきた女《おんな》の子《こ》にあげてほしいんだ、そのときにこう言《い》って――」

シッドはもういなくなっていました。

トムは本当《ほんとう》に足《あし》が痛《いた》くなってきました。想像力《そうぞうりょく》が働《はたら》きすぎて、トムが上《あ》げるうめき声《ごえ》も、演技《えんぎ》とは思《おも》えないほど迫力《はくりょく》が出《で》てきました。

シッドは階段《かいだん》を飛《と》ぶように降《お》りると、こう言《い》いました。

「ポリーおばさん、来《き》て！　トムが死《し》んじゃうよ！」

「死《し》ぬですって！」

「そうなんだ、早《はや》く来《き》て、今《いま》すぐ！」

「ばかなことを言《い》いなさんな！　あたしは信《しん》じないよ！」

そう言《い》いながらも、おばさんは階段《かいだん》を飛《と》ぶような勢《いきお》いでかけ上《あ》がっていきます。シッドとメアリーも、そのあとを追《お》いかけました。

おばさんの顔《かお》は青《あお》ざめ、くちびるは震《ふる》えていました。やがてトムのベッドまで来《く》ると、息《いき》もたえだえになりながら呼《よ》びかけます。

「ねえトム、トムったら、いったい、どうしたんだい？」

「ああ、おばさん、ぼくは――」

「大丈夫《だいじょうぶ》かい、ねえ、どうしちまったのさ？」

「ああ、おばさん。すりむいたつま先《さき》がくさりかけてるんだよ」

おばさんはどすんと椅子《いす》に座《すわ》り込《こ》んで、少《すこ》し笑《わら》い声《ごえ》を上《あ》げました。それから涙《なみだ》を流《なが》し、今度《こんど》は泣《な》きながら笑《わら》いました。元気《げんき》を取《と》り戻《もど》したおばさんは、こう言《い》いました。

「トム、あたしになんて仕打《しう》ちをするんだい。さあ、くだらないことを言《い》ってないで、早《はや》くベッドから出《で》なさい」

トムはうめくのをやめました。つま先《さき》の痛《いた》みも、いつの間《ま》にか消《き》えてしまっています。トムは少《すこ》し、きまりが悪《わる》くなりました。

「ポリーおばさん、本当《ほんとう》に足《あし》がくさってきたような気《き》がしたんだよ、あんまり痛《いた》かったから、歯《は》のことなんてすっかり忘《わす》れちゃったし」

「歯《は》だって？　歯《は》がどうしたんだい？」

「ぐらぐらしている歯《は》があるんだ、すごく痛《いた》いんだよ」

「ほらほら口《くち》を開《あ》けてごらん。どれ、確《たし》かに抜《ぬ》けそうな歯《は》があるね。でも、そのせいで死《し》んだりはしないよ。メアリー、絹糸《きぬいと》を持《も》ってきておくれ。それと台所《だいどころ》から火《ひ》のついた炭《すみ》もね」

歯《は》を抜《ぬ》く準備《じゅんび》ができました。おばさんは絹糸《きぬいと》の端《はし》を輪《わ》にしてトムの歯《は》にひっかけ、もう片方《かたほう》をべッドに結《むす》びました。そして炭《すみ》をつかむと、トムの顔《かお》の近《ちか》くにいきなり突《つ》き出《だ》しました。ふと気《き》がつくと、トムの歯《は》はもうベッドの横《よこ》にぶら下《さ》がっていました。

でも痛《いた》い思《おも》いをしたあとには、必《かなら》ずいいことが待《ま》っています。

朝《あさ》ごはんをすませてからのろのろと学校《がっこう》へ向《む》かったトムは、途中《とちゅう》で出会《であ》った男の子《おとこのこ》たち全員《ぜんいん》から、うらやましがられました。上《うえ》の歯《は》が抜《ぬ》けてすき間《ま》ができたせいで、新《あたら》しい、かっこいいつばの吐《は》き方《かた》ができるようになったからです。

それからいくらも経《た》たないうちに、今度《こんど》は、自由気《じゆうき》ままに生《い》きているハックルベリー・フィンに出《で》くわしました。

ハックは大酒飲《おおざけの》みの息子《むすこ》で、村中《むらじゅう》の母親《ははおや》たちから目《め》の敵《かたき》にされたり、怖《こわ》がられたりしていました。怠《なま》け者《もの》で乱暴《らんぼう》で、始末《しまつ》に負《お》えない不良少年《ふりょうしょうねん》だったからです。

ハックはいつもぼろぼろになった大人用《おとなよう》の服《ふく》を着《き》ていました。帽子《ぼうし》もぼろぼろで、つばの部分《ぶぶん》には大《おお》きな三日月型《みかづきがた》の切《き》れこみが入《はい》っています。

そして自分《じぶん》の好《す》きなように暮《く》らしていました。天気《てんき》がよい日《ひ》の夜《よる》には、どこかの家《いえ》の玄関前《げんかんまえ》の階《かい》段《だん》のところで眠《ねむ》り、雨《あめ》が降《ふ》っているときには空《から》っぽの大《おお》きな樽《たる》の中《なか》で眠《ねむ》ります。学校《がっこう》にも教会《きょうかい》にも行《い》きませんし、誰《だれ》かを先生《せんせい》と呼《よ》んだり、誰《だれ》かの言《い》うことを聞《き》いたりする必要《ひつよう》もありません。

いつでもどこでも、自由《じゆう》に釣《つ》りや泳《およ》ぎにいって飽《あ》きるまで時間《じかん》を過《す》ごし、ケンカや夜更《よふ》かしもしたい放題《ほうだい》。春《はる》になったときに最初《さいしょ》にはだしになるのも、秋《あき》が来《き》たときに最後《さいご》まで靴《くつ》をはかないのも、ハックでした。

ハックは顔《かお》を洗《あら》ったり、きれいな服《ふく》を着《き》たりする必要《ひつよう》もありません。ばちあたりな言葉《ことば》も好《す》きなだけ言《い》えます。一言《ひとこと》で言《い》うなら、ハックルベリーは人生《じんせい》を誰《だれ》よりも楽《たの》しんでいたのです。

村《むら》の子供《こども》たちは、誰《だれ》もがハックにあこがれていました。トムもハックに出会《であ》ったときには、必《かなら》ず一緒《いっしょ》に遊《あそ》びました。

「やあ、ハックルベリー」

「やあ、そっちはどうだい。これ、どう思《おも》う」

「何《なに》？　何《なに》を持《も》ってるんだい？」

「死《し》んだ猫《ねこ》だよ」

「ハック、見《み》せてよ。うわ、体《からだ》が硬《かた》くなってる。どうしたの、これ？」

「ある奴《やつ》と交換《こうかん》したんだ」

「何《なに》と引《ひ》き換《か》えに？」

「青《あお》い券一枚《けんいちまい》と、牛《うし》の内臓《ないぞう》だよ」

「ふーん、それで死《し》んだ猫《ねこ》は何《なに》に使《つか》うの？」

「何《なに》に使《つか》うかって？　いぼを取《と》るのさ」

「猫《ねこ》の死体《したい》でどうやっていぼを治《なお》すんだい？」

「誰《だれ》か悪《わる》い奴《やつ》が死《し》んで埋《う》められた日《ひ》に、猫《ねこ》を墓場《はかば》に持《も》っていって真夜中《まよなか》まで待《ま》つんだ。真夜中《まよなか》になると悪魔《あくま》が降《お》りてくる。一人《ひとり》か二人《ふたり》、そうじゃなきゃ三人《さんにん》かもしれないけど、そいつらが埋《う》められた人間《にんげん》を連《つ》れていくときに、死《し》んだ猫《ねこ》を後《うし》ろから投《な》げつけてこう唱《とな》えるんだ。『悪魔《あくま》は死体《したい》を追《お》いかけろ、猫《ねこ》は悪魔《あくま》を追《お》いかけろ、そして、いぼは猫《ねこ》を追《お》いかけろ、もういぼとはおさらばだ！』ってね。これでどんないぼも治《なお》るさ」

「ハック、いつ猫《ねこ》を使《つか》ってやるつもり？」

「今晩《こんばん》だ。悪魔《あくま》がホス・ウィリアムズじいさんを墓場《はかば》から連《つ》れていくはずだから」

「だけどお墓《はか》に埋《う》められたのは土曜日《どようび》だよ。その日《ひ》の晩《ばん》のうちに連《つ》れていったんじゃないか？」

「わかってねえな。土曜《どよう》の真夜中《まよなか》に魔法《まほう》は効《き》かねえよ、すぐ日曜日《にちようび》になるからな。悪魔《あくま》は日曜日《にちようび》には、そんなにうろつかねえと思《おも》うよ」

「そういえばそうだ。今晩《こんばん》、一緒《いっしょ》に行《い》っていいかい？」

「もちろんさ、怖《こわ》くなきゃな」

「怖《こわ》がるだって！　ありえないよ。ハック、家《うち》に来《き》たら猫《ねこ》の鳴《な》き真似《まね》して呼《よ》び出《だ》してくれる？」

「ああ。でも、おまえもできたら鳴《な》いてくれよ。

この前《まえ》、おまえを呼《よ》び出《だ》すのにニャオニャオ鳴《な》いてたら、ヘイズじいさんに石《いし》を投《な》げられたんだ。

『いまいましい猫《ねこ》め！』ってな。

だから、おれもじいさんの家《いえ》の窓《まど》をレンガで割《わ》ってやったんだ。人《ひと》に言《い》っちゃだめだぜ」

「言《い》わないよ。あの晩《ばん》はおばさんに見張《みは》られていたから、鳴《な》き真似《まね》ができなかったんだ。でも今度《こんど》は鳴《な》くよ。ところでハック、それ何《なに》？」

「ただのダニさ」

「どこで捕《つか》まえたの？」

「森《もり》の中《なか》で」

「何《なに》となら交換《こうかん》してくれる？」

「さあね。交換《こうかん》したくねえな」

「わかった、いいよ。どうせすごくちっちゃいダニだし」

「自分《じぶん》のダニを持《も》っていない奴《やつ》は、みんなけちをつけるんだ。でも、おれは気《き》に入《い》っている。おれはこいつで大満足《だいまんぞく》だよ」

「ダニなんていっぱいいるさ。その気《き》になれば、千匹《せんびき》だってつかまえられるよ」

「じゃあ、なんでつかまえてこねえんだ？　そりゃあ、無理《むり》だってわかってるからさ。ダニはまだこの時期《じき》はいねえんだ。おれのダニだって今年《ことし》の初物《はつもの》だし」

「ねえハック……じゃあ歯《は》と交換《こうかん》しない？」

「見《み》せてみな」

トムが紙《かみ》の包《つつ》みを取《と》り出《だ》して、そっと開《ひら》きます。

「これ本物《ほんもの》か？」

トムはくちびるをめくって、歯《は》の抜《ぬ》けたところを見《み》せました。

「よし、わかった。交換《こうかん》しよう」

トムは最近《さいきん》まで「かみつき虫《むし》」を閉《と》じこめていた箱《はこ》にダニを入《い》れました。そして二人《ふたり》は、お互《たが》いにお金持《かねも》ちになったような気分《きぶん》で別《わか》れていきました。

村《むら》はずれの何《なに》もない場所《ばしょ》に、ポツンと建《た》った小《ちい》さな木造《もくぞう》の学校《がっこう》に着《つ》くと、トムはきびきびとした足《あし》どりで中《なか》に入《はい》っていきました。いかにも急《いそ》いで学校《がっこう》にやってきたようにです。

そして帽子《ぼうし》かけに帽子《ぼうし》をかけると、何事《なにごと》もなかったかのように、さっさと自分《じぶん》の席《せき》に着《つ》きました。先生《せんせい》は大《おお》きなひじかけ椅子《いす》にふんぞり返《かえ》って座《すわ》りながら、うとうとしていましたが、トムが入《はい》ってきた音《おと》で目《め》を覚《さ》ましました。

「トーマス・ソーヤ！」

自分《じぶん》の名前《なまえ》が名字《みょうじ》まで呼《よ》ばれるというのは、悪《わる》いことが起《お》きる前《まえ》ぶれです。トムはそのことを知《し》っていました。

「はい、先生《せんせい》！」

「ここに来《き》なさい。さあ、どうしてまた遅刻《ちこく》したんだね？　毎度《まいど》のことではあるけど」

うそをついてこの場《ば》を逃《のが》れようとしたとき、二《ふた》つに編《あ》んだ金髪《きんぱつ》のおさげが目《め》に入《はい》りました。それが誰《だれ》かはすぐにわかりました。トムの心《こころ》に電気《でんき》が流《なが》れます。しかも女子《じょし》が座《すわ》っている側《そば》の席《せき》では、その子《こ》の隣《となり》だけが空《あ》いているのです。

トムは、すぐにこう答《こた》えました。

「来《く》る途中《とちゅう》で、ハックルベリー・フィンと話《はなし》をしていました！」

先生《せんせい》が、あ然《ぜん》としてトムを見《み》つめます。ざわざわしていた教室《きょうしつ》も静《しず》まり返《かえ》りました。

生徒《せいと》たちは、そんなに正直《しょうじき》に答《こた》えるなんて、トムがどうかしてしまったのではないかと思《おも》っていました。

先生《せんせい》はもう一度《いちど》たずねました。

「君《きみ》は……君《きみ》は何《なに》をしていたって？」

「ハックルベリー・フィンと話《はな》していたんです」

やはり聞《き》き違《ちが》いではありません。

「トーマス・ソーヤ、わたしはあきれてものも言《い》えないよ。木《き》の枝《えだ》で打《う》つだけじゃすまないぞ。さあ上着《うわぎ》を脱《ぬ》ぎなさい」

先生《せんせい》は腕《うで》が疲《つか》れ、教室《きょうしつ》に置《お》いてあった木《き》の枝《えだ》が少《すく》なくなるまで、打《う》ち続《つづ》けました。それが終《お》わると、トムにこう命令《めいれい》しました。

「さあ、女子《じょし》の席《せき》に座《すわ》りなさい！　これに懲《こ》りるんだぞ！」

教室中《きょうしつじゅう》にくすくす笑《わら》いが広《ひろ》がります。トムも赤《あか》くなったようでした。

でもトムが恥《は》ずかしそうにしたのには、別《べつ》な理由《りゆう》がありました。まだ口《くち》をきいたこともない、あこがれの女《おんな》の子《こ》の隣《となり》に座《すわ》れるからです。そもそもハックルベリー・フィンと会《あ》っていたなどと答《こた》えたのも、隣《となり》に座《すわ》れと先生《せんせい》に言《い》わせるための作戦《さくせん》でした。

トムが松《まつ》の木《き》でできたベンチの端《はし》に座《すわ》ると、少女《しょうじょ》は顔《かお》をそむけてトムから離《はな》れました。

教室《きょうしつ》にいる生徒《せいと》たちはひじでつつきあったり、目配《めくば》せしたり、ささやいたりしていましたが、トムはじっとして動《うご》きません。低《ひく》く長《なが》い机《つくえ》に腕《うで》を置《お》いて、教科書《きょうかしょ》を読《よ》んでいるふりをしていました。

そのうち生徒《せいと》たちの興味《きょうみ》も薄《うす》れ、教室《きょうしつ》の中《なか》は前《まえ》と同《おな》じようにざわざわしてきます。

するとトムは、女《おんな》の子《こ》をちらちら見《み》はじめました。相手《あいて》も気《き》がつきましたが、しかめっつらをして見《み》せると、一分《いっぷん》ほど後《うし》ろを向《む》いてしまいました。

ところがそっとふりかえってみると、目《め》の前《まえ》に桃《もも》が置《お》いてあります。

女《おんな》の子《こ》が桃《もも》を押《お》し戻《もど》すと、トムもそっと戻《もど》します。女《おんな》の子《こ》はもう一度《いちど》桃《もも》を返《かえ》しましたが、最初《さいしょ》のときほど嫌《いや》がっていないので、トムは辛抱強《しんぼうづよ》く、また目《め》の前《まえ》に桃《もも》を置《お》きます。すると今度《こんど》は、桃《もも》は戻《もど》ってきませんでした。

トムはさっそく石板《せきばん》（文字《もじ》を書《か》く板《いた》）に走《はし》り書《が》きをします。

『もらってよ。もっとたくさんあるから』

女《おんな》の子《こ》は、石板《せきばん》の文字《もじ》をちらっと眺《なが》めただけで、返事《へんじ》をしません。するとトムは今度《こんど》は石板《せきばん》を左手《ひだりて》で隠《かく》しながら、何《なに》かの絵《え》を描《か》きはじめました。

女《おんな》の子《こ》はしばらくの間《あいだ》、気《き》がつかないふりをしていました。でも、だんだん興味《きょうみ》がわいてきて、ほんの少《すこ》しずつそれが態度《たいど》に表《あらわ》れます。

トムは一心不乱《いっしんふらん》に絵《え》を描《か》き続《つづ》けています。ついに女《おんな》の子《こ》は我慢《がまん》しきれなくなり、ためらいながらトムにささやきかけました。

「それ見《み》せてよ」

トムは絵《え》の一部分《いちぶぶん》だけ見《み》せました。へたくそな漫画《まんが》のような絵《え》で、家《いえ》の煙突《えんとつ》から煙《けむり》がうずを巻《ま》いてのぼっているところを描《か》いたものでした。

ところが女《おんな》の子《こ》はその絵《え》を気《き》に入《い》ったようで、他《ほか》のことを忘《わす》れてしまいました。そしてトムが絵《え》を描《か》き終《お》えると、しばらく眺《なが》めたあと、こうささやいたのです。

「いい絵《え》ね。人《ひと》も描《か》いてよ」

そこで芸術家《げいじゅつか》のトムは、家《いえ》の庭《にわ》にクレーンのようにまっすぐに立《た》った人間《にんげん》を描《か》きました。家《いえ》をまたいで越《こ》えられそうなくらい大《おお》きい男《おとこ》の人《ひと》の絵《え》でしたが、相手《あいて》は細《こま》かいことを気《き》にしません。怪物《かいぶつ》のような人間《にんげん》の絵《え》に満足《まんぞく》すると、女《おんな》の子《こ》はさらにこうささやきました。

「その男《おとこ》の人《ひと》、素敵《すてき》だわ。今度《こんど》はわたしのことも描《か》いて」

トムはまず砂時計《すなどけい》のような胴体《どうたい》を描《か》き、その上《うえ》にまん丸《まる》の顔《かお》とわらのような手足《てあし》をつけ、開《ひら》いた手《て》にやたらと大《おお》きな扇《おうぎ》を持《も》たせました。

「すごく素敵《すてき》だわ。わたしも絵《え》が描《か》けたらいいのに」

「簡単《かんたん》だよ。教《おし》えてあげる」

「本当《ほんとう》？　いつ？」

「お昼休《ひるやす》みに。お昼《ひる》は家《いえ》に帰《かえ》って食《た》べるの？」

「あんたがいるなら残《のこ》るわ」

「よし、じゃあ決《き》まりだ。名前《なまえ》は？」

「ベッキー・サッチャーよ。あんたは？　ううん、知《し》ってるわ。トーマス・ソーヤね」

「それは先生《せんせい》に叱《しか》られるときの呼《よ》ばれ方《かた》だよ。普通《ふつう》はトムだよ。トムって呼《よ》んでくれる？」

「わかったわ」

トムはまた石板《せきばん》に何《なに》かを書《か》きはじめましたが、やはり手《て》で隠《かく》しているので見《み》えません。女《おんな》の子《こ》は今回《こんかい》は後《うし》ろを向《む》かずに、絵《え》を見《み》せてと素直《すなお》にせがみました。

でも、トムはなかなか見《み》せようとしません。

「なんでもないよ」

「そんなことないわ」

「いいって。見《み》ても仕方《しかた》ないよ」

「いいえ、見《み》たいの。本当《ほんとう》に見《み》たいのよ。お願《ねが》い」

「本当《ほんとう》かなあ？」

「そんなに言《い》うなら絶対《ぜったい》に見《み》るわよ、トム」

二人《ふたり》の間《あいだ》で、ちょっとした押《お》しあいが始《はじ》まりました。トムは本気《ほんき》で絵《え》を隠《かく》しているふりをしながら、少《すこ》しずつ手《て》をずらしていきます。そこに現《あらわ》れたのは「アイ・ラブ・ユー」という文字《もじ》でした。

「恥《は》ずかしい！」

ベッキーはトムの手《て》をぴしゃりとたたきました。顔《かお》は赤《あか》くなっていますが、まんざら嫌《いや》そうでもありません。

まさにこのときです。トムは自分《じぶん》の片耳《かたみみ》が誰《だれ》かにつかまれ、だんだん上《うえ》に引《ひ》っ張《ぱ》られていくのを感《かん》じました。そしてそのまま教室《きょうしつ》の反対側《はんたいがわ》に連《つ》れていかれ、自分《じぶん》の席《せき》に座《すわ》らされたのです。

教室中《きょうしつじゅう》が大笑《おおわら》いです。先生《せんせい》はしばらくトムをにらみつけたあと、まるで王様《おうさま》が座《すわ》るようなひじかけ椅子《いす》に戻《もど》っていきました。

トムは耳《みみ》がじんじんしましたが、心《こころ》の中《なか》はうれしさでいっぱいでした。

教室《きょうしつ》が静《しず》かになると、トムもまじめに勉強《べんきょう》しようとしましたが、興奮《こうふん》してそれどころではありません。朗読《ろうどく》の授業《じゅぎょう》で順番《じゅんばん》が回《まわ》ってきたときには、しどろもどろになり、地理《ちり》の授業《じゅぎょう》では湖《みずうみ》を山《やま》に、山《やま》を川《かわ》に、川《かわ》を大陸《たいりく》に間違《まちが》えたので、世界《せかい》は大混乱《だいこんらん》になりました。

綴《つづ》り方《かた》の授業《じゅぎょう》では簡単《かんたん》な単語《たんご》を続《つづ》けて間違《まちが》えたためにビリになり、これまで何《なん》か月《げつ》も自慢《じまん》げに首《くび》からさげていたメダルを返《かえ》す羽目《はめ》になりました。

あっという間《ま》の婚《こん》約《やく》

トムが自分《じぶん》の席《せき》に戻《もど》ってきました。

教科書《きょうかしょ》を開《ひら》いて勉強《べんきょう》に集中《しゅうちゅう》しようとすればするほど、気《き》は散《ち》ってしまいます。ついにトムはため息《いき》とあくびをしながら、勉強《べんきょう》するのをあきらめました。

お昼休《ひるやす》みは永遠《えいえん》にやってこないような気《き》がしました。

トムはじっと座《すわ》っているのが嫌《いや》でたまりません。せめてこの退屈《たいくつ》な時間《じかん》をつぶすのに、何《なに》かおもしろいことを見《み》つけたいと思《おも》っていました。

なんとなくポケットの中《なか》を探《さが》したトムの顔《かお》が、まるで神様《かみさま》に感謝《かんしゃ》するようにぱっと輝《かがや》きました。ダニを閉《と》じこめた箱《はこ》が入《はい》っていたのです。

トムは箱《はこ》をそっと取《と》り出《だ》して、ダニを机《つくえ》の上《うえ》に放《はな》しました。

きっとダニも、感謝《かんしゃ》で顔《かお》を輝《かがや》かせたに違《ちが》いありません。

でも、それはぬか喜《よろこ》びでした。逃《に》げ出《だ》そうとしたとたんにトムにピンではじかれ、方向《ほうこう》を変《か》えさせられたのです。

トムの隣《となり》に座《すわ》っていたジョー・ハーパーも、すぐにこの遊《あそ》びに食《く》いついてきました。ジョー・ハーパーは、平日《へいじつ》には親友《しんゆう》として、土曜日《どようび》は戦争《せんそう》ごっこをする敵《てき》として一緒《いっしょ》に遊《あそ》ぶ仲間《なかま》でしたが、やはりトムと同《おな》じように授業《じゅぎょう》に飽《あ》き飽《あ》きしていました。

ジョーも襟《えり》からピンを外《はず》すと、「捕虜《ほりょ》」（ダニ）を訓練《くんれん》するのに協力《きょうりょく》しはじめます。トムは机《つくえ》の上《うえ》にジョーの石板《せきばん》を置《お》き、その真《ま》ん中《なか》に線《せん》を引《ひ》きました。

「こうしよう。ダニが線《せん》のそっち側《がわ》にいるときには、おまえが好《す》きなようにいじっていいよ、そのかわりダニが線《せん》のこっち側《がわ》に来《き》たら、おれがいじるからな」

ダニはトムの国《くに》から逃《に》げ出《だ》し「赤道《せきどう》」を越《こ》えました。しばらくジョーに苦《くる》しめられると、今度《こんど》はトムの側《がわ》に逃《に》げ出《だ》してきます。

ダニはまるでトムやジョーと同《おな》じように興奮《こうふん》したり、がっかりしたりしながら二《ふた》つの国《くに》を行《い》き来《き》しましたが、やがてジョーがダニをずっといじり続《つづ》けるようになりました。

我慢《がまん》できなくなったトムは、相手《あいて》の陣地《じんち》にまで手《て》を伸《の》ばしてダニをピンで突《つ》っつきました。ジョーがすぐに文句《もんく》を言《い》います。

「トム、ダニにちょっかい出《だ》すなよ」

「ちぇっ、いいじゃないか、ちょっとだけだから」

「やめろって言《い》っているだろ。こいつはおれの陣地《じんち》にいるんだから」

「おい、ジョー・ハーパー、そのダニは誰《だれ》のだ？」

「誰《だれ》のだっていいさ。おれの陣地《じんち》にいるんだから触《さわ》るなよ」

「いいや、触《さわ》ってやる。おれのダニだ。好《す》きなようにするぞ！」

その瞬間《しゅんかん》、トムとジョーの背中《せなか》のところですごい音《おと》がしました。ダニに夢中《むちゅう》になっていたので、先生《せんせい》が自分《じぶん》たちを見下《みお》ろしていたことに気《き》がつかなかったのです。それから二分間《にふんかん》、トムとジョーの上着《うわぎ》からは、もうもうとほこりが舞《ま》い上《あ》がり続《つづ》けました。他《ほか》の生徒《せいと》たちは、その様子《ようす》をおもしろがって眺《なが》めていました。


昼休《ひるやす》みになると、トムはベッキー・サッチャーのところへ飛《と》んでいき、こうささやきました。

「帽子《ぼうし》をかぶって、家《いえ》に帰《かえ》るふりをしてよ。角《かど》まで行《い》ったら他《ほか》の人《ひと》と分《わ》かれて、こっそりわき道《みち》から戻《もど》ってきて。ぼくは違《ちが》う道《みち》を通《とお》って戻《もど》ってくるから」

トムとベッキーは他《ほか》の生徒《せいと》たちと一緒《いっしょ》に学校《がっこう》から出《で》ていくと、すぐにわき道《みち》の出口《でぐち》で合流《ごうりゅう》し、誰《だれ》もいない学校《がっこう》に戻《もど》ってきました。

二人《ふたり》は一緒《いっしょ》に座《すわ》り、机《つくえ》に石板《せきばん》を置《お》きました。トムはベッキーに石板用《せきばんよう》の鉛筆《えんぴつ》を持《も》たせ、ベッキーの手《て》を握《にぎ》りながら、またおかしな家《いえ》の絵《え》を描《か》きました。

絵《え》を描《か》くのに飽《あ》きてくると、二人《ふたり》はおしゃべりを始《はじ》めました。トムは幸《しあわ》せな気持《きも》ちでいっぱいになりながら、ベッキーに質問《しつもん》しました。

「ネズミは好《す》き？」

「いいえ、嫌《きら》いよ！」

「ぼくも嫌《きら》いだな、生《い》きている奴《やつ》はね。でも死《し》んでるネズミのことを言《い》ったんだ。ひもをつけて頭《あたま》の周《まわ》りで振《ふ》り回《まわ》すんだよ」

「どっちにしてもネズミはそんなに好《す》きじゃないの。わたしが好《す》きなのはチューインガムよ」

「ぼくもそうだよ！　今《いま》、ガムを持《も》ってたらよかったのに」

「そう？　わたしはちょっと持《も》ってるわ。少《すこ》しの間《あいだ》かんでいいわよ。でも返《かえ》してね」

二人《ふたり》は教室《きょうしつ》の椅子《いす》に腰《こし》かけ、満足《まんぞく》そうに足《あし》をぶらぶらさせながら順番《じゅんばん》にガムをかみました。

トムが再《ふたた》び質問《しつもん》します。

「サーカスに行《い》ったことある？」

「ええ、あるわ。いい子《こ》にしていたら、パパがそのうちにまた連《つ》れていってくれるって」

「ぼくは三回《さんかい》とか四回《よんかい》とか、何回《なんかい》も行《い》ったよ。教会《きょうかい》なんてサーカスに比《くら》べるとつまんないよね。ぼくは大人《おとな》になったら、サーカスのピエロになるんだ」

「そうなの！　いいわね。ピエロってすごくかわいいもの。水玉模様《みずたまもよう》がついた衣装《いしょう》を着《き》てて」

「そうだね。それにお金《かね》もたくさんもらえるし。一日《いちにち》に一《いち》ドルももらえるんだって。ベン・ロジャースがそう言《い》ってたよ。ねえ、ベッキーは婚約《こんやく》したことある？」

「それってなんのこと？」

「つまり、結婚《けっこん》の約束《やくそく》をするってことさ」

「ないわ」

「婚約《こんやく》してみたい？」

「たぶんね。でもよくわかんない。どんなことをするの？」

「なんてことないよ、自分《じぶん》はずっと、ずーっと、その子以外《こいがい》とつきあわないって約束《やくそく》をするんだ。そしてキスをする。それだけさ。簡単《かんたん》だろ」

「キス？　なんでキスをするの？」

「それは、えっと、みんなそうするものなんだよ」

「みんな？」

「うん、愛《あい》しあっている二人《ふたり》はね。ぼくが石板《せきばん》に書《か》いた言葉《ことば》、覚《おぼ》えてる？」

「え、ええ」

「なんて書《か》いてあった？」

「言《い》わないわ」

「ぼくが言《い》おうか？」

「ええ、でもまた今度《こんど》ね」

ベッキーは恥《は》ずかしがって、そのまま何《なに》も言《い》わなくなりました。

ベッキーが黙《だま》っているのは、きっとぼくに話《はな》しかけてほしいからだろう。そう勝手《かって》に考《かんが》えたトムは片腕《かたうで》をベッキーの腰《こし》に回《まわ》しながら、耳元《みみもと》で優《やさ》しく「あ・い・し・て・る」とささやきました。

「今度《こんど》はぼくに同《おな》じことを言《い》ってよ」

トムがそう頼《たの》むと、ベッキーはしばらくためらってから答《こた》えました。

「あっちを向《む》いていてくれたら言《い》うわ。でも秘密《ひみつ》よ。トム、誰《だれ》にも言《い》わないでいてくれるでしょ？」

「もちろん言《い》わないよ。さあ」

トムは反対側《はんたいがわ》を向《む》きました。ベッキーはおずおずと近寄《ちかよ》り、口元《くちもと》をトムの髪《かみ》に近《ちか》づけてささやきます。

「あ・い・し・て・る」

そう言《い》ったとたん、ベッキーは顔《かお》を赤《あか》らめながらトムから離《はな》れ、机《つくえ》や椅子《いす》の間《あいだ》を走《はし》り回《まわ》りました。

そして最後《さいご》には教室《きょうしつ》のすみに逃《に》げこみ、白《しろ》いエプロンで顔《かお》を隠《かく》してしまいました。

トムはベッキーに追《お》いつくと、両手《りょうて》を相手《あいて》の首《くび》に回《まわ》します。

「ベッキー、これであとはキスをしたら終《お》わりだよ。怖《こわ》がらないで。なんでもないよ。ね、ベッキー」

トムはこう言《い》いながら、顔《かお》からエプロンと手《て》をどかせようとします。ベッキーもだんだん力《ちから》をゆるめ、ついにはキスを許《ゆる》しました。

「これで婚約《こんやく》したんだ、ベッキー。これからは、ぼく以外《いがい》の人《ひと》を好《す》きになったり、ぼく以外《いがい》の人《ひと》と結婚《けっこん》したりしちゃだめなんだ。わかった？」

「わかったわ。トム、あんた以外《いがい》の人《ひと》を好《す》きになったり結婚《けっこん》したりしないわ。あんたも、わたし以《い》外《がい》の人《ひと》と結婚《けっこん》しないわよね」

「もちろん。それだけじゃなくて学校《がっこう》の行《い》き帰《かえ》りも、誰《だれ》も見《み》ていないときには一緒《いっしょ》に歩《ある》くんだ。パーティーに行《い》くときも一緒《いっしょ》だよ、それが婚約《こんやく》ってものなんだ」

「素敵《すてき》ね。全然《ぜんぜん》知《し》らなかったわ」

「そりゃ楽《たの》しいよ。ぼくが前《まえ》にエイミー・ローレンスと——」

「トム！　あんたが婚約《こんやく》したのは、わたしが初《はじ》めてじゃないのね」

そう言《い》ってベッキーは泣《な》き出《だ》しました。

「泣《な》かないで、ベッキー。エイミーのことはもう好《す》きじゃないんだ」

「そんなのうそよ、まだ好《す》きなんでしょ」

トムがなだめようとしても、ベッキーは腕《うで》をはねのけ壁《かべ》のほうを向《む》いて泣《な》き続《つづ》けます。トムはもう一度《いちど》、同《おな》じことをしてみましたが、今度《こんど》も拒否《きょひ》されてしまいました。

プライドを傷《きず》つけられたトムは、大《おお》またで歩《ある》きながら教室《きょうしつ》の外《そと》に出《で》て行《い》ってしまいました。

トムはしばらくの間《あいだ》、ベッキーが後悔《こうかい》しながら外《そと》に出《で》てくるのを待《ま》っていました。

しかし、いつまでたっても相手《あいて》は現《あらわ》れません。そこでトムは、だんだん自分《じぶん》が悪《わる》かったのではないかと思《おも》うようになり、教室《きょうしつ》の中《なか》に戻《もど》っていきました。

ふと見《み》ると、ベッキーはまだすみのほうで壁《かべ》を向《む》いたまままめそめそしています。

「ベッキー、ぼくはね……君以外《きみいがい》の女《おんな》の子《こ》を好《す》きじゃないよ。ねえ、なんとか言《い》ってよ」

トムが頼《たの》んでも、ベッキーは泣《な》きやみません。

そこでトムは、とっておきの宝物《たからもの》をプレゼントすることにしました。薪《まき》をのせる台《だい》についていた、真鍮《しんちゅう》の取《と》っ手《て》です。

「これ、もらってくれる？」

けれどベッキーは、それも床《ゆか》に投《な》げ出《だ》してしまいました。

もう我慢《がまん》も限界《げんかい》です。トムはつかつかと校舎《こうしゃ》から出《で》ていくと、丘《おか》を越《こ》えてずっと遠《とお》くまで歩《ある》いていき、その日《ひ》はもう学校《がっこう》に戻《もど》りませんでした。

海《かい》賊《ぞく》になる決《けっ》意《い》

三十分後《さんじっぷんご》、トムはカーディフの丘《おか》にある、ダグラスさんの家《いえ》の向《む》こう側《がわ》に行《い》きかけていました。

ふりかえると、学校《がっこう》の校舎《こうしゃ》はほとんど見《み》えないくらい小《ちい》さくなっています。トムはさらに森《もり》の奥《おく》深《ふか》くまで入《はい》っていき、大《おお》きなカシの木《き》の下《した》のこけがはえているところに座《すわ》りました。

トムはがっかりしていました。人生《じんせい》はつらいことばかりのように思《おも》えます。先日《せんじつ》亡《な》くなったジミー・ホッジスが、うらやましいくらいでした。

トムはいっそのこと、死《し》んでしまいたいと思《おも》いました。日曜学校《にちようがっこう》の成績《せいせき》さえよかったら、自分《じぶん》も天国《てんごく》に行《い》けるはずなのです。

（いったい、ぼくが何《なに》をしたっていうんだろう。あんなに優《やさ》しくしてあげたのに、まるでぼくのことを犬《いぬ》みたいに追《お》い払《はら》いやがった。

あの子《こ》はいつの日《ひ》かきっと後悔《こうかい》するぞ。でもそのときには、もう手遅《ておく》れなんだ。ああ、このまま一回《いっかい》死《し》んで、もう一回《いっかい》生《い》き返《かえ》ることができたらいいのに！）

しぶといトムは、いつまでもへこたれていません。トムは遠《とお》い国《くに》に行《い》って、自分《じぶん》が大物《おおもの》になることを考《かんが》え始《はじ》めました。

ピエロになるつもりだとベッキーに言《い》ったのは失敗《しっぱい》でした。水玉《みずたま》の衣装《いしょう》を着《き》て人《ひと》を笑《わら》わせるというのは、自分《じぶん》のイメージにふさわしくありません。

(そうだ、ぼくは兵隊《へいたい》になろう。そして輝《かがや》かしい手柄《てがら》をあげて戻《もど》ってくるんだ。いや、それよりもっといいのは、インディアンになってバッファローの狩《か》りをすることだな。そしていつか一番偉《いちばんえら》くなって、羽《はね》の飾《かざ》りをたくさんつけて、顔《かお》にいろんな色《いろ》をぬった格好《かっこう》で戻《もど》ってくるんだ。

いやいや待《ま》てよ、もっといいことを思《おも》いついた。海賊《かいぞく》だ! 海賊《かいぞく》になろう!)

トムの未来《みらい》が、ようやく決《き》まりました。トムは海賊《かいぞく》になった日《ひ》のことを想像《そうぞう》し始《はじ》めます。

トムが乗《の》るのは『嵐《あらし》の魂《たましい》』という名《な》の海賊船《かいぞくせん》です。細《ほそ》くてスピードの出《で》る黒《くろ》い船《ふね》で、船《ふね》のへさきにはドクロの描《えが》かれた黒《くろ》い旗《はた》が、風《かぜ》に揺《ゆ》れています。

トムは海賊《かいぞく》として世界中《せかいじゅう》に知《し》られ、みんなから怖《こわ》がられるようになります。そこである日《ひ》突然《とつぜん》、セントピーターズバーグ村《むら》の教会《きょうかい》に堂々《どうどう》と入《はい》っていくのです。戻《もど》ってきたトムの姿《すがた》を見《み》て、きっと村《むら》の人《ひと》たちはこうささやくに違《ちが》いありません。

「ほら、海賊《かいぞく》のトム・ソーヤがやってきた！　あれが『カリブ海《かい》の黒《くろ》い復讐者《ふくしゅうしゃ》』だよ！」

トムはさっそく明日《あした》の朝《あさ》、家出《いえで》をして海賊《かいぞく》になることにしました。

そのためには、まず、自分《じぶん》の全財産《ぜんざいさん》をかき集《あつ》めなければなりません。

トムはそばにあったくさった丸太《まるた》に近寄《ちかよ》り、ナイフで地面《じめん》を掘《ほ》り始《はじ》めました。すると丸太《まるた》の下《した》から、松《まつ》の木《き》の板《いた》が現《あらわ》れました。

トムはその上《うえ》に手《て》を置《お》き、もっともらしく呪文《じゅもん》を唱《とな》えます。

「ここに集《あつ》まっていない奴《やつ》は、すぐに集《あつ》まれ！　ここに集《あつ》まっている奴《やつ》は、そのままでいろ！」

泥《どろ》を払《はら》い落《お》として松《まつ》の板《いた》を外《はず》すと、小《ちい》さな宝箱《たからばこ》が出《で》てきました。

トムは箱《はこ》を開《あ》けてみましたが、予想《よそう》とまるで違《ちが》っていたので、びっくり仰天《ぎょうてん》してしまいました。

そこには箱《はこ》を埋《う》める前《まえ》に入《い》れておいた、一個《いっこ》のビー玉《だま》しかなかったのです。

「おかしいな、こんなはずじゃないのに！」

トムは頭《あたま》をかきながらぶつぶつ言《い》うと、箱《はこ》に入《はい》っていたビー玉《だま》を放《ほう》り投《な》げ、じっと考《かんが》えこみました。

呪文《じゅもん》を唱《とな》えながらビー玉《だま》を埋《う》めて、二週間後《にしゅうかんご》に同《おな》じ呪文《じゅもん》を唱《とな》えながら掘《ほ》り返《かえ》す。そうすると箱《はこ》の中《なか》には以前《いぜん》なくしたビー玉《だま》も全部《ぜんぶ》戻《もど》ってきているはずでした。

ところがビー玉《だま》の数《かず》は増《ふ》えていません。これでは、トムや仲間《なかま》たちがこれまで信《しん》じていた呪文《じゅもん》は、でたらめだったことになります。

本当《ほんとう》のことを言《い》うと、トムは前《まえ》にも同《おな》じ呪文《じゅもん》を何度《なんど》か試《ため》したことがありました。でも毎回《まいかい》、ビー玉《だま》を入《い》れた箱《はこ》をどこに埋《う》めたのかを忘《わす》れてしまっていたので、呪文《じゅもん》が本当《ほんとう》に効《き》くかどうかを確《たし》かめていなかったのです。そんなことに気《き》づかないトムは、これは魔女《まじょ》の仕業《しわざ》だと思《おも》い、今度《こんど》はアリ地獄《じごく》に呪文《じゅもん》を唱《とな》えて魔女《まじょ》のことをたずねたりしていました。

そうこうしているうちに、おもちゃのブリキのトランペットの音《ね》が、森《もり》の遠《とお》くのほうからかすかに聞《き》こえてきました。

トムは上着《うわぎ》とズボンを脱《ぬ》ぎ捨《す》て、サスペンダーを外《はず》してベルトを巻《ま》くと、丸太《まるた》の後《うし》ろの茂《しげ》みをごそごそ探《さが》し始《はじ》めます。そして粗末《そまつ》な弓《ゆみ》と矢《や》、木《き》の枝《えだ》でできた剣《けん》、さらにブリキのトランペットを取《と》り出《だ》すと、シャツのすそをひらひらさせながらかけ出《だ》していきました。

トムは大《おお》きなニレの木《き》のところで立《た》ち止《ど》まると、トランペットを吹《ふ》いて応《こた》え、周《まわ》りに注意《ちゅうい》しながら忍《しの》び足《あし》で進《すす》みます。そして目《め》には見《み》えない仲間《なかま》に向《む》かって、もっともらしく命令《めいれい》をしました。

「待《ま》て、みなの者《もの》。わたしがラッパを鳴《な》らすまで待《ま》つのだ」

そこに現《あらわ》れたのは、親友《しんゆう》のジョー・ハーパーでした。

トムはさっそく、覚《おぼ》えていたせりふを口《くち》にします。

「止《と》まれ。シャーウッドの森《もり》に、わたしの許可《きょか》なく入《はい》るのは誰《だれ》だ！」

「ガイ・オブ・ギズボーンには許可《きょか》などいらぬ。そのような、その……」

「そのような口《くち》をきくおまえこそ誰《だれ》だ、だよ」

トムは助《たす》け船《ぶね》を出《だ》しました。二人《ふたり》は本《ほん》のせりふを暗記《あんき》して、物語《ものがたり》の主人公《しゅじんこう》になりきっているのです。

「そのような口《くち》をきくおまえこそ誰《だれ》だ」

「我《われ》こそはロビン・フッドだ。覚悟《かくご》しろ」

「では、おまえがあの悪名高《あくめいたか》い無法者《むほうもの》だな。さあ剣《けん》をとれ！」

二人《ふたり》は木製《もくせい》の剣《けん》を持《も》つと、フェンシングのような姿勢《しせい》で向《む》きあって戦《たたか》い始《はじ》めました。上《うえ》を二回突《にかいつ》いたら、今度《こんど》は下《した》を二回突《にかいつ》くというように、ふりつけもすべて決《き》まっています。

途中《とちゅう》で二人《ふたり》の役割《やくわり》は入《い》れ替《か》わりましたが、トムが再《ふたた》びロビン・フッドに戻《もど》り、最後《さいご》の場面《ばめん》を迎《むか》えることになりました。

トムは予定通《よていどお》りに草《くさ》むらに倒《たお》れていきます。ところがその場所《ばしょ》にはとげのある草《くさ》がはえていたので、死《し》んだはずのロビン・フッドはすぐによみがえって、やたらと元気《げんき》よく起《お》き上《あ》がりました。

戦《たたか》いを終《お》えた二人《ふたり》は服《ふく》を着《き》て、ラッパや手作《てづく》りの剣《けん》を隠《かく》してから歩《ある》き出《だ》しました。

トムとジョー・ハーパーは、ロビン・フッドのようなならず者《もの》が、世《よ》の中《なか》からいなくなってしまったのは残念《ざんねん》だと、さかんに嘆《なげ》きました。そしてシャーウッドの森《もり》で一年間《いちねんかん》、ならず者《もの》として過《す》ごすほうが、一生《いっしょう》アメリカの大統領《だいとうりょう》でいるよりもずっといい、と言《い》いあいました。

真《ま》夜《よ》中《なか》の墓《ぼ》地《ち》で

その晩《ばん》、トムとシッドはいつも通《どお》り九《く》時《じ》半《はん》に寝《ね》かされました。お祈《いの》りをしたあと、シッドはすぐに眠《ねむ》ってしまいます。トムは横《よこ》になったまま眠《ねむ》らずに、ハックルベリーが呼《よ》びにくるのを今《いま》か今《いま》かと待《ま》っていました。時《と》計《けい》が鳴《な》りました。夜《よる》が明《あ》けるかと思《おも》うほど長《なが》く待《ま》ったつもりなのに、まだ十《じゅう》時《じ》だったので、トムはがっかりしてしまいました。

やがて暗《くら》闇《やみ》の中《なか》から、かすかな音《おと》がだんだんはっきり聞《き》こえてきます。時《と》計《けい》がチクタクと鳴《な》り、古《ふる》い柱《はしら》は謎《なぞ》めいたピシッという音《おと》を立《た》て、階《かい》段《だん》はかすかにきしみます。精《せい》霊《れい》（魂《たましい》）が明《あき》らかにトムの家《いえ》に来《き》ているのです。

さらには規《き》則《そく》正《ただ》しいいびきが、ポリーおばさんの部《へ》屋《や》から聞《き》こえたかと思《おも》うと、コオロギが鳴《な》きはじめました。不《ふ》思《し》議《ぎ》なことに、コオロギがどこで鳴《な》いているのかは、人《にん》間《げん》には絶《ぜっ》対《たい》にわからないのです。

もうこれ以上待《いじょうま》つのは、退屈《たいくつ》でたまりません。トムは時間《じかん》の流《なが》れが止《と》まり、とうとう「永遠《えいえん》」というものが始《はじ》まったのだとあきらめて、うとうとしはじめました。

再《ふた》び時計《とけい》が鳴《な》って十一時《じゅういちじ》になりました。

トムは起《お》きませんが、夢《ゆめ》の中《なか》で猫《ねこ》が悲《かな》しそうに鳴《な》くのが聞《き》こえていました。

隣《となり》の家《いえ》の窓《まど》が開《あ》く音《おと》で、トムは目《め》が覚《さ》めてきます。そして「いまいましい猫《ねこ》め！」というどなり声《ごえ》と、空《あ》きビンがポリーおばさんの家《いえ》の薪小屋《まきごや》に当《あ》たって割《わ》れる音《おと》で、完全《かんぜん》に目《め》を覚《さ》ましました。

一分後《いっぷんご》、トムは着替《きが》えて窓《まど》からはい出《だ》し、L字型《エルじがた》に曲《ま》がった屋根《やね》の上《うえ》を、よつんばいでそろそろと移動《いどう》していました。途中《とちゅう》で何度《なんど》かミャオと鳴《な》き、薪小屋《まきごや》の屋根《やね》に飛《と》び移《うつ》ってから地面《じめん》に降《お》りると、猫《ねこ》の死体《したい》を持《も》ったハックルベリーが待《ま》っていました。

三十分後《さんじっぷんご》、二人《ふたり》は墓地《ぼち》にたどり着《つ》き、背《せ》の高《たか》い雑草《ざっそう》をかき分《わ》けながら歩《ある》いていました。かすかな風《かぜ》が悲《かな》しげな音《おと》を立《た》てて、木々《きぎ》の間《あいだ》を抜《ぬ》けていきます。トムの耳《みみ》には、死者《ししゃ》の魂《たましい》が邪魔《じゃま》をするなと言《い》っているように聞《き》こえました。

こんな場所《ばしょ》に、こんな時間《じかん》にいるのです。トムとハックはほとんど口《くち》をきかず、話《はな》すときも小声《こごえ》で会話《かいわ》しました。そして最近掘《さいきんほ》り起《お》こされたばかりの土《つち》の山《やま》を見《み》つけると、そこから一《いち》メートルも離《はな》れていない場所《ばしょ》にはえている、三本《さんぼん》のニレの木《き》の陰《かげ》に隠《かく》れました。

二人《ふたり》は黙《だま》って、悪魔《あくま》が来《く》るのを待《ま》ち続《つづ》けました。

ずいぶん長《なが》い時間《じかん》がたったような気《き》がします。静《しず》まり返《かえ》った墓《ぼ》地《ち》で聞《き》こえるのは、遠《とお》くでフクロウがホーホーと鳴《な》く声《こえ》だけです。

気《き》がめいってきたトムは、何《なに》かしゃべらずにはいられません。

「ハック、死《し》んだ人《ひと》たちは、おれらがここにいるのを嫌《いや》がらないかな？」

ハックルベリーがささやき返《かえ》します。

「それがわかりゃいいけど。ここはやたらと雰囲気《ふんいき》が暗《くら》いよな」

「ほんとだよ」

しばらく黙《だま》りこんだあと、トムがまたささやきます。

「あのさハック、ホス・ウィリアムズも話《はなし》を聞《き》いていると思《おも》う？」

「もちろん聞《き》いてるさ。少《すく》なくともホスの霊《れい》はな」

「ウィリアムズさんって呼《よ》んでおけばよかったな。悪気《わるぎ》はなかったんだ。みんなホスって呼《よ》んでたから、おれも呼《よ》び捨《す》てにしただけなんだよ」

「死《し》んだ人《ひと》の話《はなし》をするときゃ、かなり気《き》をつけねえとな」

ここでまた話《はなし》が途切《とぎ》れました。

しばらく静《しず》かな時間《じかん》が続《つづ》いたあと、トムが突然《とつぜん》、ハックルベリーの腕《うで》をつかみます。

「しっ！」

「どうした、トム？」

「静《しず》かに！　ほら、まただ。聞《き》こえなかった？」

「おれには――」

「ほら、今度《こんど》は聞《き》こえるだろ」

「やばい、トム、あいつらが来《き》たんだ！　ほんとに来《き》ちまったんだよ。どうする？」

「わかんないよ。向《む》こうにはこっちが見《み》えるのかな」

「トム、あいつらは暗闇《くらやみ》でも見《み》えるんだ。猫《ねこ》みたいにな。ああ、こんなとこに来《こ》なきゃよかった」

「怖《こわ》がっちゃだめだよ。何《なに》も悪《わる》いことはしてないんだから、こっちには手《て》を出《だ》さないよ。じっとしていたら、気《き》づかれないかもしれないぞ」

「やってみるよ、トム。でも体《からだ》が震《ふる》えっぱなしなんだ」

「ほら！」

トムとハックは体《からだ》を丸《まる》め、頭《あたま》を寄《よ》せるように隠《かく》れました。じっと息《いき》を殺《ころ》していると、墓地《ぼち》の向《む》こうのほうから、ぼそぼそした声《こえ》が聞《き》こえてきます。

「見《み》てよ！　あそこ！　あれ、なんだろう？」

「人魂《ひとだま》だ。ああトム、とんでもねえことになっちまった！」

薄暗闇《うすくらやみ》の中《なか》から、ぼんやりとした影《かげ》が近《ちか》づいてきました。

昔風《むかしふう》のブリキのランタン（ランプ）が揺《ゆ》れて、地面《じめん》の上《うえ》で丸《まる》い光《ひかり》が動《うご》いています。ハックは震《ふる》えながらささやきました。

「あいつらは確《たし》かに悪魔《あくま》だ。三匹《さんびき》もいる！　ああトム、おれたちも終《お》わりだ。おまえ、お祈《いの》りの仕《し》方《かた》を知《し》ってるか？」

「やってみるよ、でも怖《こわ》がらなくていいよ。きっとあいつらは悪《わる》さなんかしないから。

『主《しゅ》よ、わたしは横《よこ》になって眠《ねむ》りにつきます、どうかわたしを――』

「しーっ！」

「なんだよ、ハック」

「ありゃ人間《にんげん》だぞ！　少《すく》なくとも一人《ひとり》はそうだ。あれはマフ・ポッターじいさんの声《こえ》だ」

「うそ！　ほんとに？」

「間違《まちが》いないさ。とにかく絶対《ぜったい》に動《うご》くなよ。

じいさんはぼんやりしてるから、きっとおれたちには気《き》づかねえさ。たぶんいつもの調子《ちょうし》で酔《よ》っ払《ぱら》っているだろうしな。しょうがねえ、のんだくれのじいさんなんだよ！」

「わかった。じっとしてるよ。

おや、あいつら止《と》まった。何《なに》か探《さが》しているんだ。またこっちのほうへやってきたぞ。

ハック、もう一人《ひとり》の声《こえ》も聞《き》き覚《おぼ》えがある。あれはインジャン・ジョーだ」

「あの人殺《ひとごろ》しか。あいつより悪魔《あくま》のほうがずっとましだな。それにしてもあいつら、なんでここに来《き》たんだ？」

トムたちは、しゃべるのをやめました。ホス・ウィリアムズのお墓《はか》にたどりついた三人《さんにん》が、トムたちの近《ちか》くで立《た》ち止《ど》まったからです。

「ここだ」

三人目《さんにんめ》の声《こえ》が聞《き》こえました。声《こえ》の主《ぬし》がランタンを持《も》ち上《あ》げると、若《わか》いお医者《いしゃ》さん、ロビンソンさんの顔《かお》が見《み》えました。

マフ・ポッターとインジャン・ジョーは、ロープとシャベルが入《はい》った手押《てお》し車《ぐるま》を運《はこ》んできていました。そして、ロープとシャベルを地面《じめん》に放《ほう》り投《な》げると、お墓《はか》を掘《ほ》り返《かえ》しはじめました。

一方《いっぽう》、ロビンソンさんは死体《したい》の頭《あたま》が埋《う》まっているほうにランタンを置《お》くと、ニレの木《き》の根元《ねもと》に座《すわ》

ってもたれかかりました。トムとハックが手《て》を伸《の》ばせば、触《さわ》ることができるほどの近《ちか》さです。

「さあ急《いそ》いでくれ！　いつ月《つき》が出《で》てきて、明《あか》るくなってしまうかもしれないぞ」

低《ひく》い声《こえ》でロビンソンが命令《めいれい》すると、インジャン・ジョーとマフ・ポッターは不満《ふまん》そうに低《ひく》い声《こえ》で答《こた》え、お墓《はか》を掘《ほ》り続《つづ》けました。

しばらくの間《あいだ》はシャベルが土《つち》と砂利《じゃり》を掘《ほ》り返《かえ》す音《おと》しか聞《き》こえませんでした。しかしついに、シャベルが鈍《にぶ》い音《おと》を立《た》てて棺桶《かんおけ》に当《あ》たりました。

それから一《いち》、二分《にふん》も経《た》たないうちに、二人《ふたり》は棺桶《かんおけ》を地上《ちじょう》に引《ひ》き上《あ》げました。シャベルでふたをこじ開《あ》けて中《なか》から遺体《いたい》を取《と》り出《だ》し、地面《じめん》の上《うえ》に乱暴《らんぼう》にどさりと降《お》ろしました。

ちょうど雲《くも》の間《あいだ》から月《つき》が出《で》て、死体《したい》の青白《あおじろ》い顔《かお》が照《て》らし出《だ》されます。死体《したい》は手押《てお》し車《ぐるま》にのせられ、上《うえ》から毛布《もうふ》でおおわれてロープでしばられました。

マフ・ポッターは大《おお》きな飛《と》び出《だ》しナイフを取《と》り出《だ》して、垂《た》れ下《さ》がったロープの端《はし》を切《き》り落《お》とすと、ロビンソンさんにこう言《い》いました。

「準備《じゅんび》は終《お》わったぜ、先生《せんせい》よ。さあ、あと五《ご》ドル出《だ》してもらおうか。でないとこの仏《ほとけ》さんはここから動《うご》かないぜ」

「その通《とお》りだ！」

インジャン・ジョーがあいづちを打《う》ちます。

「ちょっと待《ま》ってくれ、どういうことだ？　前払《まえばら》いしろって言《い》ったから、その分《ぶん》は払《はら》ったはずだぞ」

ロビンソンさんが反論《はんろん》します。

「そうだ。でも、おれには他《ほか》にも貸《か》しがあるんだよ」

インジャン・ジョーは、立《た》ち上《あ》がったロビンソンさんに近《ちか》づきながら言《い》いました。

「五年前《ごねんまえ》のある晩《ばん》、おまえは、父親《ちちおや》の家《いえ》の台所《だいどころ》からおれを追《お》い払《はら》っただろう。何《なに》か食《た》べ物《もの》をくれと頼《たの》みにいっただけなのに、どうせ悪《わる》だくみをしているんだろうって言《い》いやがったんだ。

それでおれが、百年《ひゃくねん》かかっても借《か》りを返《かえ》してやるって言《い》ったら、おまえの父親《ちちおや》は、住《す》むところが決《き》まっていないという理由《りゆう》で、おれを刑務所《けいむしょ》に入《い》れやがった。

おれがあのときのことを忘《わす》れたとでも思《おも》うか？　おれはだてにインディアンの血《ち》をひいているわけじゃねえ。いい機会《きかい》だ、借《か》りを返《かえ》してもらおうか！」

インジャン・ジョーが、顔《かお》の前《まえ》にこぶしを突《つ》き出《だ》しておどします。するとロビンソンさんは急《きゅう》に殴《なぐ》りかかり、相手《あいて》を地面《じめん》に倒《たお》してしまいました。

あわてたマフ・ポッターが、ロープを切《き》ったナイフを捨《す》ててどなります。

「おい、おれの相棒《あいぼう》を殴《なぐ》るんじゃねえよ！」

マフ・ポッターは、ロビンソンさんと取《と》っ組《く》み合《あ》いを始《はじ》めました。

インジャン・ジョーもすぐに起《お》き上《あ》がります。そして前《まえ》かがみの姿勢《しせい》でマフ・ポッターのナイフをつかむと、目《め》をギラギラさせながら、すきをうかがいました。

やがてロビンソンさんがポッターを振《ふ》りはらい、重《おも》い墓石《はかいし》をつかんで頭《あたま》を殴《なぐ》りました。マフ・ポッターは地面《じめん》に倒《たお》れて気《き》を失《うしな》ってしまいましたが、それと同時《どうじ》にインジャン・ジョーがロビンソンさんに一気《いっき》に近《ちか》づき、胸《むね》にナイフをぐさりと刺《さ》しました。

ロビンソンさんがよろめき、マフ・ポッターに折《お》り重《かさ》なるように倒《たお》れていきます。胸《むね》から流《なが》れた血《ち》が、マフ・ポッターにどっとかかるのが見《み》えました。

ここで月《つき》が雲《くも》に隠《かく》れたために、恐《おそ》ろしい殺人現場《さつじんげんば》は闇《やみ》に包《つつ》まれました。トムとハックルベリーは、このすきに一目散《いちもくさん》に逃《に》げていきました。


また月《つき》が顔《かお》をのぞかせて、墓場《はかば》を照《て》らし出《だ》しました。

インジャン・ジョーは、倒《たお》れている二人《ふたり》をじっと見《み》おろしています。胸《むね》を刺《さ》されたロビンソンさんは何《なに》かをつぶやき、一度《いちど》か二度《にど》、苦《くる》しそうにあえぐと動《うご》かなくなってしまいました。

「これで貸《か》し借《か》りなしだ……ざまあみろ、この野郎《やろう》」

独《ひと》り言《ごと》を言《い》ったインジャン・ジョーが、ロビンソンさんのポケットをあさります。さらには血《ち》のついたナイフを、気《き》を失《うしな》っているマフ・ポッターの右手《みぎて》の上《うえ》にのせ、先《さき》ほど掘《ほ》り出《だ》した棺《ひつぎ》の上《うえ》に座《すわ》ったのです。

五分後《ごふんご》、マフ・ポッターがもぞもぞと体《からだ》を動《うご》かし、うめき始《はじ》めました。その拍子《ひょうし》に右手《みぎて》を握《にぎ》ったので、血《ち》のついたナイフを持《も》っている格好《かっこう》になりました。

ようやく気《き》がついたポッターはナイフを見《み》ると、はっとしてして地面《じめん》に落《お》としました。自分《じぶん》の上《うえ》にかぶさっていたロビンソンさんをおしのけると、まずは死体《したい》に目《め》をやり、次《つぎ》には自分《じぶん》の周《まわ》りを見《み》回《まわ》します。そこでインジャン・ジョーと目《め》が合《あ》いました。

「ああ、いったいどうなってるんだ、インジャン？」

「おい、ひでえことするな。なんでそんなことをやったんだ？」

インジャン・ジョーは、顔色《かおいろ》一《ひと》つ変《か》えずに答《こた》えました。

「おれがだって？　おれはやってねえよ！」

「おい！　そんな言《い》い訳《わけ》が通用《つうよう》すると思《おも》ってんのか？」

マフ・ポッターはぶるぶる震《ふる》えています。顔《かお》は真《ま》っ青《さお》になっていきました。

「おれはもう、酔《よ》っ払《ぱら》ってねえつもりだった。そもそも、今夜《こんや》は酒《さけ》を飲《の》んだりしちゃいけなかったんだ。

でもまだ酔《よ》いが残《のこ》っている。ここに来《き》たときよりも頭《あたま》がくらくらするんだ。すっかり混乱《こんらん》しちまって、ほとんど何《なに》も思《おも》い出《だ》せねえよ。

なあ教《おし》えてくれジョー。正直《しょうじき》に言《い》ってくれ。兄弟分《きょうだいぶん》よ、おれは本当《ほんとう》にやっちまったのか？

ジョー、これは誓《ちか》って言《い》うが、そんなつもりなんてなかったんだ。ああ、なんてこった……。こいつは若《わか》くて、将来有望《しょうらいゆうぼう》な奴《やつ》だったのに」

「おまえら二人《ふたり》は取《と》っ組《く》み合《あ》いになって、ロビンソンがおまえを墓石《はかいし》でぶん殴《なぐ》ったんだ。で、おまえはふらふらしながら立《た》ち上《あ》がって、ナイフをあいつに突《つ》き刺《さ》した。それと同時《どうじ》に、ロビンソンがおまえをもう一発《いっぱつ》ぶん殴《なぐ》ってな。だからおまえは今《いま》まで、ぴくりともしないで倒《たお》れてたってわけだ」

「もし本当《ほんとう》にそんなことをしたんなら、そのまま死《し》んだほうがましだった。

こんなことになっちまったのは、ウイスキーを飲《の》んだのと、かっとなっちまったせいなんだ。

おれは今《いま》まで刃物《はもの》なんか使《つか》ったことはねえ、ケンカはしても、刃物《はもの》を使《つか》ったりしたことは一度《いちど》もねえんだ。みんなそう言《い》うはずさ。

ジョー、頼《たの》むから秘密《ひみつ》にしてくれ。お願《ねが》いだから、誰《だれ》にも言《い》わないって約束《やくそく》してくれよ。おれはおまえのことがずっと気《き》に入《い》っていたし、いつもおまえの味方《みかた》をしてきたよな。忘《わす》れたわけじゃねえだろう？　頼《たの》むから誰《だれ》にも言《い》わないでくれよ」

すっかりだまされたマフ・ポッターは、インジャン・ジョーの前《まえ》でひざまずき、まるでお祈《いの》りでもするような姿勢《しせい》で必死《ひっし》に頼《たの》みました。

本当《ほんとう》の犯人《はんにん》であるインジャン・ジョーは、無表情《むひょうじょう》なままです。

「わかった、言《い》わねえよ。マフ・ポッター、おまえはおれをだましたりしなかったし、いつもきちんとつきあってくれたからな。裏切《うらぎ》るような真似《まね》はしねえよ。

さあ、これだけ約束《やくそく》すれば気《き》がすんだだろう？」

「インジャン、おまえは神様《かみさま》だ。このことは一生恩《いっしょうおん》に着《き》るよ」

マフ・ポッターは泣《な》き出《だ》しました。

「もういい加減《かげん》にしろ。泣《な》いている暇《ひま》なんてねえんだ。おまえはあっちの道《みち》へ行《い》け。おれはこっちに行《い》く。さあ行《い》け。証拠《しょうこ》は何《なに》も残《のこ》すなよ」

マフ・ポッターは早足《はやあし》で歩《ある》き出《だ》したかと思《おも》うと、すぐに走《はし》り始《はじ》めました。インジャン・ジョーはその後《うし》ろ姿《すがた》を見《み》ながら、一人《ひとり》でつぶやきます。

「あの様子《ようす》じゃ、頭《あたま》をぶん殴《なぐ》られたのと酒《さけ》の酔《よ》いが残《のこ》っているせいで、かなり遠《とお》くに行《い》くまでナイフのことは思《おも》い出《だ》さねえだろうな。

思《おも》い出《だ》したにしても、一人《ひとり》でこんな場所《ばしょ》まで戻《もど》ってくる勇気《ゆうき》はねえはずだ。臆病者《おくびょうもの》め！」

そして墓地《ぼち》は、再《ふたた》び静《しず》まり返《かえ》りました。

数分後《すうふんご》には、殺《ころ》されたロビンソンさんと、毛布《もうふ》に包《つつ》まれたホス・ウィリアムズの死体《したい》、ふたの開《あ》いた棺《ひつぎ》、掘《ほ》り返《かえ》されたお墓《はか》だけが月明《つきあ》かりに照《て》らされていました。

誓《ちか》いの儀《ぎ》式《しき》

トムとハックルベリーは、村《むら》に向《む》かって必死《ひっし》に走《はし》り続《つづ》けました。恐怖《きょうふ》のあまり、しゃべることもできません。誰《だれ》かに追《お》いかけられているのではないかと思《おも》い、ときどき心配《しんぱい》そうに後《うし》ろをふりかえりました。

「なんとかして、昔《むかし》の工場《こうじょう》の跡《あと》まで行《い》かないと！」

トムが息《いき》もきれぎれにささやきます。

「もうふらふらで倒《たお》れそうだ！」

二人《ふたり》は同時《どうじ》に昔《むかし》の工場《こうじょう》の跡《あと》にたどりつくと、開《あ》けっ放《ぱな》しになっているドアから中《なか》に入《はい》り、奥《おく》の安《あん》全《ぜん》な場所《ばしょ》に倒《たお》れこみました。

少《すこ》しずつ胸《むね》のドキドキが収《おさ》まってくると、トムが小声《こごえ》でたずねました。

「ハックルベリー、このあと、どうなると思《おも》う？」

「ロビンソンさんが死《し》んだら、犯人《はんにん》は死刑《しけい》だろうな」

「そう思《おも》う？」

「そりゃそうさ、トム」

トムはしばらく考《かんが》えたあと、またたずねました。

「誰《だれ》が説明《せつめい》するの？　おれたち？」

「何《なに》を言《い》ってるんだ？　もしインジャンが死刑《しけい》にならなかったら、どうするよ？　そしたらあいつは、いつか絶対《ぜったい》におれたちを殺《ころ》すぜ。絶対《ぜったい》に間違《まちが》いねえよ」

「おれもそう思《おも》ってた」

「もし誰《だれ》かが話《はな》さなきゃならないんだとしたら、マフ・ポッターにしゃべらせりゃいいんだ。そこまであいつがおめでたい奴《やつ》だったらの話《はなし》だけどな。あいつはいつも酔《よ》っ払《ぱら》ってるし」

トムは何《なに》も言《い》わず、黙《だま》って考《かんが》え続《つづ》けました。それからこう反論《はんろん》しました。

「ハック、マフ・ポッターは本当《ほんとう》のことを知《し》らないんだ。話《はな》せるわけがないだろ？」

「なんで知《し》らないんだ？」

「インジャン・ジョーがロビンソンさんを刺《さ》したとき、マフ・ポッターは殴《なぐ》られて気《き》を失《うしな》っていたんだ。そんな状態《じょうたい》で何《なに》か見《み》たと思《おも》う？　何《なに》か覚《おぼ》えていると思《おも》う？」

「言《い》われてみりゃあ、その通《とお》りだ、トム！」

またしばらく考《かんが》えて、トムが口《くち》を開《ひら》きました。

「ハック、必《かなら》ず内緒《ないしょ》にしておける？」

「トム、おれたちは絶対《ぜったい》に内緒《ないしょ》にしておかなきゃならないんだ。そんなのおまえもわかってるだろ。もしおれたちが本当《ほんとう》のことをしゃべっても、あの悪魔《あくま》みてえなインジャンが死刑《しけい》にならなかったら、おれたちのことなんて、まるで猫《ねこ》を殺《ころ》すみたいに簡単《かんたん》に殺《ころ》しちまう。いいかトム、お互《たが》いに誓《ちか》いを立《た》てようぜ。このことは誰《だれ》にも言《い》わないって誓《ちか》いあうんだ」

「わかった。それが一番《いちばん》いいな。じゃあ手《て》を握《にぎ》って誓《ちか》おうよ、おれたちは――」

「おい、そんなやり方《かた》じゃだめだ。普通《ふつう》の誓《ちか》いならそれでいいさ。特《とく》に女《おんな》と約束《やくそく》をするときはな。あいつらはどっちにしても約束《やくそく》を破《やぶ》るし、腹《はら》を立《た》てるとぺらぺらしゃべっちまうから。でも今度《こんど》みたいなでっかい事件《じけん》のときは、誓《ちか》いを書《か》いておかなくちゃならねえ。それで血《ち》でサインするんだ」

トムは大賛成《だいさんせい》でした。秘密《ひみつ》めいていて、おどろおどろしい誓《ちか》いの立《た》て方《かた》は、今《いま》の時間帯《じかんたい》や自分《じぶん》たちが置《お》かれた立場《たちば》、周《まわ》りの雰囲気《ふんいき》にぴったりだったからです。

トムは月明《つきあ》かりのもとで汚《よご》れていない松《まつ》の板《いた》を拾《ひろ》い、ポケットから赤《あか》いチョークの代《か》わりになる土《つち》のかけらを取《と》り出《だ》すと、苦労《くろう》しながらこう書《か》きました。

『ハック・フィンとトム・ソーヤは、このことについて黙《だま》っていると誓《ちか》う。もししゃべったら、すぐに死《し》んで、体《からだ》がくさってもかまわない。』

ハックルベリーは、トムが立派《りっぱ》な文章《ぶんしょう》を書《か》くのに感心《かんしん》し、すぐに襟《えり》からピンを外《はず》して自分《じぶん》の指《ゆび》に刺《さ》そうとしました。

トムがあわてて止《と》めます。

「待《ま》って。それじゃだめだよ。そのピンは真鍮《しんちゅう》でできてるから『ロクショウ』がついているかもしれないし」

「『ロクショウ』って何《なに》?」

「毒《どく》だよ。ちょっとなめたらすぐにわかるよ」

そこでトムは、自分《じぶん》が持《も》っていた縫《ぬ》い針《ばり》から糸《いと》を外《はず》し、それぞれの親指《おやゆび》を針《はり》で刺《さ》しました。何度《なんど》も血《ち》を絞《しぼ》り出《だ》したあと、トムは小指《こゆび》をペンのように使《つか》って血《ち》でイニシャルを書《か》き、ハックルベリーに彼《かれ》のイニシャルであるH《エイチ》とF《エフ》の書《か》き方《かた》も教《おし》えてやりました。

誓《ちか》いの儀式《ぎしき》はこれで終《お》わりです。松《まつ》の板《いた》は二人《ふたり》が逃《に》げこんだ小屋《こや》の壁《かべ》の近《ちか》くに、おごそかな呪文《じゅもん》とともに埋《う》められました。これで二人《ふたり》の口《くち》にはカチリと鍵《かぎ》がかかり、その鍵《かぎ》も捨《す》てられたということになります。

トムが窓《まど》からそっと家《いえ》に戻《もど》ったのは、もう明《あ》け方近《がたちか》くでした。トムは注意深《ちゅういぶか》く着替《きが》え、誰《だれ》にも知《し》られずに大冒険《だいぼうけん》をしてきたことに満足《まんぞく》しながら、眠《ねむ》りにつきました。ところが静《しず》かに寝息《ねいき》を立《た》てているはずのシッドは、もう一時間《いちじかん》も前《まえ》から目《め》を覚《さ》ましていました。トムはそのことに気《き》づかなかったのです。

トムが起《お》きたとき、シッドは着替《きが》えをすませていなくなっていました。窓《まど》から差《さ》しこむ光《ひかり》や、家《いえ》の中《なか》の雰囲気《ふんいき》からすると、どうやら寝坊《ねぼう》したようです。トムはあわてました。なぜいつも通《どお》り、シッドやおばさんは、自分《じぶん》が起《お》きてくるまでしつこく呼《よ》ばなかったのでしょう？　なんだか悪《わる》い予感《よかん》がします。

トムは五分後《ごふんご》には着替《きが》えをすませて、眠《ねむ》けと後《うし》ろめたさを感《かん》じながら下《した》の階《かい》に降《お》りていきました。家族《かぞく》のみんなはテーブルのところにいて、すでに朝《あさ》ごはんもすませていました。トムを叱《しか》る人《ひと》は誰《だれ》もいませんでしたが、視線《しせん》を合《あ》わせようとする人《ひと》もいません。椅子《いす》に座《すわ》ったトムは、わざと明《あか》るくふるまおうとしました。でも誰《だれ》も笑顔《えがお》を見《み》せてくれないし、返事《へんじ》もしてくれません。トムはどんよりとした気分《きぶん》になっていきました。

朝《あさ》ごはんのあと、トムはおばさんに呼《よ》ばれました。朝起《あさお》きてから、ずっと家族《かぞく》の人《ひと》たちに無視《むし》されていたので、むちで打《う》たれるんだと思《おも》ったときにはうれしくなったほどです。

しかし、そうではありませんでした。

ポリーおばさんは、こんな年寄《としよ》りをどうして悲《かな》しませるんだと、しくしく泣《な》きはじめたのです。そして最後《さいご》には、あんたはどうしようもない子供《こども》だから、もう勝手《かって》にしたらいい、どうとでもなって、この白髪頭《しらがあたま》の年寄《としよ》りを悲《かな》しませたらいいんだと言《い》ってきました。

トムにとっては、むちで千回《せんかい》打《う》たれるよりもショックでした。トムは泣《な》きながら謝《あやま》り、こんなことはもうしませんと何度《なんど》も約束《やくそく》することで、ようやく許《ゆる》してもらえました。でも、おばさんは自分《じぶん》のことを心《こころ》から許《ゆる》したわけでもなければ、本当《ほんとう》に信用《しんよう》したわけでもなさそうです。トムはあまりに惨《みじ》めだったので、シッドに仕返《しかえ》しする気《き》にもなれませんでした。

学校《がっこう》に行《い》くと今度《こんど》は、昨日《きのう》の午後《ごご》ジョー・ハーパーと授業《じゅぎょう》をサボったせいで、先生《せんせい》からむちで打《う》たれました。けれどショックをひきずっているトムは、まったく気《き》にしていません。

トムは席《せき》に座《すわ》ると、机《つくえ》にひじをついてあごをのせ、悲《かな》しそうな目《め》で壁《かべ》を穴《あな》のあくほど見《み》つめていました。

ふと気《き》がつくと片方《かたほう》のひじが、紙《かみ》に包《つつ》まれた何《なに》か固《かた》いものに当《あ》たっています。トムはだいぶ時間《じかん》がたってから、ゆっくりと姿勢《しせい》を変《か》え、ため息《いき》をつきながら紙《かみ》に包《つつ》まれた固《かた》いものを手《て》にとりました。

中身《なかみ》を見《み》たトムは、また大《おお》きなため息《いき》をつき、さらに立《た》ち直《なお》れないほど落《お》ちこみました。それはベッキーにあげたはずの真鍮《しんちゅう》の取《と》っ手《て》だったのです!

殺《さつ》人《じん》事《じ》件《けん》のニュース

正午《しょうご》になる頃《ころ》、ぞっとするようなニュースが届《とど》き、村《むら》は大騒《おおさわ》ぎになりました。悪《わる》い知《し》らせは人《ひと》から人《ひと》へ、家《いえ》から家《いえ》へと、あっという間《ま》に伝《つた》わっていきました。

学校《がっこう》の校長先生《こうちょうせんせい》は、午後《ごご》の授業《じゅぎょう》を休《やす》みにしました。もしそうしていなければ、逆《ぎゃく》に村中《むらじゅう》の人《ひと》から変《へん》に思《おも》われていたでしょう。

ぞっとするようなニュースとは、トムたちが見《み》た殺人事件《さつじんじけん》のことでした。

まず血《ち》のついたナイフが死体《したい》の近《ちか》くで見《み》つかり、誰《だれ》かがそのナイフはマフ・ポッターのものだと言《い》ったらしいといううわさが伝《つた》わってきました。

また、こんな話《はなし》も伝《つた》わってきました。

遅《おそ》くまで起《お》きていた人《ひと》が夜中《よなか》の一時《いちじ》か二時頃《にじごろ》、マフ・ポッターが小川《おがわ》で体《からだ》を洗《あら》っているところを見《み》たと言《い》うのです。マフ・ポッターはすぐにこそこそ逃《に》げ出《だ》したらしいのですが、これもあやしい出来事《できごと》でした。マフ・ポッターはふだん、体《からだ》を洗《あら》ったりしないからです。

さらには村中《むらじゅう》が調《しら》べられたものの、まだ犯人《はんにん》がつかまっていないこと、馬《うま》に乗《の》った人《ひと》たちが村《むら》の外《そと》に通《つう》じるすべての道《みち》を探《さが》しにいったこと、村《むら》の保安官《ほあんかん》は、夜《よる》までには犯人《はんにん》をつかまえられるはずだと自信《じしん》をもっているらしいことも伝《つた》わってきました。

やがて村中《むらじゅう》の人《ひと》たちが、ぞろぞろと墓地《ぼち》へ向《む》かいました。トムも、先《さき》ほどまで悲《かな》しい気持《きも》ちになっていたのを忘《わす》れて、墓地《ぼち》へ向《む》かいました。怖《こわ》いもの見《み》たさのような、自分《じぶん》では説明《せつめい》できない気持《きも》ちになっていたのです。

墓地《ぼち》に着《つ》いたトムは、大人《おとな》たちの間《あいだ》に体《からだ》をもぐりこませて、恐《おそ》ろしい殺人現場《さつじんげんば》を眺《なが》めました。この場所《ばしょ》にいたのは昨日《きのう》の夜《よる》ですが、もうずいぶん昔《むかし》のことだったような気《き》がします。

ふと誰《だれ》かが腕《うで》をつかみました。ふりむくと、そこにはハックルベリーがいました。

二人《ふたり》はすぐに目《め》をそらし、自分《じぶん》たちのことを誰《だれ》かがあやしんでいないだろうかと心配《しんぱい》しました。

しかし村《むら》の人《ひと》たちは、殺人現場《さつじんげんば》を見《み》ながら話《はなし》をするのに夢中《むちゅう》になっています。

「気《き》の毒《どく》だ！」

「まだ若《わか》いのに！」

「これは墓荒《はかあ》らしをする奴《やつ》への見《み》せしめだ！」

「マフ・ポッターはつかまったら死刑《しけい》だな！」

こんなことが口々《くちぐち》に叫《さけ》ばれる中《なか》、牧師《ぼくし》さんはこう言《い》いました。

「神《かみ》のさばきです。主《しゅ》が御手《みて》をくだされたのです」

ふと、トムの体《からだ》がぶるぶると震《ふる》えました。インジャン・ジョーが無表情《むひょうじょう》な顔《かお》をして立《た》っているのを見《み》つけたからです。

まさにこの瞬間《しゅんかん》、村《むら》の人《ひと》たちがざわざわしはじめました。

「おい奴《やつ》だ、奴《やつ》が来《き》たぞ！」

「誰《だれ》？　誰《だれ》が来《き》たんだって？」

「マフ・ポッターだよ！」

「見《み》ろ、立《た》ち止《ど》まったぞ。気《き》をつけろ、後《うし》ろを向《む》いたぞ、あいつを逃《に》がすな！」

トムの上《うえ》のほうで木《き》に登《のぼ》って見《み》ていた人《ひと》たちは、マフ・ポッターは逃《に》げようとしているわけじゃない、自分《じぶん》でもわけがわからなくなっているんだと、言《い》いました。

「いまいましい、なんて厚《あつ》かましい奴《やつ》だ！」

見物人《けんぶつにん》の誰《だれ》かが言《い》いました。

「きっと自分《じぶん》がやったことを確《たし》かめにきたんだ。まさか、ここに人《ひと》が来《き》ているとは思《おも》わなかったんだろうな」

野次馬《やじうま》が道《みち》をあけると、保安官《ほあんかん》がマフ・ポッターの腕《うで》をつかんで前《まえ》に連《つ》れていきます。げっそりした顔《かお》をしていて、目《め》はおびえていました。

マフ・ポッターは死体《したい》の前《まえ》に立《た》つとぶるぶる震《ふる》え、両手《りょうて》で顔《かお》をおおって泣《な》き出《だ》しました。

「みんな、おれはやってねえ。誓《ちか》ってもいい、絶対《ぜったい》にやってねえよ」

「おまえがやったなんて、誰《だれ》が言《い》った？」

誰《だれ》かの叫《さけ》び声《ごえ》で、マフ・ポッターははっと我《われ》に返《かえ》ったようでした。顔《かお》を上《あ》げて希望《きぼう》を失《うしな》ったような哀《あわ》れな目《め》つきで周《まわ》りを見回《みまわ》し、インジャン・ジョーがいるのに気《き》がつきました。

「おい、インジャン・ジョー！　おまえは約束《やくそく》したじゃねえか、絶対《ぜったい》に――」

「このナイフは君《きみ》のものかね」

保安官《ほあんかん》が、マフ・ポッターの目《め》の前《まえ》にナイフを出《だ》しました。もし周《まわ》りの人《ひと》が支《ささ》えていなければ、気《き》を失《うしな》って倒《たお》れていたでしょう。マフ・ポッターは地面《じめん》にへなへなと座《すわ》りこむと、こう説明《せつめい》しました。

「これを取《と》りに戻《もど》ってこなかったら、やべえことになる……なんとなくそんな気《き》がしたんだ」

ポッターは体《からだ》を震《ふる》わせ、まるで、もうどうでもいいんだと合図《あいず》するように弱々《よわよわ》しく手《て》を振《ふ》りながら、インジャン・ジョーに声《こえ》をかけました。

「ジョー、みんなに話《はな》してやってくれ。もう隠《かく》したってしょうがねえ」

するとインジャン・ジョーは、落《お》ち着《つ》きはらった様子《ようす》で説明《せつめい》を始《はじ》めました。

ハックルベリーとトムは、その様子《ようす》をあっけにとられながら見《み》ていました。インジャン・ジョーが本当《ほんとう》の犯人《はんにん》であることを知《し》っている二人《ふたり》は、雲一《くもひと》つない空《そら》から、神様《かみさま》が罰《ばつ》として雷《かみなり》を落《お》とす瞬間《しゅんかん》が来《く》るのを今《いま》か今《いま》かと待《ま》っていました。

ところが話《はなし》が終《お》わっても、インジャン・ジョーはぴんぴんしています。落《お》ち着《つ》きはらって説明《せつめい》を繰《く》り返《かえ》し、さらに、自分《じぶん》はうそをつきませんと、みんなの前《まえ》で誓《ちか》ってみせることまでやったのです。

それでも雷《かみなり》が落《お》ちてこないので、トムとハックルベリーは、やはりインジャン・ジョーは悪魔《あくま》に魂《たましい》を売《う》ったのだと信《しん》じるようになりました。そんな恐《おそ》ろしい人間《にんげん》に関《かか》わったら、自分《じぶん》たちの命《いのち》さえ危《あぶ》なくなってしまいます。こう思《おも》ったとたん、本当《ほんとう》のことを言《い》ってマフ・ポッターを助《たす》けてあげようという気持《きも》ちはなくなってしまいました。

恐《おそ》ろしい秘密《ひみつ》を抱《かか》えていたのと、後《うし》ろめたさを感《かん》じていたせいで、トムはこのあと一週間《いっしゅうかん》、まともに眠《ねむ》れませんでした。朝《あさ》ごはんの席《せき》で、シッドからこんなことを言《い》われたほどです。

「トム、君《きみ》がしょっちゅう寝返《ねがえ》りを打《う》ったり寝言《ねごと》を言《い》ったりするから、ぼくはぐっすり眠《ねむ》れないじやないか」

トムは真《ま》っ青《さお》になって、下《した》を向《む》きました。

「そりゃあよくないね。何《なに》か心配事《しんぱいごと》かい、トム？」

ポリーおばさんも心配《しんぱい》そうです。

「なんでもないよ、ぼくは何《なに》も知《し》らないよ」

トムはこう言《い》いましたが、手《て》が震《ふる》え、コーヒーがこぼれてしまいました。

シッドがさらに追《お》い打《う》ちをかけるようなことを言《い》います。

「昨日《きのう》の夜《よる》は『血《ち》だ、血《ち》だよ、あれは血《ち》だよ』って何回《なんかい》も言《い》ってたよ。それから『そんなにいじめないで、ぼくは話《はな》すから！』って言《い》ってたな。話《はな》すって何《なに》？　なんのこと？」

トムはめまいがしました。しかし運《うん》のいいことに、このときはポリーおばさんが助《たす》け船《ぶね》を出《だ》してくれました。おばさんは勘違《かんちが》いしたのです。

「そうか！　あの恐《おそ》ろしい事件《じけん》のせいだね。あたしだって毎晩夢《まいばんゆめ》に見《み》るくらいさ。自分《じぶん》が犯人《はんにん》になったような夢《ゆめ》もときどき見《み》るよ」

続《つづ》いてメアリーが、わたしも同《おな》じようにうなされるわと言《い》ったので、シッドは納得《なっとく》したようでした。

トムはなるべく自然《しぜん》に急《いそ》いでテーブルを離《はな》れましたが、気《き》が気《き》ではありません。自分《じぶん》が寝《ね》ている間《あいだ》に、殺人事件《さつじんじけん》のことを話《はな》してしまうかもしれないのです。

そこでトムは、それから一週間《いっしゅうかん》は歯《は》が痛《いた》いんだと言《い》い張《は》り、口《くち》が開《あ》かないようにあごをしばってから寝《ね》るようにしました。

トムは知《し》りませんでしたが、実《じつ》はシッドは毎晩《まいばん》、トムを観察《かんさつ》していました。口《くち》をしばっている包帯《ほうたい》をしょっちゅう外《はず》してじっと耳《みみ》を傾《かたむ》け、また包帯《ほうたい》を元《もと》に戻《もど》していたのです。

それでもトムの不安《ふあん》はだんだん薄《うす》らいでいき、歯《は》が痛《いた》いふりをするのも結局《けっきょく》はやめてしまいました。トムが隠《かく》していた秘密《ひみつ》も、外《そと》には漏《も》れませんでした。シッドはトムの寝言《ねごと》で何《なに》かに気《き》づいたかもしれませんが、誰《だれ》にも何《なに》も言《い》わなかったからです。

マフ・ポッターを気《き》の毒《どく》に思《おも》ったトムは、毎日《まいにち》か一日《いちにち》おきに牢屋《ろうや》に出《で》かけ、自分《じぶん》が手《て》に入《い》れたわずかな食《た》べ物《もの》を鉄格子《てつごうし》の窓《まど》から差《さ》し入《い》れました。トムはこうすることで、自分《じぶん》の気持《きも》ちがかなり救《すく》われるような感《かん》じがしました。

猫《ねこ》のピーターと飲《の》み薬《ぐすり》

トムが殺人事件《さつじんじけん》のことをあまり悩《なや》まなくなっていったのには、別《べつ》の理由《りゆう》もありました。あこがれの女《おんな》の子《こ》、ベッキー・サッチャーが学校《がっこう》に来《こ》なくなるという事件《じけん》が起《お》きていたからです。

最初《さいしょ》の何日間《なんにちかん》か、プライドの高《たか》いトムはむりやり「口笛《くちぶえ》を吹《ふ》いて忘《わす》れよう」としました。でも気《き》がつくと、毎晩《まいばん》、ベッキーの家《いえ》の周《まわ》りを、しょんぼりしながらうろうろしています。

ベッキーは病気《びょうき》でした。

（あの子《こ》が死《し》んじゃったらどうしよう！）

そう考《かんが》えると、気《き》が気《き》ではありません。

戦争《せんそう》ごっこや海賊《かいぞく》ごっこなど、どうでもよくなってしまいました。トムは野球《やきゅう》のバットも片付《かたづ》けてしまいます。生《い》きる楽《たの》しみがなくなったのです。

心配《しんぱい》になったポリーおばさんは、トムを元気《げんき》にするために、ありとあらゆる治療法《ちりょうほう》に手《て》を出《だ》しはじめました。もともとポリーおばさんは、あやしげな健康法《けんこうほう》にすぐに夢中《むちゅう》になってしまうタイプです。トムの様子《ようす》がおかしくなったことは、いろいろな方法《ほうほう》を試《ため》すチャンスでもありました。

最初《さいしょ》に試《ため》したのは、最近流行《さいきんりゅうこう》している水《みず》を使《つか》った治療法《ちりょうほう》です。

ポリーおばさんは毎朝《まいあさ》、夜明《よあ》けとともにトムを外《そと》に連《つ》れ出《だ》し、薪小屋《まきごや》に立《た》たせて頭《あたま》から冷《つめ》たい水《みず》をおぼれそうになるほど浴《あ》びせました。そしてトムの体《からだ》を、やすりのようにごわごわしたタオルでこすり、「活《かっ》」を入《い》れようとしました。

次《つぎ》にはぬれたシーツでトムを包《つつ》み、山《やま》のように毛布《もうふ》をかぶせます。そしてトムの「魂《たましい》」が汗《あせ》をかいて清《きよ》められ、トム本人《ほんにん》が言《い》うには「毛穴《けあな》から黄色《きいろ》い汚《よご》れが出《で》てくるまで」そのままにしておきました。

けれどトムは元気《げんき》になるどころか、どんどんふさぎこんでいきます。顔《かお》は青白《あおじろ》くなり、さらに元《げん》気《き》がなくなっていきました。

そこでおばさんは、熱《あつ》いお風呂《ふろ》に入《い》れる方法《ほうほう》や、腰《こし》から下《した》だけをお湯《ゆ》につける方法《ほうほう》、シャワーを浴《あ》びる方法《ほうほう》、頭《あたま》までお湯《ゆ》につかる方法《ほうほう》なども試《ため》しました。それでもトムがお葬式《そうしき》のようにどんよりとしたままだったので、今度《こんど》はオートミールを使《つか》った食事療法《しょくじりょうほう》や、水《みず》ぶくれにつけるぬり薬《ぐすり》まで試《ため》しました。そしてトムの体《からだ》に合《あ》った量《りょう》を測《はか》ったうえで、毎日《まいにち》、なんにでも効《き》くというあやしげな飲《の》み薬《ぐすり》をめいっぱい飲《の》ませたのです。

この頃《ころ》になると、トムはおばさんに何《なに》をされても反応《はんのう》しなくなっていました。

あわてたポリーおばさんは、『ペイン・キラー』という新《あたら》しい飲《の》み薬《ぐすり》のことを聞《き》きつけ、大量《たいりょう》に注文《ちゅうもん》することにしました。

飲《の》み薬《ぐすり》をなめてみたおばさんは、大喜《おおよろこ》びしました。まるで口《くち》やお腹《なか》の中《なか》が燃《も》えるような味《あじ》がするのです。そこでおばさんは他《ほか》の方法《ほうほう》をやめて、この飲《の》み薬《ぐすり》だけを使《つか》ってみることにしました。

まずスプーン一杯分《いっぱいぶん》だけ飲《の》ませ、トムの様子《ようす》を観察《かんさつ》します。

おばさんの心配《しんぱい》はすぐに吹《ふ》き飛《と》びました。トムが勢《いきお》いよく反応《はんのう》したからです。仮《かり》にトムのお尻《しり》の下《した》で火《ひ》を燃《も》やしたとしても、これほど激《はげ》しくは反応《はんのう》しなかったでしょう。

実《じつ》はトム自身《じしん》も、そろそろ「目《め》を覚《さ》ましてもいいかな」とひそかに思《おも》っていました。ベッキー・サッチャーに会《あ》えないことを嘆《なげ》きながら生《い》きていくのは、確《たし》かにロマンチックかもしれません。でも生活《せいかつ》はあまりに単調《たんちょう》ですし、おばさんからよけいな邪魔《じゃま》が入《はい》りすぎます。

そこでトムは、何《なに》をしようかとあれこれ考《かんが》えた結果《けっか》、まずは飲《の》み薬《ぐすり》が好《す》きなふりをしてみることにしました。恐《おそ》ろしい味《あじ》のする飲《の》み薬《ぐすり》を、どんどん飲《の》ませてくれとおばさんに頼《たの》むのです。

トムがあまりにしょっちゅうせがむようになったので、おばさんはだんだんうるさがるようになり、ついには、いちいちあたしに頼《たの》まないで、自分《じぶん》で勝手《かって》に飲《の》みなさいと言《い》うようになりました。

これがシッドだったら、おばさんも素直《すなお》に喜《よろこ》べたでしょう。しかし相手《あいて》はトムです。油断《ゆだん》はできません。そこでおばさんは、毎日《まいにち》ひそかに飲《の》み薬《ぐすり》のビンをチェックしていました。

ビンの中身《なかみ》は確《たし》かに減《へ》っていきます。でも、おばさんは、トムが居間《いま》のひびの入《はい》った床《ゆか》を元気《げんき》にするために、飲《の》み薬《ぐすり》を使《つか》っていたなどとは夢《ゆめ》にも思《おも》いませんでした。

そんなある日《ひ》のこと、トムが床《ゆか》のひびに飲《の》み薬《ぐすり》を飲《の》ませていると、おばさんが飼《か》っているうす茶《ちゃ》色《いろ》の猫《ねこ》が入《はい》ってきました。のどをごろごろ鳴《な》らし、スプーンを物欲《ものほ》しそうに眺《なが》めながら、なめさせてくれとせがみます。

「ピーター、本当《ほんとう》に欲《ほ》しいんじゃなきゃ、おねだりしたりしないほうがいいな」

しかしピーターは、おねだりをし続《つづ》けます。

「よく考《かんが》えたほうがいいぞ」

それでもピーターの気持《きも》ちは変《か》わりません。

「そんなに欲《ほ》しいならなめさせてあげるよ。ぼくはいじわるじゃないから。でもおいしくなかったとしても、人《ひと》のせいにするなよ。自分《じぶん》のせいだからな」

ピーターが納得《なっとく》したらしいので、トムは口《くち》をこじ開《あ》けて飲《の》み薬《ぐすり》を流《なが》しこみました。

そのとたんにピーターは二《に》メートルほど飛《と》び上《あ》がり、雄叫《おたけ》びを上《あ》げながら、ぐるぐる走《はし》り始《はじ》めました。家具《かぐ》にぶつかり、植木鉢《うえきばち》をひっくり返《かえ》し、部屋《へや》の中《なか》をぐちゃぐちゃにすると、後《うし》ろ足《あし》で立《た》って跳《は》ね回《まわ》り、頭《あたま》をのけぞらせてうれしそうにニャオニャオ鳴《な》いてます。

そこにポリーおばさんがやってきました。するとピーターは連続宙返《れんぞくちゅうがえ》りを何度《なんど》かやってみせてから、最後《さいご》にもう一度《いちど》うれしそうに歓声《かんせい》を上《あ》げ、壊《こわ》れた植木鉢《うえきばち》のかけらを体《からだ》につけたまま、窓《まど》から飛《と》び出《だ》していきました。

おばさんはびっくり仰天《ぎょうてん》しながら、その様子《ようす》を眼鏡越《めがねご》しに見《み》ていました。トムは床《ゆか》に寝転《ねころ》がったまま、笑《わら》いが止《と》まりません。

「トム、いったいぜんたい、あの猫《ねこ》に何《なに》が起《お》きたんだろう？」

「知《し》らないよ、おばさん」

トムは、はあはあ息《いき》をしながら答《こた》えました。

「あんなふうになったのは見《み》たことがないよ。なんであんな動《うご》きをしたんだい？」

「本当《ほんとう》に知《し》らないよ。ポリーおばさん。猫《ねこ》は機嫌《きげん》がよくなったときには、いつもあんなふうにふざけるんだ」

「ふーん、そうかい、そうかい」

おばさんは不吉《ふきつ》な声《こえ》であいづちを打《う》ちながら、ベッドの毛布《もうふ》の下《した》から見《み》えていたスプーンをつまみあげます。スプーンをかざして眺《なが》めると、耳《みみ》を引《ひ》っ張《ぱ》ってトムを立《た》たせ、指《ゆび》ぬきで頭《あたま》をぴしゃりとたたきました。

「おまえさん、猫《ねこ》はしゃべれないんだ。なんであんなにひどい目《め》にあわせたんだい？」

「だってピーターが気《き》の毒《どく》だったんだ。ピーターには、おばさんがいないから」

「猫《ねこ》におばさんがいないだって？　このとんま。それとこれと、どういう関係《かんけい》があるんだい？」

「山《やま》ほどあるよ。もしピーターにおばさんがいたら、お腹《なか》の中《なか》が燃《も》えちゃうみたいな薬《くすり》を飲《の》ませたはずだよ。人間《にんげん》にするのと同《おな》じようにね！」

ポリーおばさんは突然《とつぜん》、心《こころ》の痛《いた》みに襲《おそ》われました。トムの説明《せつめい》ではっと気《き》づいたのです。猫《ねこ》のピーターがあんなふうになるのなら、人間《にんげん》のトムにとっても薬《くすり》を飲《の》まされるのはつらかったに違《ちが》いありません。

おばさんは涙《なみだ》をにじませながら、トムの頭《あたま》に手《て》を置《お》いて優《やさ》しく言《い》いました。

「あたしは、おまえのためを思《おも》って飲《の》ませていたんだよ。それにトム、薬《くすり》は本当《ほんとう》に効《き》いたじゃないか」

トムもおばさんを見上《みあ》げました。真剣《しんけん》な顔《かお》をしていますが、ほんの少《すこ》しだけ目《め》を輝《かがや》かせています。

「おばさんが、ぼくのことを心配《しんぱい》してくれたのはわかってるよ。ぼくもピーターのことを思《おも》って飲《の》ませてあげたんだ。それにピーターにも薬《くすり》は効《き》いたじゃない。あんなに元気《げんき》に走《はし》り回《まわ》るのを見《み》たのは、すごく久《ひさ》し――」

「いいから、もう行《い》きなさい、トム。あたしをもう一度《いちど》カッカさせる前《まえ》にね。いい子《こ》にしていられるかどうか、やってごらんよ。それができたら、もう薬《くすり》なんて飲《の》まなくていいから」

トムは授業《じゅぎょう》が始《はじ》まる時間《じかん》よりも早《はや》く学校《がっこう》に着《つ》きました。最近《さいきん》は毎日《まいにち》、この不思議《ふしぎ》な行動《こうどう》が続《つづ》いています。

そしてトムは、これまた最近《さいきん》やっているように、友達《ともだち》と遊《あそ》ぶかわりに門《もん》のところでうろうろしていました。

やがてジェフ・サッチャーの姿《すがた》が見《み》えてきました。トムの顔《かお》が輝《かがや》きます。トムはジェフに話《はな》しかけて、それとなくベッキーのことを聞《き》き出《だ》そうとしましたが、勘《かん》のにぶいジェフはトムの気持《きも》ちに気《き》がつきません。

トムはその後《ご》もひたすら校門《こうもん》のところで待《ま》ち続《つづ》け、ひらひら揺《ゆ》れるワンピース姿《すがた》が見《み》えるたびに期待《きたい》に胸《むね》をふくらませ、そのたびにがっかりすることを繰《く》り返《かえ》しました。

ワンピースを着《き》た子《こ》が誰《だれ》も来《こ》なくなると、トムはしょんぼりして、がらんとした教室《きょうしつ》に入《はい》っていきました。そして今日《きょう》も寂《さび》しい一日《いちにち》になるなと思《おも》いながら、席《せき》に座《すわ》りました。

ところがそのとき、ワンピースを着《き》た少女《しょうじょ》がもう一人《ひとり》、門《もん》を通《とお》って校舎《こうしゃ》に近《ちか》づいてくるのが見《み》えました。

トムの心臓《しんぞう》がドキンと大《おお》きく鳴《な》りました。次《つぎ》の瞬間《しゅんかん》からトムは、むやみやたらに騒《さわ》ぎはじめました。ベッキーに注目《ちゅうもく》してもらうためです。

しかし相手《あいて》はまったく気《き》がついていないらしく、トムをちらりと見《み》ようともしません。

そこでトムは、今度《こんど》はベッキーのすぐそばでばか騒《さわ》ぎを始《はじ》めました。雄叫《おたけ》びを上《あ》げて走《はし》り回《まわ》り、誰《だれ》かの帽子《ぼうし》をひったくって学校《がっこう》の屋根《やね》に放《ほう》り投《な》げ、集《あつ》まっていた男《おとこ》の子《こ》たちを押《お》し倒《たお》し、自分《じぶん》もベッキーのすぐ近《ちか》くで床《ゆか》に転《ころ》んでしまいます。

トムはもう少《すこ》しでベッキーも倒《たお》してしまいそうになりました。それでも相手《あいて》の態度《たいど》は変《か》わりません。ベッキーはそっぽを向《む》いて、鼻《はな》をつんと上《あ》げながら、冷《つめ》たい口調《くちょう》で言《い》っただけでした。

「ふん！　自分《じぶん》はすごいって思《おも》っちゃってる人《ひと》がいるみたい。いつも目立《めだ》とうとしてばっかり！」

海《かい》賊《ぞく》トムの船《ふな》出《で》

トムの気持《きも》ちは決《き》まりました。自分《じぶん》はみんなから見捨《みす》てられて、友達《ともだち》も、愛《あい》してくれる人《ひと》もいません。いい子《こ》になろうと努力《どりょく》したのに、世間《せけん》の人《ひと》たちは認《みと》めてくれませんでした。そうなれば、どこか遠《とお》くに行《い》くしかありません。

学校《がっこう》を離《はな》れたトムは、牧場《ぼくじょう》に続《つづ》く小道《こみち》まで来《き》ていました。授業《じゅぎょう》が始《はじ》まるベルがかすかに聞《き》こえます。もうあの懐《なつ》かしい音《おと》を二度《にど》と聞《き》くこともないと思《おも》うと、涙《なみだ》が出《で》てきました。

ここでトムは偶然《ぐうぜん》にも大《だい》の親友《しんゆう》、ジョー・ハーパーに出会《であ》いました。ジョーも悲《かな》しそうな目《め》つきをしています。トムと同《おな》じように、心《こころ》に何《なに》かを誓《ちか》っているようです。

ジョーはお母《かあ》さんからむちで打《う》たれ、家《いえ》を出《で》てきたところでした。実際《じっさい》には飲《の》んだりしていないのに、生《なま》クリームをくすねたと疑《うたが》われたのです。

二人《ふたり》は悲《かな》しみにくれて歩《ある》きながら、これからは兄弟《きょうだい》のように助《たす》けあおう、死《し》ぬまでずっと一緒《いっしょ》にいようと新《あら》たな約束《やくそく》をしました。そして未来《みらい》の計画《けいかく》を立《た》て始《はじ》めました。

ジョーは世捨《よす》て人《びと》として人里離《ひとざとはな》れた洞穴《ほらあな》で生活《せいかつ》し、いずれは飢《う》えと寒《さむ》さと悲《かな》しみの中《なか》で死《し》んでいく運命《うんめい》を思《おも》い描《えが》いていました。

しかしトムの話《はなし》を聞《き》くうちに、悪人《あくにん》として生《い》きるのもかなりいいと思《おも》い始《はじ》め、海賊《かいぞく》になることに賛成《さんせい》しました。

セントピーターズバーグ村《むら》から五《ご》キロほど下《くだ》ったところには、ミシシッピ川《がわ》の幅《はば》が二《に》キロほどに狭《せば》まる場所《ばしょ》があります。そこにはジャクソン島《とう》という島《しま》がありました。細長《ほそなが》い形《かたち》をしていてジャングルのような森《もり》があり、先端《せんたん》は浅瀬《あさせ》になっています。海賊《かいぞく》にとってちょうどいい隠《かく》れ家《が》になるはずです。

海賊《かいぞく》になって誰《だれ》を襲《おそ》うのかということまでは思《おも》いつきませんでしたが、トムとジョーはハックルベリー・フィンを探《さが》すことにしました。

ハックルベリーもすぐに仲間《なかま》に入《はい》りました。ただしハックルベリーの場合《ばあい》は、何《なに》になろうとやることは同《おな》じだったので、「海賊《かいぞく》」という言葉《ことば》には特《とく》に興味《きょうみ》を示《しめ》しませんでした。

三人《さんにん》はいったん別《わか》れて、お気《き》に入《い》りの時間《じかん》、つまり真夜中《まよなか》に集合《しゅうごう》することにしました。そして夕方《ゆうがた》になるまで、「すぐに、あるニュースを聞《き》くことになるぞ。でもこのことは内緒《ないしょ》にしておけ」と村《むら》の子供《こども》たちに言《い》いふらしていました。

真夜中頃《まよなかごろ》、トムはゆでたハムや、他《ほか》のこまごましたものを持《も》って、待《ま》ち合《あ》わせの場所《ばしょ》を見《み》おろせる小高《こだか》い崖《がけ》の上《うえ》に来《き》ました。

星《ほし》の出《で》ている静《しず》かな夜《よる》でした。ミシシッピ川《がわ》は、まるで静《しず》まり返《かえ》った海《うみ》のようです。

しばらく耳《みみ》を澄《す》ましましたが、何《なに》も聞《き》こえません。そこでトムは低《ひく》い音《おと》で口笛《くちぶえ》を吹《ふ》きました。すると崖《がけ》の下《した》から返事《へんじ》がありました。トムがさらに二回《にかい》、口笛《くちぶえ》を吹《ふ》くと、やはりさっきと同《おな》じように返事《へんじ》があり、用心深《ようじんぶか》く答《こた》える声《こえ》が聞《き》こえてきました。

「そこを通《とお》るのは誰《だれ》だ？」

「トム・ソーヤ、『カリブ海《かい》の黒《くろ》い復讐者《ふくしゅうしゃ》』だ。おまえも名《な》を名乗《なの》れ」

「『血《ち》まみれのハック・フィン』と『大海原《おおうなばら》のならず者《もの》』ジョー・ハーパーだ」

こういう名前《なまえ》は、トムがお気《き》に入《い》りの本《ほん》からとってつけたものです。

「よし、合言葉《あいことば》を言《い》え」

「血《ち》だ！」

トムは持《も》ってきたハムを崖《がけ》の上《うえ》から転《ころ》がすと、そのあとを走《はし》り始《はじ》めました。坂《さか》を下《くだ》る途中《とちゅう》、服《ふく》は破《やぶ》け、体《からだ》は傷《きず》だらけになってしまいましたが、トムは我慢《がまん》しました。最初《さいしょ》から崖《がけ》の下《した》にいたのでは、海賊《かいぞく》にとって大切《たいせつ》な冒険《ぼうけん》や危険《きけん》な行動《こうどう》ができなかったからです。

『大海原《おおうなばら》のならず者《もの》』ジョー・ハーパーは、大《おお》きなベーコンのかたまりを持《も》ってきましたが、それだけで疲《つか》れてしまっていました。『血《ち》まみれのハック・フィン』は、フライパンと、乾燥《かんそう》させている途中《とちゅう》のたくさんの煙草《たばこ》の葉《は》を盗《ぬす》んできました。煙草《たばこ》を吸《す》うためのパイプ用《よう》に、トウモロコシの芯《しん》も何本《なんぼん》か持《も》ってきています。

やがて三人《さんにん》は、あらかじめ見《み》つけておいた小《ちい》さないかだでこぎ出《だ》しました。トムが船長《せんちょう》として指《し》令《れい》を出《だ》し、ハックは後《うし》ろで、ジョーは前《まえ》で、それぞれオールをこぎます。トムはいかだの中央《ちゅうおう》に立《た》ち、恐《おそ》ろしい顔《かお》で腕組《うでぐ》みをしながら、低《ひく》くいかめしい声《こえ》で命令《めいれい》を出《だ》しました。

「風上《かざかみ》に進路《しんろ》をとれ！」

「アイ、アイ、サー！」

「ようそろ、ようそろー！」

「了解《りょうかい》、ようそろ！」

「一《いち》ポイント風下《かざしも》へ、方向《ほうこう》を修正《しゅうせい》！」

「了解《りょうかい》、一《いち》ポイント風下《かざしも》へ方向《ほうこう》を修正《しゅうせい》！」

他《ほか》にもトムたちは、声《こえ》を張《は》り上《あ》げながらさまざまな帆《ほ》を張《は》ったり、敵《てき》の船《ふね》と戦《たたか》うための準備《じゅんび》をしたりしました。

もちろん小《ちい》さないかだは、川《かわ》の真《ま》ん中《なか》に向《む》かって静《しず》かに進《すす》んでいるだけです。命令《めいれい》を出《だ》していたのは海賊《かいぞく》らしくするためで、特《とく》に意味《いみ》はありませんでした。

川《かわ》の中央《ちゅうおう》まで来《く》ると、少年《しょうねん》たちはいかだの向《む》きを変《か》えてオールを休《やす》めました。川《かわ》はさほど深《ふか》くなく、流《なが》れの速《はや》さは時速《じそく》五《ご》キロもありません。

それからの四十五分間《よんじゅうごふんかん》、三人《さんにん》はほとんど会話《かいわ》をしませんでした。いかだが通《とお》り過《す》ぎていく川岸《かわぎし》のはるか向《む》こうには、村《むら》の明《あ》かりが見《み》えます。『カリブ海《かい》の黒《くろ》い復讐者《ふくしゅうしゃ》』ことトムは、立《た》って腕《うで》を組《く》んだまま村《むら》に別《わか》れを告《つ》げながら、ベッキーに自分《じぶん》の姿《すがた》を見《み》てほしいと思《おも》っていました。

海賊《かいぞく》になったトムは荒《あ》れくるう海《うみ》に乗《の》り出《だ》し、危険《きけん》や死《し》と背中合《せなかあ》わせになりながら、くちびるに笑《え》みを浮《う》かべて破滅《はめつ》に向《む》かっていこうとしているのです。想像力《そうぞうりょく》を働《はたら》かせれば、ジャクソン島《とう》をはるか遠《とお》くまで移動《いどう》させるくらい、おやすいご用《よう》でした。

他《ほか》の二人《ふたり》の海賊《かいぞく》も、これが最後《さいご》だと思《おも》って村《むら》を眺《なが》めていました。誰《だれ》もがあまりに長《なが》い間《あいだ》、村《むら》を眺《なが》めていたので、いかだはもう少《すこ》しで、ジャクソン島《とう》から本当《ほんとう》に遠《とお》く離《はな》れたところまで流《なが》されてしまいそうになりました。

午前二時頃《ごぜんにじごろ》、いかだは島《しま》の先端《せんたん》から二百《にひゃく》メートルほどの場所《ばしょ》にある、浅瀬《あさせ》に乗《の》り上《あ》げました。小《ちい》さないかだには古《ふる》い帆《ほ》も積《つ》んであったので、トムたちはテント代《が》わりにやぶの中《なか》に帆《ほ》を張《は》り、その下《した》に食《た》べ物《もの》や持《も》ち物《もの》などを置《お》きました。

でも自分《じぶん》たちは、雨《あめ》が降《ふ》らないかぎり野宿《のじゅく》をするつもりでした。三人《さんにん》は今《いま》や海賊《かいぞく》だからです。

三人《さんにん》は、うっそうとした森《もり》に倒《たお》れていた、大《おお》きな丸太《まるた》のところで火《ひ》をおこしました。夕《ゆう》ごはんはフライパンで焼《や》いたベーコンで、持《も》ってきたトウモロコシパンも半分《はんぶん》くらい平《たい》らげてしまいます。

大自然《だいしぜん》の中《なか》でごちそうを食《た》べるのは、最高《さいこう》の気分《きぶん》でした。トムたちは、もう絶対《ぜったい》に普通《ふつう》の生活《せいかつ》に戻《もど》らないぞと言《い》いあいました。

食事《しょくじ》が終《お》わると、少年《しょうねん》たちは満足《まんぞく》した気分《きぶん》で草《くさ》の上《うえ》に寝転《ねころ》びました。

「なんて楽《たの》しいんだろう！」

ジョーが言《い》います。

「最高《さいこう》だよね。他《ほか》の奴《やつ》らがおれたちを見《み》たらなんて言《い》うだろう？」

トムが答《こた》えました。

「なんて言《い》うかって？　死《し》ぬほどうらやましいって思《おも》うに決《き》まってるよ。ね、ハック？」

「だろうな。少《すく》なくともおれにはこういう暮《く》らしが合《あ》ってるな。これ以上欲《いじょうほ》しいものなんてねえよ。ふだんは腹《はら》いっぱい、飯《めし》を食《く》うことだってできねえんだ。それにここなら文句《もんく》を言《い》ってきたり、どなってきたりするやつもいねえし」

トムも口《くち》をそろえます。

「おれもこういう暮《く》らしがしたかったんだ。朝《あさ》、起《お》きなくてもいいし、学校《がっこう》にも行《い》かなくていい。顔《かお》を洗《あら》わなくてもいいし、他《ほか》のくだらないこともしなくていいんだ。ねえジョー、海賊《かいぞく》は陸《りく》に上《あ》がっているときは何《なに》もしなくていいんだよ」

「海賊《かいぞく》ってのは何《なに》をしなきゃなんねえんだ？」

ハックの質問《しつもん》に、トムが答《こた》えます。

「好《す》き放題《ほうだい》やればいいんだよ。船《ふね》をのっとって火《ひ》をつけたり、お金《かね》を奪《うば》って自分《じぶん》の島《しま》に埋《う》めたりするんだ。幽霊《ゆうれい》なんかが見張《みは》っている、怖《こわ》い秘密《ひみつ》の場所《ばしょ》にね。それから船《ふね》に乗《の》っていた連中《れんちゅう》をみな殺《ころ》しにする。目隠《めかく》しをして板《いた》の上《うえ》を歩《ある》かせて、最後《さいご》は海《うみ》に突《つ》き落《お》とすんだ」

「そして女《おんな》を島《しま》に連《つ》れていく。海賊《かいぞく》は女《おんな》を殺《ころ》さないんだ」

ジョーが付《つ》け加《くわ》えると、トムも賛成《さんせい》しました。

「もちろん女《おんな》は殺《ころ》さないよ。海賊《かいぞく》は誇《ほこ》り高《たか》いからね。それに女《おんな》の人《ひと》って、みんなきれいだし」

「海賊《かいぞく》は格好悪《かっこうわる》い服《ふく》も着《き》ないんだ。金《きん》や銀《ぎん》、ダイヤモンドがついてピカピカしていてね」

「誰《だれ》の服《ふく》が？」

興奮《こうふん》したジョーに、ハックがたずねました。

「もちろん、海賊《かいぞく》の服《ふく》がだよ」

ハックは自分《じぶん》の着《き》ているものを見《み》て、悲《かな》しそうに言《い》いました。

「おれの格好《かっこう》は海賊《かいぞく》らしくねえな。でもこれしかねえんだ」

トムとジョーは、冒険《ぼうけん》を始《はじ》めればすぐにいい服《ふく》が見《み》つかるさとなぐさめあいました。

だんだん会話《かいわ》が途切《とぎ》れがちになり、海賊《かいぞく》たちのまぶたが重《おも》くなってきました。

『血《ち》まみれのハック・フィン』の指《ゆび》の間《あいだ》から、パイプがぽろりと落《お》ちます。良心《りょうしん》がとがめたりしないハックは、疲《つか》れのせいでぐっすりと眠《ねむ》ってしまいました。

でも『大海原《おおうなばら》のならず者《もの》』と『カリブ海《かい》の黒《くろ》い復讐者《ふくしゅうしゃ》』は、そう簡単《かんたん》に眠《ねむ》れませんでした。きちんとひざまずいて、声《こえ》に出《だ》してお祈《いの》りをしなさいなどと命令《めいれい》する人《ひと》はいないので、二人《ふたり》は寝《ね》そべりながら心《こころ》の中《なか》でお祈《いの》りをすませました。

本当《ほんとう》はお祈《いの》りをサボろうかと思《おも》ったのですが、そこまで羽目《はめ》を外《はず》すと空《そら》から突然《とつぜん》、雷《かみなり》が落《お》ちるかもしれないと不安《ふあん》になったのです。

横《よこ》になった二人《ふたり》はすぐに眠《ねむ》りそうになりました。でも、あることが心《こころ》にひっかかっているので、やはり眠《ねむ》れません。それは後《うし》ろめたさでした。

（こんなふうに家出《いえで》をしたのは悪《わる》いことなのかもしれないな）

二人《ふたり》はぼんやりと、そんなふうに感《かん》じ始《はじ》めました。家《いえ》からこっそりハムやベーコンを持《も》ってきたことを思《おも》い出《だ》してからは、もっと後《うし》ろめたい気持《きも》ちになってしまいました。

（甘《あま》いお菓子《かし》やリンゴをとったことは、これまでもたくさんあったはずだよ）

二人《ふたり》はこう自分《じぶん》に言《い》いきかせようとしましたが、ちょっとやそっとの言《い》い訳《わけ》では、自分《じぶん》の良心《りょうしん》は納得《なっとく》してくれません。

二人《ふたり》は結局《けっきょく》、お菓子《かし》をとったりするのは「くすねた」ですんでも、ベーコンやハムのような食《た》べ物《もの》を持《も》ってくるのは、どう見《み》ても「泥棒《どろぼう》」だと思《おも》うようになりました。

聖書《せいしょ》には、泥棒《どろぼう》をしてはいけないときちんと書《か》いてあります。そこで二人《ふたり》は心《こころ》の中《なか》で、「海賊《かいぞく》でいるかぎり、泥棒《どろぼう》をしないようにしよう」と決《き》めました。

なんとも不思議《ふしぎ》な海賊《かいぞく》ですが、こう思《おも》うことで良心《りょうしん》との戦《たたか》いは終《お》わり、二人《ふたり》の海賊《かいぞく》は安心《あんしん》して眠《ねむ》りに落《お》ちていきました。

無《む》人《じん》島《とう》の一《いち》日《にち》

トムは夜明《よあ》け頃《ごろ》、目《め》を覚《さ》ましました。最初《さいしょ》は自分《じぶん》がどこにいるかわかりません。起《お》き上《あ》がって目《め》をこすり、あたりを見回《みまわ》してから、どこにいるのかをようやく思《おも》い出《だ》しました。他《ほか》の海賊《かいぞく》たちを起《お》こすと、三人《さんにん》はすぐに歓声《かんせい》を上《あ》げながら走《はし》り出《だ》し、数分後《すうふんご》には服《ふく》を脱《ぬ》いで水《みず》が透明《とうめい》な川《かわ》の浅瀬《あさせ》でふざけあっていました。

もう誰《だれ》も村《むら》を懐《なつ》かしがりません。気《き》まぐれな川《かわ》の流《なが》れのせいなのか、水《みず》かさがわずかに増《ま》したせいなのかはわかりませんが、浅瀬《あさせ》に乗《の》り上《あ》げていたいかだも流《なが》されていました。しかし少年《しょうねん》たちは、むしろ喜《よろこ》びました。世《よ》の中《なか》と自《じ》分《ぶん》たちの間《あいだ》にかかっていた橋《はし》が、燃《も》え落《お》ちてしまったようなものだからです。

すっかり元気《げんき》を取《と》り戻《もど》した三人《さんにん》は、お腹《なか》もぺこぺこになっていたので、また火《ひ》をおこしました。ハックが近《ちか》くの場所《ばしょ》で冷《つめ》たいわき水《みず》を見《み》つけたので、まず大《おお》きな木《こ》の葉《は》でコップを作《つく》り、水《みず》を飲《の》みました。原生林《げんせいりん》の風味《ふうみ》がついた水《みず》には甘《あま》みがあり、コーヒーの代《か》わりになるほどおいしく感《かん》じられます。

ジョーが朝《あさ》ごはん用《よう》にベーコンを切《き》っていると、トムとハックが待《ま》ったをかけました。魚《さかな》を釣《つ》ろうというのです。川岸《かわぎし》の奥《おく》のほうに行《い》き、魚《さかな》がいそうな場所《ばしょ》に釣《つ》り糸《いと》を垂《た》らすと、獲物《えもの》はすぐにかかりました。何匹《なんびき》かの大《おお》きなバス、二匹《にひき》のパーチ、そして小《ちい》さなナマズが一匹《いっぴき》です。三人分《さんにんぶん》の食料《しょくりょう》としては十分《じゅうぶん》でした。ベーコンと一緒《いっしょ》に焼《や》いてみると、誰《だれ》もがあまりのおいしさにびっくりしました。

魚《さかな》は釣《つ》ってから料理《りょうり》するまでの時間《じかん》が短《みじか》いほど、おいしいということを知《し》らなかったのです。トムたちは、大自然《だいしぜん》の中《なか》で眠《ねむ》ったり遊《あそ》んだりすることや、お腹《なか》をすかせることが食事《しょくじ》をおいしくするのだということも知《し》りませんでした。

朝《あさ》ごはんが終《お》わると、木陰《こかげ》で寝《ね》そべる時間《じかん》です。ハックがパイプを吹《ふ》かしてから、三人《さんにん》は森《もり》の中《なか》へ探検《たんけん》に出《で》かけることにしました。

探検《たんけん》の結果《けっか》、島《しま》は長《なが》さが五《ご》キロ、幅《はば》が四百《よんひゃく》メートルほどの大《おお》きさで、一番近《いちばんちか》い岸《きし》と二百《にひゃく》メートルしか離《はな》れていないことがわかりました。でも三人《さんにん》は探検《たんけん》をしながら、だいたい一時間《いちじかん》ごとに泳《およ》いだので、たき火《び》の場所《ばしょ》に戻《もど》ったときには午後《ごご》も半《なか》ばになっていました。

あまりにお腹《なか》がすいていて魚《さかな》を釣《つ》る気《き》にもなれなかったので、三人《さんにん》はハムを切《き》ってそのまま食《た》べ、

木陰《こかげ》に横《よこ》になってまた話《はなし》を始《はじ》めました。

しかし口数《くちかず》はすぐに少《すく》なくなり、ついに会話《かいわ》は途切《とぎ》れてしまいました。ジャングルの静《しず》けさ、そしてなんとも言《い》えない寂《さび》しさが、うきうきした気持《きも》ちをしぼませます。

三人《さんにん》の心《こころ》の中《なか》で、何《なに》かを懐《なつ》かしく思《おも》う気持《きも》ちがぼんやりと浮《う》かんできました。ホームシックになってきたのです。ハックルベリーでさえ、自分《じぶん》が眠《ねむ》っていたさまざまな家《いえ》の階段《かいだん》や、空《から》っぽの樽《たる》のことを懐《なつ》かしく思《おも》い始《はじ》めていました。

でもこのときには、勇気《ゆうき》を出《だ》して本音《ほんね》を言《い》おうとする人《ひと》はいませんでした。誰《だれ》もが自分《じぶん》の弱《よわ》さを恥《は》ずかしく思《おも》っていたのです。

トムたちはしばらく前《まえ》から、変《へん》な音《おと》が遠《とお》くから聞《き》こえてくるのになんとなく気《き》がついていました。時計《とけい》の音《おと》と同《おな》じで最初《さいしょ》は特《とく》に気《き》にならなかったのですが、不思議《ふしぎ》な音《おと》はだんだん大《おお》きくなってきます。

三人《さんにん》ははっとして顔《かお》を見合《みあ》わせ、じっと耳《みみ》を澄《す》ませました。長《なが》い間《あいだ》、沈黙《ちんもく》が続《つづ》いたかと思《おも》うと、ドーンという低《ひく》くて重《おも》い音《おと》が遠《とお》くから聞《き》こえてきます。

「なんだあれ！」

ジョーが息《いき》をひそめました。

「なんだろう」

トムも小声《こごえ》で答《こた》えます。

「雷《かみなり》じゃねえよな。雷《かみなり》だったら――」

ハックも怖《こわ》がっているようですが、トムが話《はなし》をやめさせました。

「しっ！　あの音《おと》。しゃべらないで！」

三人《さんにん》はもう一度《いちど》、じっと耳《みみ》を澄《す》ませました。それからずいぶん長《なが》い時間《じかん》がたった頃《ころ》、また同《おな》じようにドーンというこもった音《おと》が聞《き》こえてきました。

「見《み》に行《い》こう」

三人《さんにん》はぱっと立《た》ち上《あ》がり、村《むら》に面《めん》した川岸《かわぎし》へ急《いそ》ぎました。やぶをかき分《わ》けて川《かわ》のほうをのぞいてみると、小型《こがた》の連絡船《れんらくせん》が村《むら》から一・六《いってんろっ》キロほど下流《かりゅう》のところに浮《う》かんでいます。連絡船《れんらくせん》は蒸汽《じょうき》エンジンを止《と》めて、川《かわ》の流《なが》れに沿《そ》ってゆっくり動《うご》いていました。

連絡船《れんらくせん》の上《うえ》では大勢《おおぜい》の人《ひと》が立《た》っていましたし、連絡船《れんらくせん》の周《まわ》りには、たくさんの小舟《こぶね》も浮《う》かんでいます。でも何《なに》をしているのかはわかりません。

そのうちに連絡船《れんらくせん》の横《よこ》から白《しろ》い煙《けむり》がふきだし、雲《くも》のようにのぼっていくのが見《み》えました。そして、さっきと同《おな》じ重《おも》い音《おと》が響《ひび》いてきます。

「わかったぞ！　誰《だれ》かがおぼれたんだ」

トムが叫《さけ》びます。

「うん、それだ！」

ハックも言《い》いました。

「去年《きょねん》の夏《なつ》にビル・ターナーがおぼれたときも同《おな》じことをやっていたんだ」

「ああ、あそこにいられたらなあ」

ジョーがこう言《い》うと、ハックもうなずきました。

「おれも本当《ほんとう》にそう思《おも》うよ。誰《だれ》がおぼれたのか、誰《だれ》か教《おし》えてくんねえかな」

三人《さんにん》は村《むら》の人《ひと》たちの様子《ようす》を見《み》ていました。やがてトムの頭《あたま》に答《こた》えがひらめきました。

「なあ、誰《だれ》がおぼれたかわかったよ……おぼれたと思《おも》われてるのは、おれたちだ！」

突然《とつぜん》、少年《しょうねん》たちは自分《じぶん》がヒーローになったような気《き》がしました。

村《むら》の人々《ひとびと》は、自分《じぶん》たちのことで涙《なみだ》を流《なが》しているに違《ちが》いありません。そして死《し》んだ少年《しょうねん》たちにひどい仕打《しう》ちをしたことを、今《いま》さらながら後悔《こうかい》しているのです。

それに何《なに》より、亡《な》くなった少年《しょうねん》たちのことは村中《むらじゅう》のうわさになっているはずですし、他《ほか》の男《おとこ》の子《こ》たちはうらやましく思《おも》っているはずです。これなら海賊《かいぞく》になったかいがあるというものです。

夕方《ゆうがた》が来《き》てあたりが暗《くら》くなってくると、連絡船《れんらくせん》はいつものように行《い》ったり来《き》たりするようになり、小舟《こぶね》も見《み》えなくなりました。

三人《さんにん》の海賊《かいぞく》も陣地《じんち》に戻《もど》ります。トムたちは自分《じぶん》たちが起《お》こした大事件《だいじけん》に、すっかり有頂天《うちょうてん》になっていました。

魚《さかな》を釣《つ》って料理《りょうり》し、夕《ゆう》ごはんを食《た》べ終《お》わると、少年《しょうねん》たちは村《むら》の人々《ひとびと》が今《いま》どんなふうに思《おも》い、何《なに》を話《はな》しあっているだろうと考《かんが》え始《はじ》めました。自分《じぶん》たちのせいで村中《むらじゅう》が悲《かな》しみにくれている様子《ようす》を想像《そうぞう》するのは、少《すく》なくともトムたちにとっては最高《さいこう》の気分《きぶん》でした。

しかし夜《よる》になって真《ま》っ暗闇《くらやみ》に包《つつ》まれると、口数《くちかず》は少《すく》なくなっていきました。誰《だれ》もがたき火《び》を見《み》つめながら座《すわ》っていますが、心《こころ》はどこか遠《とお》くをさまよっているようです。

浮《う》かれた気持《きも》ちは、すっかり冷《さ》めていました。トムとジョーは、家族《かぞく》のことを思《おも》わずにはいられません。知《し》らないうちに、ため息《いき》も出《で》てしまいました。

たとえ今《いま》すぐにではないにしても、普通《ふつう》の暮《く》らしに戻《もど》ることをトムとハックルベリーはどう思《おも》っているのだろうか？　ジョーはおそるおそる、たずねてみました。

でもトムは、ばかにして笑《わら》っただけでした。ハックは心《こころ》を決《き》めかねていたのですが、やはりトムの側《がわ》につきました。ジョーもすぐに言《い》い訳《わけ》をしたので、ホームシックにかかった臆病者《おくびょうもの》だとあまり思《おも》われずにすみました。

ジョーが計画《けいかく》した反乱《はんらん》は、こうしてひとまず失敗《しっぱい》しました。

夜《よる》が更《ふ》けるとハックはこっくりし始《はじ》め、やがていびきをかきながら寝《ね》てしまいました。ジョーも同《おな》じように眠《ねむ》ってしまいます。

そんな中《なか》、トムはひじをついて寝《ね》そべったまま、しばらくじっと二人《ふたり》を見《み》ていました。それから注意深《ちゅういぶか》く体《からだ》を起《お》こすと、ひざをついて草《くさ》むらの中《なか》で何《なに》かを探《さが》し始《はじ》めます。

トムが拾《ひろ》ったのは、スズカケという木《き》の薄《うす》くて白《しろ》い皮《かわ》でした。

トムはその中《なか》から使《つか》えそうな二枚《にまい》を選《えら》ぶと、赤《あか》いチョーク代《が》わりになる土《つち》のかけらを使《つか》って、苦《く》労《ろう》しながら何《なに》かを書《か》きました。一枚《いちまい》は丸《まる》めて自分《じぶん》の上着《うわぎ》のポケットに、もう一枚《いちまい》はジョーの帽子《ぼうし》に入《い》れると、帽子《ぼうし》をジョーから少《すこ》し離《はな》れたところへ置《お》きました。

ジョーの帽子《ぼうし》の中《なか》には、とびきりの宝物《たからもの》も入《い》れました。チョークのかたまり、ゴムボール、釣《つ》り針三本《ばりさんぼん》、そして「本物《ほんもの》の水晶《すいしょう》のような」ビー玉《だま》などです。

トムはつま先立《さきだ》ちで、そっと木々《きぎ》の間《あいだ》を歩《ある》いていきます。やがてハックやジョーに気《き》づかれないところまで来《く》ると、川岸《かわぎし》に向《む》かって一気《いっき》に走《はし》り出《だ》しました。

ポリーおばさんの涙《なみだ》

数分後《すうふんご》、トムは砂《すな》が積《つ》もった川岸《かわぎし》の浅瀬《あさせ》を歩《ある》いていました。

腰《こし》まで水《みず》につかる頃《ころ》には、川《かわ》を半分以上《はんぶんいじょう》渡《わた》り終《お》えていましたが、流《なが》れが速《はや》かったので、トムは覚悟《かくご》を決《き》めて残《のこ》りの百《ひゃく》メートルほどを泳《およ》ぎました。

上流《じょうりゅう》のほうに斜《なな》めに泳《およ》いでも、予想以上《よそういじょう》に体《からだ》は流《なが》されてしまいます。それでもなんとか向《む》こう岸《ぎし》に着《つ》くと、ぷかぷか浮《う》いたままよじ登《のぼ》れそうな場所《ばしょ》を探《さが》し、やっとはい上《あ》がりました。

上着《うわぎ》のポケットに手《て》を入《い》れて、持《も》ってきた木《き》の皮《かわ》がちゃんとあることを確認《かくにん》すると、トムは服《ふく》から水滴《すいてき》をぽたぽた落《お》としながら森《もり》の中《なか》に入《はい》り、岸《きし》に沿《そ》って進《すす》んでいきました。そして十時《じゅうじ》になる少《すこ》し前《まえ》に、村《むら》の向《む》かい側《がわ》にある大《おお》きく開《ひら》けた場所《ばしょ》に出《で》ました。

そこからは連絡船《れんらくせん》がとまっているのが見《み》えます。トムはあたりを見回《みまわ》しながら再《ふたた》び川《かわ》の中《なか》に入《はい》って三《さん》、四《よん》かき泳《およ》ぎ、連絡船《れんらくせん》の後《うし》ろにつながれている小舟《こぶね》に乗《の》りこみました。

はあはあ息《いき》をしながら小舟《こぶね》の底《そこ》に横《よこ》たわって身《み》を隠《かく》していると、じきにひびの入《はい》った鐘《かね》が鳴《な》らされて、「船《ふね》を出《だ》せ」と命令《めいれい》する声《こえ》が聞《き》こえました。

トムは自分《じぶん》の計画《けいかく》が成功《せいこう》して喜《よろこ》んでいました。これが今夜《こんや》の最後《さいご》の便《びん》だということを知《し》っていたからです。

十二分《じゅうにふん》、十五分《じゅうごふん》とじりじりと待《ま》ったあと、動《うご》いていた船《ふね》がついにとまりました。

トムはすぐに小舟《こぶね》から川《かわ》に飛《と》び降《お》りて暗闇《くらやみ》の中《なか》を泳《およ》ぎ、五十《ごじゅう》メートルほど下流《かりゅう》の岸辺《きしべ》に上《あ》がりました。こうすれば、誰《だれ》かと出会《であ》う心配《しんぱい》はありません。

トムは人通《ひとどお》りのない小道《こみち》を飛《と》ぶように走《はし》っていき、じきにポリーおばさんの家《いえ》の裏手《うらて》の柵《さく》のところまで来《き》ました。そして柵《さく》をよじのぼると、家《いえ》がL《エル》字型《じがた》に曲《ま》がっている部分《ぶぶん》に近《ちか》づき、窓《まど》から居間《いま》をのぞきました。

部屋《へや》の中《なか》には明《あ》かりがついていて、ポリーおばさん、シッド、メアリー、そしてジョーのお母《かあ》さんであるハーパー夫人《ふじん》が集《あつ》まって話《はな》しています。四人《よにん》はベッドのそばに座《すわ》っていましたが、家《いえ》のドアはベッドを挟《はさ》んだ向《む》こう側《がわ》にありました。

トムはそっと掛《か》け金《がね》を外《はず》し、ゆっくりとドアを押《お》しました。

ドアがわずかに開《ひら》きます。トムは戸《と》がきしむたびにびくびくしながらも、ぎりぎり人間《にんげん》が通《とお》れるすき間《ま》を作《つく》ると、よつんばいになって頭《あたま》から入《はい》っていきました。

「なんでこんなにロウソクの炎《ほのお》が揺《ゆ》れるんだろう？」

ポリーおばさんが言《い》ったので、トムは急《いそ》いで移動《いどう》しました。

「おや、戸《と》が開《あ》いているのかしら？ まあ本当《ほんとう》に開《あ》いてるよ。最近《さいきん》は、まったく不思議《ふしぎ》なことばかりが起《お》きるね。シッド、閉《し》めてきてちょうだい」

トムは間一髪《かんいっぱつ》でベッドの下《した》にもぐりこみました。しばらく呼吸《こきゅう》を整《ととの》えると、はらばいになったまま、おばさんの足《あし》に触《さわ》ることができるくらいまで近寄《ちかよ》っていきました。

「今《いま》言《い》ったみたいに、あの子《こ》は悪《わる》い子《こ》ってわけじゃなかった。ただわんぱくなだけなんです。おっちょこちょいで無鉄砲《むてっぽう》で、子馬《こうま》みたいな子供《こども》なんだからしかたないですよ。悪気《わるぎ》は決《けっ》してないし、気持《きも》ちは誰《だれ》よりも優《やさ》しかった」

ポリーおばさんは、ここまで言《い》うと泣《な》き出《だ》しました。

「うちのジョーだって、まったく同《おな》じですよ。悪《わる》ふざけが好《す》きで、ありとあらゆるいたずらばかりしていました。でも他《ほか》の人《ひと》に親切《しんせつ》にしてあげる優《やさ》しい子《こ》だったんです。ああ、なのにあの子《こ》が生《なま》クリームを飲《の》んだと思《おも》ってむちで打《う》ったりして。くさりかけてすっぱくなっていたから、自分《じぶん》で捨《す》てたのをすっかり忘《わす》れていたんです。

もうこの世《よ》で二度《にど》と会《あ》えないなんて。わけもなく叱《しか》ってしまったあの子《こ》に、これから会《あ》えなくなってしまうなんて！」

ハーパー夫人《ふじん》も、胸《むね》がはりさけんばかりにすすり泣《な》きを始《はじ》めました。

「トムはあの世《よ》でも幸《しあわ》せだといいな」

二人《ふたり》の話《はなし》を聞《き》いていたシッドが、とんでもないことを言《い》い出《だ》します。

「もし、この世《よ》でもっといい行《おこな》いをしていれば――」

「シッド！」

ベッドの下《した》にいるトムには見《み》えませんでしたが、おばさんはシッドをにらみつけているはずです。

「トムの悪口《わるくち》は許《ゆる》さないよ。もうあの子《こ》は亡《な》くなってしまったんだ！　トムのことは神様《かみさま》が守《まも》ってくださるんだから、おまえはよけいな心配《しんぱい》をしないでおくれ！

ああハーパーさん、あたしはあきらめがつきません。どうしてもです。トムがいるだけで本当《ほんとう》に気持《きも》ちがなごんだんです。この老《お》いぼれが悩《なや》まされることも、本当《ほんとう》に多《おお》かったですけど」

「『神《かみ》は与《あた》え、神《かみ》は奪《うば》われる。神《かみ》の名前《なまえ》がたたえられますように！』

でも神様《かみさま》の思《おぼ》し召《め》しだとしても、つらすぎますよ。

ついこの前《まえ》の土曜日《どようび》も、ジョーがわたしの目《め》の前《まえ》でかんしゃく玉《だま》を鳴《な》らしたから、思《おも》いっきりたたいてしまって。そのときには、まさかこんなに早《はや》く、離《はな》ればなれになるなんて思《おも》ってもみませんでした。

もう一度《いちど》あのときに戻《もど》れるなら、逆《ぎゃく》にジョーを抱《だ》きしめて、よくやったわねってほめてあげるのに」

「そうです、そうです。ハーパーさん、お気持《きも》ちはよくわかります。つい昨日《きのう》のお昼《ひる》、トムは猫《ねこ》のピーターにたんまり飲《の》み薬《ぐすり》を飲《の》ませたんです。ピーターは、この家《いえ》を壊《こわ》しちまうんじゃないかって思《おも》うくらい暴《あば》れました。ああ神様《かみさま》、どうぞお許《ゆる》しください。あたしはトムの頭《あたま》を、ぴしゃりと指《ゆび》ぬきでたたいちまいました。かわいそうなトム、亡《な》くなってしまうなんて。今《いま》はもう、なんの心配《しんぱい》もしなくていいところに行《い》ったんだね。でも最後《さいご》にあの子《こ》から聞《き》いたのが、あたしを責《せ》める言葉《ことば》だったなんて……」

おばさんはわっと泣《な》きくずれてしまいました。トムもまた、べそをかきはじめていました。他《ほか》の誰《だれ》よりも、自分《じぶん》のことをかわいそうに思《おも》ってしまったのです。

さらにトムには、メアリーが泣《な》きながら、自分《じぶん》をかばうようなことを言《い》ってくれるのがときどき聞《き》こえました。

自分《じぶん》はやっぱり立派《りっぱ》な人間《にんげん》だったんだ。

トムはこれまで以上《いじょう》に、そう思《おも》うようになりました。ポリーおばさんが悲《かな》しむ姿《すがた》にも感動《かんどう》していたので、ベッドの下《した》から突然《とつぜん》はい出《だ》して、おばさんを喜《よろこ》ばせたくてたまらなくなりました。トムはまるでドラマの主人公《しゅじんこう》のように、目立《めだ》つのが大好《だいす》きなのです。

それでもトムは我慢《がまん》して、ベッドの下《した》にじっと隠《かく》れていました。

やがてポリーおばさんたちの話《はなし》を盗《ぬす》み聞《ぎ》きしているうちに、とんでもないことがわかってきました。今《いま》は水曜日《すいようび》の晩《ばん》ですが、トムたちの遺体《いたい》が見《み》つからなければ、日曜《にちよう》の朝《あさ》にお葬式《そうしき》が行《おこな》われる予定《よてい》だというのです。

トムは恐《おそ》ろしくなりました。

ハーパー夫人《ふじん》が、泣《な》きながらおやすみなさいと言《い》って立《た》ち上《あ》がります。ポリーおばさんと抱《だ》きあって泣《な》いてから、家《いえ》に帰《かえ》っていきました。

おばさんはいつもよりもはるかに優《やさ》しく、シッドとメアリーにもおやすみを言《い》いました。シッドは少《すこ》し鼻《はな》をぐすぐすさせながら、メアリーは大泣《おおな》きしながらベッドへ向《む》かいました。

おばさんはひざまずくと、トムのためにお祈《いの》りを始《はじ》めました。とても気持《きも》ちのこもったお祈《いの》りで、神様《かみさま》に必死《ひっし》にお願《ねが》いしています。声《こえ》を震《ふる》わせながら唱《とな》える言葉《ことば》には、はかりしれないほどの愛情《あいじょう》がこもっていたので、トムは最後《さいご》まで聞《き》かないうちにまた涙《なみだ》をこぼしました。

おばさんがベッドに入《はい》ったあとも、トムは長《なが》い間《あいだ》、じっとしていなければなりませんでした。おばさんは何度《なんど》も悲《かな》しそうな声《こえ》を上《あ》げたり、寝返《ねがえ》りを打《う》ったりしたからです。

でも、おばさんもようやく静《しず》かになり、うめくような寝言《ねごと》が聞《き》こえるだけになりました。

トムはそろそろとベッドの下《した》からはい出《だ》してわきに立《た》つと、手《て》でロウソクの光《ひかり》をさえぎりながら、おばさんを見《み》つめました。

トムは、おばさんが気《き》の毒《どく》でなりません。そこで、例《れい》のスズカケの木《き》の皮《かわ》を上着《うわぎ》から出《だ》して、ロウソクの横《よこ》に置《お》きました。

しかし、そこで突然《とつぜん》、ある考《かんが》えがひらめきました。トムはしばらく考《かんが》えこんだあとでぱっと顔《かお》を輝《かがや》かせると、木《き》の皮《かわ》を急《いそ》いでポケットにしまいます。そして、おばさんの血《ち》の気《け》のないくちびるにキスをすると、音《おと》も立《た》てずにまっすぐ出口《でぐち》に向《む》かい家《いえ》から出《で》ていきました。

トムが島《しま》に戻《もど》った頃《ころ》、すっかり夜《よ》は明《あ》けていました。

太陽《たいよう》が高《たか》く昇《のぼ》って川《かわ》をきらきらと照《て》らすまで待《ま》ってから、トムは水《みず》に飛《と》びこみました。やがて水滴《すいてき》を垂《た》らしながら「陣地《じんち》」の近《ちか》くまで行《い》くと、ジョーの声《こえ》が聞《き》こえてきます。

「いや、トムは逃《に》げたりしないよ、ハック。絶対《ぜったい》に戻《もど》ってくるよ。だって逃《に》げたら海賊《かいぞく》としてずるいじゃないか。何《なに》かの用事《ようじ》があって出《で》かけているんだ。でも何《なに》をしにいったんだろう？」

「まあ、宝物《たからもの》はどっちみちおれたちのものになるよな、そうだろ？」

「そうなりそうだけど、まだ決《き》まったわけじゃないよ。その木《き》の皮《かわ》には、朝《あさ》ごはんまでに戻《もど》らなかったらと書《か》いてあるだろう？」

「戻《もど》ってきたよ！」

トムが大《おお》またで歩《ある》きながら陣地《じんち》に戻《もど》ってきました。かなりドラマチックな登場《とうじょう》の仕方《しかた》です。

間《ま》もなくベーコンと魚《さかな》を焼《や》いた、豪華《ごうか》な朝《あさ》ごはんが出《で》てきました。トムはそれを食《た》べながら二人《ふたり》に自分《じぶん》の冒険談《ぼうけんだん》を（おおげさに話《はなし》を付《つ》け加《くわ》えながら）聞《き》かせました。

話《はなし》が終《お》わる頃《ころ》には、少年《しょうねん》たちはすっかり英雄《えいゆう》きどりになっていました。トムは昼《ひる》まで眠《ねむ》るために木陰《こかげ》に行《い》き、他《ほか》の二人《ふたり》は釣《つ》りと探検《たんけん》に出《で》かける準備《じゅんび》を始《はじ》めました。

秘《ひ》密《みっ》の計《けい》画《かく》

昼《ひる》ごはんがすむと、三人《さんにん》の海賊《かいぞく》は亀《かめ》の卵《たまご》を探《さが》しに出《で》かけました。川岸《かわぎし》の砂《すな》に棒《ぼう》を突《つ》っこんで調《しら》べてから、手《て》で掘《ほ》り出《だ》していくのです。卵《たまご》は白《しろ》くてまん丸《まる》で、クルミよりも少《すこ》し小《ちい》さいくらいの大《おお》きさです。一《ひと》つの穴《あな》から五十《ごじゅう》〜六十個《ろくじっこ》も見《み》つかることもあったので、その日《ひ》の夜《よる》は目玉焼《めだまや》きのごちそうを食《た》べ、翌金曜《よくきんよう》の朝《あさ》にも、目玉焼《めだまや》きを食《た》べました。

水遊《みずあそ》び、サーカスごっこ、ビー玉遊《だまあそ》び、三人《さんにん》はいつものように楽《たの》しく遊《あそ》びましたが、徐々《じょじょ》にばらばらになり、ふさぎこんでいきました。そして広《ひろ》い川《かわ》の向《む》こう岸《ぎし》、自分《じぶん》たちが住《す》んでいた村《むら》のほうを、懐《なつ》かしそうに眺《なが》めるようになりました。

トムは、いつのまにか足《あし》の親指《おやゆび》で砂《すな》に「ベッキー」と書《か》いているのに気《き》がつきました。弱《よわ》い自分《じぶん》に腹《はら》が立《た》ってあわてて名前《なまえ》を消《け》しましたが、また同《おな》じことを繰《く》り返《かえ》してしまいます。

そこで自分《じぶん》の気持《きも》ちを抑《おさ》えるために、他《ほか》の二人《ふたり》に一緒《いっしょ》に遊《あそ》ぼうと声《こえ》をかけました。

ところがジョーは、もう立《た》ち直《なお》れないのではないかと思《おも》えるほど落《お》ちこんでいました。ひどいホームシックにかかり、今《いま》にも目《め》から涙《なみだ》がこぼれそうです。ハックも憂《ゆう》うつそうな顔《かお》をしていました。

トムはその様子《ようす》を見《み》てがっかりしましたが、やたらと明《あか》るい調子《ちょうし》で声《こえ》をかけました。

「なあみんな、この島《しま》には昔《むかし》、海賊《かいぞく》が住《す》んでいたはずだよ。また探検《たんけん》に行《い》こうよ。どっかに宝物《たからもの》が隠《かく》されているから。金《きん》や銀《ぎん》が詰《つ》まった木《き》の箱《はこ》を見《み》つけたらどんな気分《きぶん》だろうね、なあ？」

でも、二人《ふたり》はちょっと反応《はんのう》しただけで返事《へんじ》をしません。トムは他《ほか》にも楽《たの》しそうな話《はなし》をしましたが、やはり結果《けっか》は同《おな》じでした。

それどころか棒《ぼう》で砂《すな》をつついていたジョーは、ひどく憂《ゆう》うつそうな顔《かお》をしながら、とうとうこう言《い》い出《だ》したのです。

「なあみんな、もうやめにしようよ。ぼくは家《いえ》に帰《かえ》りたい。ここは寂《さび》しすぎるよ」

「何《なに》を言《い》ってるんだよ、ジョー。だんだん寂《さび》しくなんかなくなるって。ここで釣《つ》りをするのなんて最高《さいこう》に楽《たの》しいじゃないか」

トムが説得《せっとく》しても、ジョーは聞《き》く耳《みみ》をもちません。

「釣《つ》りなんてどうでもいいよ。家《いえ》に帰《かえ》りたいんだ」

「でもジョー、泳《およ》ぐのにこんないい場所《ばしょ》はないぜ」

「泳《およ》ぐのなんて全然《ぜんぜん》おもしろくない。なんでかわからないけど、誰《だれ》かにやめなさいって言《い》われないと楽《たの》しくないんだ。ぼくは帰《かえ》るよ」

「なんだよ！　弱虫《よわむし》！　ママが恋《こい》しくなったんだろう」

「ああそうさ、ぼくはママに会《あ》いたいんだ。おまえだってママがいたらそう思《おも》うよ。ぼくが弱虫《よわむし》なら、おまえだってそうさ」

ジョーはそう言《い》って、少《すこ》し泣《な》きました。

「じゃあ泣《な》き虫《むし》はママのところに帰《かえ》ればいいさ、ねえ、ハック？　ハックはここが好《す》きだろ？　おれと一緒《いっしょ》にここに残《のこ》るよね？」

「ま、まあな」

ハックも上《うわ》の空《そら》です。

「もうおまえとは、一生《いっしょう》、口《くち》をきかないからな。じゃあな」

ジョーはこう言《い》いながら立《た》ち上《あ》がると、むすっとした顔《かお》をしたまま服《ふく》を着始《きはじ》めました。

「ああどうぞ！　こっちだってごめんだよ。家《いえ》に帰《かえ》って笑《わら》いものになればいいさ。ずいぶん立派《りっぱ》な海賊《かいぞく》だな。

でもハックとおれは弱虫《よわむし》なんかじゃないんだ。ここに残《のこ》るよね、ハック？　ジョーがいなくてもやっていけるよね……たぶん」

そうは言《い》ってみたものの、トムはジョーがむっとしたまま着替《きが》えているのを見《み》てあわてました。しかもハックは、ジョーをうらやましそうに眺《なが》めながら、じっと黙《だま》っています。トムはさらに不安《ふあん》になりました。

やがて別《わか》れのあいさつもせずに、ジョーが川岸《かわぎし》に向《む》かって歩《ある》き始《はじ》めました。ハックのほうを見《み》ると、相手《あいて》も目《め》をそらしてしまいます。

「トム、おれも帰《かえ》りたいよ。もう寂《さび》しくなってきたし、これからもっと寂《さび》しくなるぞ。だからトム、おまえも戻《もど》ろうよ」

「嫌《いや》だ！　行《い》きたきゃ一緒《いっしょ》に行《い》けばいいさ。おれはここに残《のこ》る」

「トム、おれはもう行《い》くぞ」

「だから行《い》けって。誰《だれ》も止《と》めないさ」

ハックは散《ち》らかった服《ふく》を拾《ひろ》い集《あつ》めながら言《い》いました。

「トム、一緒《いっしょ》に来《き》てくれよ。なあ、考《かんが》え直《なお》せよ。川《かわ》を渡《わた》ったところで待《ま》ってるからさ」

「ずーっと待《ま》ち続《つづ》けることになるよ。そんなことしても無駄《むだ》だね」

ハックが悲《かな》しそうに歩《ある》いていきます。トムは後《うし》ろ姿《すがた》を見《み》つめながら、自分《じぶん》もプライドを捨《す》てて、一緒《いっしょ》に帰《かえ》りたいと強《つよ》く思《おも》いました。

トムは急《きゅう》に寂《さび》しくなりました。周《まわ》りもすっかり静《しず》かになってしまったような気《き》がします。そこでもう一度《いちど》、心《こころ》の中《なか》で自分《じぶん》のプライドと戦《たたか》ってから仲間《なかま》を追《お》いかけて叫《さけ》びました。

「待《ま》ってよ！　待《ま》って！　教《おし》えたいことがあるんだ！」

ジョーとハックが足《あし》を止《と》めてふりかえります。トムは二人《ふたり》に追《お》いつくと、秘密《ひみつ》の計画《けいかく》を打《う》ち明《あ》けました。

最初《さいしょ》、二人《ふたり》は不機嫌《ふきげん》そうに話《はなし》を聞《き》いていましたが、トムの話《はなし》の内容《ないよう》がわかってくると大《おお》はしゃぎしながら雄叫《おたけ》びを上《あ》げ、「すごいや！」と言《い》いました。さらに二人《ふたり》は、トムが最初《さいしょ》からその話《はなし》をしてくれていれば、帰《かえ》ろうとしたりしなかったのにと文句《もんく》を言《い》いました。

トムはもっともらしい言《い》い訳《わけ》をしましたが、本当《ほんとう》の理由《りゆう》は別《べつ》にありました。秘密《ひみつ》の計画《けいかく》を打《う》ち明《あ》けたとしても、二人《ふたり》をそう長《なが》く引《ひ》き止《と》められないだろうと思《おも》っていたので、ぎりぎりまで教《おし》えなかったのです。

元気《げんき》になった少年《しょうねん》たちは、また夢中《むちゅう》になって遊《あそ》びはじめました。ジョーとハックルベリーはトムのことを天才《てんさい》だとほめながら、秘密《ひみつ》の計画《けいかく》についてずっとしゃべっていました。

自《じ》分《ぶん》たちのお葬《そう》式《しき》

穏《おだ》やかな土曜日《どようび》の午後《ごご》がやってきました。

トムたちは三《みっ》つの部族《ぶぞく》に分《わ》かれてインディアンごっこをし、インディアンとしての戦《たたか》いが終《お》わったあとは、一緒《いっしょ》にパイプを吹《ふ》かしたりしていました。

でも村《むら》には、陽気《ようき》な雰囲気《ふんいき》などまったくありません。ハーパー家《け》とポリーおばさんの一家《いっか》は、深《ふか》い悲《かな》しみに包《つつ》まれていました。

村《むら》の人《ひと》たちも心《こころ》ここにあらずといった様子《ようす》でほとんどしゃべらず、ため息《いき》ばかりついていました。子供《こども》たちも遊《あそ》びに身《み》が入《はい》らず、すぐにやめてしまいます。

ベッキー・サッチャーは、ふと気《き》がつくと学校《がっこう》に来《き》ていました。でも校庭《こうてい》を歩《ある》いても、自分《じぶん》の気《き》持《も》ちをなぐさめてくれるようなものは何《なに》もありません。

「ああ、あの真鍮《しんちゅう》の取《と》っ手《て》があったらいいのに！　トムの思《おも》い出《で》の品《しな》なんて何《なに》もないんだわ」

ベッキーはこう言《い》ってすすり泣《な》きをやめ、また独《ひと》り言《ごと》を言《い》いました。

「そう、この場所《ばしょ》だったわ。もう一度《いちど》やり直《なお》せるなら、絶対《ぜったい》にあんなことは言《い》わない、絶対《ぜったい》に言《い》わないわ。

でもトムはもういなくなってしまったの。もう二度《にど》と、二度《にど》と、二度《にど》と会《あ》えないんだわ」

ベッキーが涙《なみだ》を流《なが》しながら帰《かえ》っていくと、今度《こんど》はトムとジョーの遊《あそ》び仲間《なかま》だった男《おとこ》の子《こ》や女《おんな》の子《こ》たちがやってきました。誰《だれ》もが柵《さく》のところに来《き》て、トムを最後《さいご》に見《み》たときはあんなことをしていた、ジョーはこんなことを言《い》っていたなどと、おごそかな口調《くちょう》で話《はなし》をします。

子供《こども》たちの間《あいだ》では、亡《な》くなった二人《ふたり》と最後《さいご》に会《あ》ったのは誰《だれ》かということで言《い》い争《あらそ》いが起《お》きました。誰《だれ》もが下手《へた》な作《つく》り話《ばなし》をしましたが、本当《ほんとう》に最後《さいご》に会《あ》った子供《こども》が明《あき》らかになると、その子《こ》がいるグループは、周《まわ》りからうらやましがられました。

とある少年《しょうねん》は、特《とく》に自慢《じまん》できることもなかったので堂々《どうどう》と思《おも》い出《で》を語《かた》ることにしました。

「ぼくなんか、トム・ソーヤにひっぱたかれたことがあるけどね」

しかし注目《ちゅうもく》を集《あつ》めることはできません。ほとんどの男《おとこ》の子《こ》は、トムにひっぱたかれたことがあったからです。

次《つぎ》の日《ひ》の朝《あさ》、日曜学校《にちようがっこう》が終《お》わると、教会《きょうかい》の鐘《かね》がいつもと違《ちが》って、ゆっくりと間《ま》をおいて鳴《な》り出《だ》しました。

教会《きょうかい》に集《あつ》まってきた村《むら》の人《ひと》たちは、入《い》り口《ぐち》に立《た》ち止《ど》まって何《なに》かをささやきあいます。しかし建物《たてもの》の中《なか》では誰《だれ》も何《なに》もしゃべりません。お葬式用《そうしきよう》の黒《くろ》い服《ふく》を着《き》た女《おんな》の人《ひと》たちが、椅子《いす》に座《すわ》っていく音《おと》だけが聞《き》こえていました。

小《ちい》さな教会《きょうかい》に、これほど多《おお》くの人《ひと》が集《あつ》まったことはありません。

静《しず》まり返《かえ》った教会《きょうかい》に、やがてポリーおばさんを先頭《せんとう》にシッド、メアリー、そしてハーパー家《け》の人《ひと》たちが入《はい》ってきました。みんな、お葬式用《そうしきよう》の黒《くろ》い服《ふく》を着《き》ています。牧師《ぼくし》さんも含《ふく》めて全員《ぜんいん》がうやうやしく立《た》ち上《あ》がり、ポリーおばさんたちが一番前《いちばんまえ》の席《せき》に座《すわ》るのを待《ま》っていました。

教会《きょうかい》の中《なか》が再《ふたた》び、静《しず》けさに包《つつ》まれました。ときどき、泣《な》くのを必死《ひっし》にこらえる声《こえ》が聞《き》こえてきます。やがて牧師《ぼくし》さんが両手《りょうて》を広《ひろ》げて、お祈《いの》りを捧《ささ》げ始《はじ》めました。賛美歌《さんびか》が歌《うた》われ、聖書《せいしょ》が読《よ》み上《あ》げられます。

「我《われ》はよみがえりなり、命《いのち》なり」

続《つづ》いて牧師《ぼくし》さんは、亡《な》くなったトムとジョーの長所《ちょうしょ》や人間的《にんげんてき》な魅力《みりょく》、いかに将来有望《しょうらいゆうぼう》だったかを話《はな》しました。お葬式《そうしき》に出席《しゅっせき》していた人《ひと》はみんな、確《たし》かにその通《とお》りだ、それなのに自分《じぶん》たちは長所《ちょうしょ》を見《み》ようとせず、悪《わる》いところばかりに目《め》を向《む》けていたのだと深《ふか》く反省《はんせい》しました。

牧師《ぼくし》さんはまた、二人《ふたり》が生《い》きていた頃《ころ》の感動的《かんどうてき》なエピソードをいくつも紹介《しょうかい》して、トムとジョーがいかに優《やさ》しく、広《ひろ》い心《こころ》の持《も》ち主《ぬし》だったのかを説明《せつめい》しました。このため村《むら》の人《ひと》たちは、むちで打《う》たれても当然《とうぜん》だと思《おも》われるようないたずらも、本当《ほんとう》は素晴《すば》らしい出来事《できごと》だったのだと思《おも》いこむようになってきました。

牧師《ぼくし》さんの話《はなし》が続《つづ》くにつれ、教会《きょうかい》にいた人《ひと》たちはますます感傷的《かんしょうてき》になっていきます。ついには全員《ぜんいん》がこらえきれなくなり、ポリーおばさんたちと合唱《がっしょう》するかのように一緒《いっしょ》にすすり泣《な》きを始《はじ》めました。牧師《ぼくし》さんでさえも、自分《じぶん》で話《はなし》をしているうちに感極《かんきわ》まって泣《な》き出《だ》してしまいました。

まさにそのとき、二階《にかい》の通路《つうろ》でこそこそ音《おと》がしました。最初《さいしょ》は誰《だれ》も気《き》づきませんでしたが、しばらくたつと、今度《こんど》は教会《きょうかい》の扉《とびら》がきしみながら開《あ》きました。

牧師《ぼくし》さんは目《め》からハンカチを離《はな》すと、そのまま立《た》ちすくみました！　一人《ひとり》、また一人《ひとり》と牧師《ぼくし》さんと同《おな》じ方向《ほうこう》に目《め》を向《む》けたかと思《おも》うと、ついに全員《ぜんいん》がほぼ同時《どうじ》に立《た》ち上《あ》がりました。死《し》んだはずの三《さん》人《にん》の少年《しょうねん》が、通路《つうろ》をまっすぐ歩《ある》いてくるのが見《み》えたのです。

先頭《せんとう》はトム、次《つぎ》にジョーが続《つづ》き、最後《さいご》にぼろ切《き》れのかたまりのような格好《かっこう》をしたハックが、おどおどしながら入《はい》ってくるではありませんか！　三人《さんにん》は使《つか》われていない二階《にかい》の通路《つうろ》に隠《かく》れて、自分《じぶん》たちのお葬式《そうしき》を眺《なが》めていたのでした。

ポリーおばさん、メアリー、そしてハーパー家《け》の全員《ぜんいん》が、トムとジョーにかけ寄《よ》ります。誰《だれ》もがギュッと子供《こども》たちを抱《だ》きしめながらキスをし、神様《かみさま》への感謝《かんしゃ》を口《くち》にしました。

その間《かん》、かわいそうなハックは、きまりが悪《わる》そうにしながら立《た》ち尽《つ》くしていました。どうしていいかわからないだけでなく、周《まわ》りの人《ひと》の冷《つめ》たい視線《しせん》にさらされていたのです。

ハックはこっそり逃《に》げ出《だ》そうとしましたが、トムが引《ひ》き止《と》めました。

「ポリーおばさん、こんなの不公平《ふこうへい》だよ。誰《だれ》かがハックを喜《よろこ》んで迎《むか》えてあげなくちゃ」

「その通《とお》りだ。あたしはこの子《こ》に会《あ》えてうれしいよ。かわいそうに、あんたもお母《かあ》さんがいないんだね」

ここで突然《とつぜん》、牧師《ぼくし》さんが甲高《かんだか》い声《こえ》で叫《さけ》びました。

「神様《かみさま》をたたえましょう。さあ一緒《いっしょ》に歌《うた》いましょう、心《こころ》を込《こ》めて!」

教会《きょうかい》に来《き》ていた人《ひと》は、歓声《かんせい》を上《あ》げながら全員《ぜんいん》で合唱《がっしょう》しました。賛美歌《さんびか》の大合唱《だいがっしょう》が響《ひび》きわたる中《なか》、海賊《かいぞく》トム・ソーヤは、自分《じぶん》をうらやましそうに眺《なが》めている子供《こども》たちを見《み》て、これこそ人生《じんせい》のクライマックスだと心《こころ》の中《なか》でつぶやいていました。

予《よ》言《げん》者《しゃ》で英《えい》雄《ゆう》のトム

こっそり村《むら》に戻《もど》り、自分《じぶん》たちのお葬式《そうしき》に顔《かお》を出《だ》す。これこそがトムの秘密《ひみつ》の計画《けいかく》でした。

月曜日《げつようび》、ごはんのテーブルにつくと、ポリーおばさんとメアリーは、トムにいつになく優《やさ》しくしてくれました。欲《ほ》しいものはすぐに出《だ》してくれますし、会話《かいわ》もふだんよりずっとはずみます。

朝《あさ》ごはんの途中《とちゅう》で、ポリーおばさんが言《い》いました。

「まあ、うまくみんなをかついだもんだね、トム。一週間近《いっしゅうかんちか》くも心配《しんぱい》させておいて、自分《じぶん》たちだけは楽《たの》しく遊《あそ》び回《まわ》っていたんだから。

だけどね、あたしにあんなにつらい思《おも》いをさせるなんて、冷《つめ》たすぎるじゃないか。丸太《まるた》に乗《の》ってお葬式《そうしき》のために戻《もど》ってこられたんなら、途中《とちゅう》で帰《かえ》ってきて、ぼくは死《し》んでないよ、家出《いえで》しただけだよって、それとなく教《おし》えてくれてもよかったのに」

「そうよ、トム。それくらいしてもよかったわ。

でも思《おも》いついていたら、実際《じっさい》にそうしていたわよね？」

メアリーも言《い》います。

「そうかい、トム？　どうだい、思《おも》いついていたらそうしてくれたかい？」

おばさんは期待《きたい》で顔《かお》を輝《かがや》かせながらたずねました。

「えーと……どうかな。でもそんなことをしたら、秘密《ひみつ》の計画《けいかく》がパーになっちゃってたし」

「トム、あんたなら、それくらいはあたしのことを考《かんが》えてくれるかと思《おも》ったのに」

おばさんが悲《かな》しそうな声《こえ》でつぶやいたので、メアリーがあわてて言《い》いました。

「ねえ、おばさん、悪気《わるぎ》はないのよ。トムはちょっと軽《かる》はずみだっただけ。いつも思《おも》いつきで動《うご》き回《まわ》るから、深《ふか》く考《かんが》えないのよ」

「なら、よけいにがっかりだね。シッドならあたしのことを思《おも》い出《だ》して、戻《もど》って知《し》らせてくれただろうに。トム、おまえはいつかきっと後悔《こうかい》するよ。そのときには、もう手遅《ておく》れなんだけど」

「ねえ、ぼくはおばさんのことを本当《ほんとう》に大事《だいじ》に思《おも》っているんだよ」

「態度《たいど》で示《しめ》してくれたら、もっとわかりやすいんだけどね」

「今《いま》は、戻《もど》ることを思《おも》いつけばよかったなって思《おも》っているよ」

トムは、後悔《こうかい》の気持《きも》ちをにじませながら言《い》いました。

「でも、とにかくおばさんの夢《ゆめ》は見《み》たよ。少《すこ》しはましでしょ？」

「たいしたなぐさめにはならないよ。猫《ねこ》でも夢《ゆめ》は見《み》るんだから。でも見《み》ないよりはましだね。どんな夢《ゆめ》を見《み》たんだい？」

「えーと水曜日《すいようび》の夜《よる》に見《み》た夢《ゆめ》だと、おばさんはあそこでベッドの横《よこ》に座《すわ》って、シッドは薪《まき》を入《い》れる箱《はこ》の横《よこ》に座《すわ》っていて。メアリーが隣《となり》にいたね」

「そうかい、確《たし》かに、あたしたちはそうしていたよ。いつもと同《おな》じようにね。まあ、そんなくらいでも、あたしたちのことを夢《ゆめ》に見《み》てくれたんならうれしいよ」

「ぼくの夢《ゆめ》だと、ジョー・ハーパーのお母《かあ》さんもここにいたな」

「こりゃ驚《おどろ》いたね、あの人《ひと》は本当《ほんとう》に来《き》ていたよ！　他《ほか》に何《なに》か夢《ゆめ》で見《み》たかい？」

「いろいろね。でも、もうあまり覚《おぼ》えていないなあ」

「思《おも》い出《だ》してごらん、ほら」

「なんとなく風《かぜ》が吹《ふ》いたような気《き》がするな。それで風《かぜ》が吹《ふ》いて、うーんと……」

「もっとよく思《おも》い出《だ》してごらんよ、トム！　確《たし》かに風《かぜ》が吹《ふ》いて、あることが起《お》きたんだ。ほら思《おも》い出《だ》して！」

トムは指《ゆび》を額《ひたい》に当《あ》て、一分間《いっぷんかん》ほど難《むずか》しい顔《かお》をしてから答《こた》えました。

「わかった、思《おも》い出《だ》したよ！　風《かぜ》でロウソクが消《き》えたんだ！」

「すごいわ！　トム、さあ続《つづ》けて！」

「ちょっと待《ま》って、思《おも》い出《だ》させてよ。ちょっとでいいから。そうだ、それでおばさんはドアが開《あ》いてるって言《い》ったんだ」

「確《たし》かにあたしは、ここに座《すわ》りながらそう言《い》った。そうよね、ねえメアリー？　もっと続《つづ》けて！」

「それから……確《たし》かじゃないけど、おばさんがシッドにドアを閉《し》めさせて」

「なんてことだろう！　こんなこと、生《う》まれて初《はじ》めて聞《き》いたよ。夢《ゆめ》がばかばかしいなんて、あたしゃもう信《しん》じないよ。セレニー・ハーパーにすぐに聞《き》かせてやらなくちゃ。あの人《ひと》は迷信《めいしん》なんてばかげているって言《い》ってるからね。トム、そのあとは？」

「ああ、だんだんはっきり思《おも》い出《だ》してきたよ。それからおばさんは、ぼくがそんなに悪《わる》い子《こ》じゃなくて、ただわんぱくで無鉄砲《むてっぽう》なだけで、なんとかだから仕方《しかた》ないよって……えーと、若《わか》い子馬《こうま》とかなんとかだったかな」

「その通《とお》りだよ！　なんてことだろう。それで、トム？」

「おばさんが泣《な》きはじめたらハーパーさんも泣《な》き出《だ》して、『ジョーもまったく同《おな》じです。自分《じぶん》が捨《す》てたのに、クリームをとったなんて言《い》って、むちで打《う》たなきゃよかった』って――」

「トム！　あんたは予言者《よげんしゃ》と同《おな》じだよ！　精霊《せいれい》が降《お》りてきたんだね。そして、どうなったの？」

「それからシッドがこう言《い》ったんだ、えーと」

「ぼくは何《なに》も言《い》わなかったと思《おも》うよ」

シッドがあわてて否定《ひてい》します。

「いいえ、言《い》ったわ」

とメアリー。

「二人《ふたり》とも黙《だま》って、トムに話《はなし》を続《つづ》けさせて！　シッドはなんて言《い》ったんだい、トム？」

「確《たし》かこうかな。『トムはあの世《よ》でも幸《しあわ》せだといいな。この世《よ》でもっといい行《おこな》いをしていれば――』」

「ほら、聞《き》いたかい！　シッドが言《い》ったのとまったく同《おな》じだよ」

「そのあとはジョーのかんしゃく玉《だま》のこととか、猫《ねこ》のピーターのこととか、日曜日《にちようび》にお葬式《そうしき》をする話《はなし》をして。で、おばさんと抱《だ》きあって泣《な》いてから、ハーパーさんが帰《かえ》っていったかな」

「そうだよ、その通《とお》りだよ。まるでこの部屋《へや》にいて、全部見《ぜんぶみ》ていたみたいな話《はな》しぶりだね。そのあとはどうなったの？」

「おばさんはお祈《いの》りをしてくれたと思《おも》う。ぼくはおばさんがかわいそうになったから、木《き》の皮《かわ》に『死《し》んでいません、海賊《かいぞく》になるために出《で》かけただけです』って書《か》いて、テーブルのロウソクの横《よこ》に置《お》いたんだ。

おばさんは本当《ほんとう》に優《やさ》しそうな顔《かお》をして眠《ねむ》っていたから、おばさんにキスもしたと思《おも》うな」

「そうかいトム、そうなんだね！　だったら全部《ぜんぶ》水《みず》に流《なが》して許《ゆる》してあげるわ」

おばさんにギュッと抱《だ》きしめられたので、トムは良心《りょうしん》がとがめました。

シッドは、聞《き》こえるか聞《き》こえないかぐらいの小《ちい》さな声《こえ》で独《ひと》り言《ごと》を言《い》いました。

「ずいぶんと優《やさ》しいんだね。ただの……夢《ゆめ》の中《なか》の話《はなし》だけど」

「おだまりシッド！　人《ひと》は夢《ゆめ》の中《なか》でも、起《お》きているときと同《おな》じことをやるんだよ。

ほらトム、有名《ゆうめい》なところで採《と》れた大《おお》きなリンゴだよ、おまえが戻《もど》ってきたらあげようと思《おも》って、とっておいたんだ。ああ、神様《かみさま》に感謝《かんしゃ》しなくちゃね。トムを返《かえ》してくださったんだから。

さあ、シッド、メアリー、トム、行《い》きなさい。すっかり時間《じかん》をとられちまったよ」

子供《こども》たちが学校《がっこう》に行《い》くと、おばさんはハーパー夫人《ふじん》のところへ出《で》かけました。迷信《めいしん》なんて信《しん》じないというハーパー夫人《ふじん》に、不思議《ふしぎ》な夢《ゆめ》の話《はなし》をするためです。


一方《いっぽう》、学校《がっこう》に着《つ》いたトムは、まさに英雄《えいゆう》として迎《むか》えられました。

トムはいつものように飛《と》んだり跳《は》ねたりせずに、堂々《どうどう》と肩《かた》で風《かぜ》を切《き》って海賊《かいぞく》らしく歩《ある》いていきます。みんなが注目《ちゅうもく》しているひそひそ話《ばなし》をしているのに気《き》づかないふりをしましたが、心《こころ》の中《なか》では天《てん》にも昇《のぼ》る思《おも》いでした。

年下《としした》の男《おとこ》の子《こ》たちは、束《たば》になってトムについて回《まわ》ります。同《おな》じ年《とし》の男《おとこ》の子《こ》たちも実《じつ》はうらやましくて仕方《しかた》ありません。トムとジョーはちやほやされ、すっかり舞《ま》い上《あ》がってしまいました。

天狗《てんぐ》になったトムは、もう自分《じぶん》はベッキー・サッチャーがいなくても、やっていけるだろうと思《おも》うようになりました。これからは名誉《めいよ》のために生《い》きていくのです。

それに自分《じぶん》がこれだけ有名《ゆうめい》になったのですから、もしかすると相手《あいて》のほうが仲直《なかなお》りしたいと思《おも》うかもしれません。それならそれでかまいません。自分《じぶん》はもうベッキーなんか好《す》きじゃなくなったと、思《おも》い知《し》らせてやることができます。

そこへベッキー本人《ほんにん》がやってきました。トムは気《き》がつかないふりをしてその場《ば》を離《はな》れ、他《ほか》の男《おとこ》の子《こ》たちや女《おんな》の子《こ》たちの話《はなし》の輪《わ》に入《はい》りました。

トムには、ベッキーがうれしそうに頬《ほお》を赤《あか》らめて目《め》を輝《かがや》かせながら、小走《こばし》りに行《い》ったり来《き》たりするのがすぐにわかりました。わざとらしく友達《ともだち》を追《お》いかけて、相手《あいて》をつかまえるたびに派手《はで》な笑《わら》い声《ごえ》を上《あ》げるのです。しかもトムのすぐ近《ちか》くで友達《ともだち》をつかまえて、意味《いみ》ありげにトムを見《み》つめてきました。

ところがベッキーの行動《こうどう》は、トムをふりむかせるどころか、トムの心《こころ》の中《なか》にある意地《いじ》の悪《わる》い、見《み》栄《え》っぱりな気持《きも》ちをくすぐっただけでした。トムはベッキーがそばにいるのを知《し》りながら、絶対《ぜったい》に気《き》づかないふりをしようと、さらに決心《けっしん》してしまったのです。

やがてベッキーは甲高《かんだか》い声《こえ》を上《あ》げるのをやめて、あたりをのろのろと歩《ある》き始《はじ》めました。ときどきため息《いき》をつきながら、悲《かな》しそうにそっとトムのほうを眺《なが》めます。

するとトムは、よりによってエイミー・ローレンスと熱心《ねっしん》に話《はな》しているではありませんか。

ベッキーは胸《むね》がずきんと痛《いた》くなり、もっと不安《ふあん》な気持《きも》ちになりました。その場《ば》を離《はな》れようとしましたが足《あし》が言《い》うことをきかず、トムがいたグループのほうへ向《む》かってしまいます。

ベッキーはトムのすぐ隣《となり》にいた女《おんな》の子《こ》にわざと明《あか》るく話《はな》しかけ、ピクニックに誘《さそ》いました。

しかしトムは、エイミー・ローレンスに島《しま》で体験《たいけん》した冒険談《ぼうけんだん》を聞《き》かせています。

やがて話《はなし》の輪《わ》に入《はい》っていた男《おとこ》の子《こ》や女《おんな》の子《こ》が全員《ぜんいん》、うれしそうに手《て》をたたきながらピクニックに誘《さそ》ってとせがんできました。でもトムとエイミーからは、やはりなんの反応《はんのう》もありません。

それどころかトムは冷《つめ》たくそっぽを向《む》いて話《はなし》を続《つづ》けながら、エイミーを連《つ》れてどこかに行《い》ってしまいました。

ベッキーのくちびるはわなわなと震《ふる》え、目《め》には涙《なみだ》がたまりました。

他《ほか》の人《ひと》には動揺《どうよう》した様子《ようす》を見《み》せず、そのまま陽気《ようき》に話《はなし》を続《つづ》けましたが、ピクニックなんて、もうなんの意味《いみ》もありません。

ベッキーはできるだけ急《いそ》いでグループから離《はな》れると、人目《ひとめ》につかないところで気《き》がすむまで泣《な》いてから、教室《きょうしつ》に戻《もど》っていきました。

授業《じゅぎょう》の間《あいだ》、プライドを傷《きず》つけられたベッキーは、むすっとした顔《かお》のまま座《すわ》っていました。

やがて授業《じゅぎょう》の終《お》わりを告《つ》げるベルが鳴《な》り、ベッキーが立《た》ち上《あ》がります。その目《め》には怒《いか》りの炎《ほのお》がめらめらと燃《も》えていました。ベッキーは何《なに》かを決意《けつい》したかのように三《み》つ編《あ》みの髪《かみ》をさっと振《ふ》り、「今《いま》に見《み》てらっしゃい」と独《ひと》り言《ごと》を言《い》いました。


トムは昼休《ひるやす》みの間《あいだ》も、エイミーといちゃいちゃしながら、ベッキーを探《さが》していました。

ところがベッキーの姿《すがた》を見《み》た瞬間《しゅんかん》、トムはどん底《ぞこ》に突《つ》き落《お》とされます。校舎《こうしゃ》の裏《うら》にある小《ちい》さなベンチに別《べつ》の男《おとこ》の子《こ》と仲良《なかよ》く座《すわ》り、頭《あたま》をくっつけるようにしながら絵本《えほん》を読《よ》んでいたのです。しかもその男《おとこ》の子《こ》とは、村《むら》に引《ひ》っ越《こ》してきたばかりのときに、トムがさんざん痛《いた》めつけてやったはずのアルフレッド・テンプルでした。

トムはアルフレッドに猛烈《もうれつ》に嫉妬《しっと》しました。と同時《どうじ》に、ベッキーが仲直《なかなお》りするチャンスをくれたのに、それを無駄《むだ》にしてしまった自分《じぶん》に腹《はら》を立《た》てました。

トムは悔《くや》しくて、泣《な》き出《だ》したいくらいでした。隣《となり》にいるエイミーはうれしそうに話《はな》しかけてきますが、何《なに》を言《い》われても言葉《ことば》は頭《あたま》に入《はい》ってきません。ときどきエイミーがしゃべるのをやめてトムに返事《へんじ》を求《もと》めても、ほとんどの場合《ばあい》は、見当違《けんとうちが》いのことをぼそぼそ言《い》うだけでした。

トムは校舎《こうしゃ》の裏手《うらて》を何度《なんど》もうろつき、見《み》たくもない光景《こうけい》を見《み》るたびに、自分《じぶん》の目《め》の玉《たま》が焼《や》けるような思《おも》いをしました。それでも見《み》ずにはいられなかったのです。

さらに頭《あたま》にきたのは、ベッキーの様子《ようす》でした。ベッキーはトムがそこにいることなど、まったく気《き》がついていないように見《み》えました。

しかし実際《じっさい》には、ベッキーはトムに気《き》がついていました。自分《じぶん》が苦《くる》しんだのと同《おな》じくらいトムが苦《くる》しんでいるのを見《み》て、今度《こんど》は自分《じぶん》が勝《か》った、いい気味《きみ》だと思《おも》っていたのです。

トムはエイミーがうれしそうに話《はな》しかけてくるのに、だんだん耐《た》えられなくなってきました。そこで、「用事《ようじ》があるから、もう行《い》かなきゃならないんだ」とむりやり話《はなし》をやめることにしました。

何《なに》も知《し》らないエイミーは、「じゃあ放課後《ほうかご》にまたね」と素直《すなお》に答《こた》えてきます。トムはその様子《ようす》にさらにうんざりしながら、さっさと歩《ある》いていきました。

「よりによってあいつと！　セントルイスから来《き》た、自分《じぶん》はおしゃれで貴族《きぞく》みたいだなんて思《おも》っている奴《やつ》と一緒《いっしょ》にいるなんて！

まあいいさ、あいつのことはこの村《むら》に最初《さいしょ》に来《き》たときにやっつけたはずだ、またやっつけてやる！　すぐにつかまえてやるから、待《ま》ってろ！」

正午《しょうご》になると、トムは家《いえ》に飛《と》んで帰《かえ》りました。エイミーのうれしそうな様子《ようす》を見《み》て後《うし》ろめたい思《おも》いをするのも、ベッキーに嫉妬《しっと》を感《かん》じるのも、もうたくさんでした。

一方《いっぽう》ベッキーは、またアルフレッドと絵本《えほん》を眺《なが》めはじめました。

しかし、トムの姿《すがた》はどこにも見《み》えません。ベッキーの気持《きも》ちは、時間《じかん》が少《すこ》しずつ経《た》っていくにつれて沈《しず》んできました。

どんよりとした気持《きも》ちは、やがて悲《かな》しみに変《か》わっていきます。二《に》、三度《さんど》、足音《あしおと》が聞《き》こえた気《き》がしましたが、トムはやっぱり来《き》ません。ついにベッキーはすっかり惨《みじ》めな気持《きも》ちになり、こんなにトムをじらさなければよかったと後悔《こうかい》しはじめました。

ベッキーが上《うわ》の空《そら》になっていることに気《き》づいたアルフレッドは、

「ねえ、この絵《え》はおもしろいよ！　見《み》て！」

などと必死《ひっし》に繰《く》り返《かえ》しましたが、ベッキーは

「ねえ、ほっといて！　絵本《えほん》なんてどうでもいいわ！」

と言《い》って、泣《な》きながら歩《ある》き出《だ》してしまいます。

アルフレッドも一緒《いっしょ》に歩《ある》いてなぐさめようとしましたが、ベッキーからはこんな言葉《ことば》が返《かえ》ってきただけでした。

「もうついてこないで、一人《ひとり》にしておいて！　あなたなんて嫌《きら》いよ！」

かわいそうなアルフレッドは、立《た》ち止《ど》まって、何《なに》がいけなかったんだろうと考《かんが》えました。

やがて誰《だれ》もいない教室《きょうしつ》に入《はい》っていくと、ベッキーの態度《たいど》が急《きゅう》に変《か》わった理由《りゆう》がピンときました。

もともとベッキーは、トム・ソーヤに仕返《しかえ》しするために自分《じぶん》を利用《りよう》しただけなのです。

アルフレッドは、トムのことがさらに嫌《きら》いになりました。そこで、自分《じぶん》は叱《しか》られないようにしながら、トムだけを困《こま》らせてやる方法《ほうほう》はないかと探《さが》しはじめました。

そのとき、トムの綴《つづ》り方《かた》の教科書《きょうかしょ》が目《め》に入《はい》りました。

(そうだ、これだ！)

アルフレッドは大喜《おおよろこ》びで本《ほん》を開《ひら》き、午後《ごご》の授業《じゅぎょう》で使《つか》うページにインクを垂《た》らしました。

ところが、その様子《ようす》を窓越《まどご》しにこっそり見《み》ていた女《おんな》の子《こ》がいました。ベッキーです。ベッキーは気《き》づかれないように学校《がっこう》から出《で》て、家《いえ》に向《む》かいました。

ベッキーはトムを見《み》つけて、そのことを知《し》らせてあげるつもりでした。そうすればトムも感謝《かんしゃ》してくれるでしょう。二人《ふたり》も仲直《なかなお》りできるはずです。

でも家《いえ》に戻《もど》る道《みち》を半分《はんぶん》も行《い》かないうちに、気持《きも》ちは変《か》わってしまいました。自分《じぶん》がトムに受《う》けた、ひどい仕打《しう》ちを思《おも》い出《だ》したからです。

結局《けっきょく》ベッキーは、トムに教科書《きょうかしょ》のことを教《おし》えるのをやめました。そして、「トムなんて先生《せんせい》にむちで打《う》たれればいいわ。あんな人《ひと》のことなんて、一生《いっしょう》、嫌《きら》いになってやるわ」と誓《ちか》ったのです。

トムの告《こく》白《はく》

トムは憂《ゆう》うつな気持《きも》ちで家《いえ》に戻《もど》ってきました。

ところが帰《かえ》るなり、さらに悲《かな》しい思《おも》いをすることになりました。ポリーおばさんはいきなり、こんなふうに言《い》ってきたのです。

「トム、生《い》きたままおまえの皮《かわ》をはいでやりたい気分《きぶん》だよ！」

「おばさん、ぼくが何《なに》かした？」

「ああ、さんざんしてくれたよ。あたしはばかみたいに、セレニー・ハーパーのところへ出《で》かけたんだ。夢《ゆめ》の話《はなし》を信《しん》じてもらおうとしてね。

そうしたらどうだい、セレニーはジョーから聞《き》いてとっくに知《し》っていたんだよ。おまえがこの家《いえ》に戻《もど》ってきて、あたしたちの会話《かいわ》を全部《ぜんぶ》聞《き》いていたってことをね。

トム、おまえの行《ゆ》く末《すえ》が心配《しんぱい》だよ。あたしをまんまとだまして、セレニーのところに行《い》こうなんて気《き》にさせておいて、一言《ひとこと》も言《い》わないなんて。本当《ほんとう》に情《なさ》けない子《こ》だ」

トムには、おばさんに恥《はじ》をかかせようなどというつもりはありませんでした。今朝《けさ》は天才的《てんさいてき》な頭《あたま》のよさを発揮《はっき》したつもりでした。ところが今《いま》では、単《たん》に意地悪《いじわる》でつまらない作《つく》り話《ばなし》をしたような気《き》がします。

トムはしょんぼりと下《した》を向《む》いたまま、しばらく何《なに》も言《い》うことができませんでした。

「おばさん、あんなこと言《い》わなきゃよかったと思《おも》う。でも、よく考《かんが》えなかったんだ」

「ああ、その通《とお》りさ。おまえさんはいつもきちんと考《かんが》えない。自分《じぶん》のことしか頭《あたま》にないんだよ。ジャクソン島《とう》からわざわざ夜中《よなか》に帰《かえ》ってきたっていうのに、あたしたちが心配《しんぱい》しているのを見《み》て笑《わら》いものにするんだから。でたらめな夢《ゆめ》の話《はなし》をしてあたしをばかにすることは思《おも》いついても、あたしたちを気《き》の毒《どく》がって、あんまり悲《かな》しまないようにしてあげようなんてことは、これっぽっちも思《おも》いつかないいんだ」

「おばさん、ぼくがひどいことをしたっていうのはわかったよ。だけどわざとじゃないんだよ。本当《ほんとう》にそうなんだ。それにあの晩《ばん》、家《いえ》に戻《もど》ってきたのは、おばさんたちを笑《わら》いものにするためじゃなかったんだよ」

「だったら、なぜ戻《もど》ってきたんだい？」

「ぼくたちはおぼれていないから、心配《しんぱい》しないでって教《おし》えるつもりだったんだよ」

「ねえトム、おまえがもし本当《ほんとう》にそんなふうに考《かんが》えてくれたんなら、あたしゃ世界一《せかいいち》の幸《しあわ》せ者《もの》だよ。でも、そんなことは一度《いちど》もなかったはずさ。それはあんたが自分《じぶん》でよくわかっているはずだよ。あたしにはお見通《みとお》しだよ、トム。うそだけはやめておくれ」

「うそじゃないよ。本当《ほんとう》に、本当《ほんとう》にそう思《おも》ったんだ。おばさん。ぼくはおばさんを悲《かな》しませたくないっていう気持《きも》ちだけで、ここに戻《もど》ってきたんだよ」

「おまえの言《い》ってることが信《しん》じられるようになるなら、なんだって惜《お》しくないよ。家出《いえで》をしてさんざん悪《わる》さをしたことだって、喜《よろこ》べるぐらいになるだろうさ。

でも、そんな話《はなし》は納得《なっとく》できないよ。だったらどうして、自分《じぶん》は無事《ぶじ》だって知《し》らせてくれなかったんだい？」

「お葬式《そうしき》の話《はなし》を聞《き》いたとたんに、こっそり帰《かえ》ってきて、みんなを驚《おどろ》かせてやろうっていうアイディアで頭《あたま》がいっぱいになっちゃって。だから木《き》の皮《かわ》も、そのままポケットに入《い》れちゃったんだ」

「木《き》の皮《かわ》ってなんのことだい？」

「海賊《かいぞく》になったことを教《おし》えるのに、木《き》の皮《かわ》に手紙《てがみ》を書《か》いたんだ。

ああ、ぼくがキスをしたときに、おばさんが目《め》を覚《さ》ましてくれたらよかったのに。本当《ほんとう》にそう思《おも》うよ」

ポリーおばさんが、少《すこ》し優《やさ》しい表情《ひょうじょう》になりました。

「あたしにキスをしたのかい、トム？」

「うん、したよ」

「本当《ほんとう》に？」

「もちろん本当《ほんとう》だよ、おばさん。絶対《ぜったい》に確《たし》かだよ」

「なんでキスをしてくれたの、トム？」

「だっておばさんが大好《だいす》きだから。あそこに横《よこ》になって悲《かな》しそうにうなっているのを見《み》て、すごく悪《わる》いなと思《おも》ったんだ」

トムの言葉《ことば》には、本当《ほんとう》だと思《おも》わせるものがあります。おばさんは震《ふる》える声《こえ》で言《い》いました。

「さあトム、もう一度《いちど》、キスしておくれ！　そして学校《がっこう》に行《い》きな。もうあたしに、わずらわしい思《おも》いをさせないでちょうだい」

トムがいなくなるや、おばさんはクローゼットにかけ寄《よ》り、トムが海賊《かいぞく》をしていたときに着《き》ていたぼろぼろの上着《うわぎ》を取《と》り出《だ》しました。

しかし手《て》を止《と》めて、上着《うわぎ》を握《にぎ》ったままつぶやきます。

「いいえ、やめておこう。かわいそうに、あの子《こ》はまたうそをついてるんだ……でも、なんて思《おも》いやりのあるうそなんだろう、優《やさ》しさがにじみ出《で》てた。

神様《かみさま》は、きっとあの子《こ》をお許《ゆる》しくださるよ。あれがうそだったなんて気《き》づきたくないから、上着《うわぎ》を見《み》るのはやめておこう」

上着《うわぎ》をクローゼットにしまったおばさんは、しばらく物思《ものおも》いにふけっていました。それから二回《にかい》、上着《うわぎ》を取《と》り出《だ》そうとしては、そのたびにやめました。

でもおばさんは最後《さいご》にもう一度《いちど》、上着《うわぎ》に手《て》を伸《の》ばしました。心《こころ》の中《なか》で自分《じぶん》にこんなふうに言《い》いきかせながらです。

「あれはいいうそだったよ。優《やさ》しいうそだった。だからあたしはうそでも悲《かな》しまない」

上着《うわぎ》のポケットを探《さぐ》り始《はじ》めたおばさんは、すぐに木《き》の皮《かわ》を見《み》つけました。トムのメッセージを読《よ》んだ目《め》から、涙《なみだ》があふれ出《だ》します。

「あたしはあの子《こ》を許《ゆる》してあげる。たとえ百万回《ひゃくまんかい》、悪《わる》さをしてもね！」

ベッキーと絶交《ぜっこう》

ポリーおばさんにキスされたことで、トムは再《ふたた》びうきうきした気持《きも》ちになっていました。学校《がっこう》に向《む》かう途中《とちゅう》の道《みち》では、運《うん》よくベッキー・サッチャーとも出会《であ》います。

トムはいつも、そのときの気分《きぶん》のままに行動《こうどう》してしまう少年《しょうねん》なので、なんのためらいもなく話《はな》しかけました。

「ベッキー、さっきはすごく意地悪《いじわる》なことをしてごめんね。本当《ほんとう》に謝《あやま》るよ。あんなことはもう一生《いっしょう》しないから。お願《ねが》いだから仲直《なかなお》りしてくれない？」

ベッキーは立《た》ち止《ど》まり、軽蔑《けいべつ》するような目《め》つきで相手《あいて》を見《み》つめました。

「わたしに話《はな》しかけないでいただきたいわ、トム・ソーヤさん。あなたとは二度《にど》と話《はな》さないから」

ベッキーはプイと顔《かお》をそむけると、向《む》こうに行《い》ってしまいました。

トムはあっけにとられてしまいました。「どうってことないさ、きどり屋《や》め！」と、とっさに言《い》い返《かえ》すことさえできません。そう思《おも》ったときにはすでに手遅《ており》れでした。

トムは黙《だま》っていましたが、心《こころ》の中《なか》は怒《いか》りで煮《に》えたぎっています。校庭《こうてい》を歩《ある》きながら、ベッキーが男《おとこ》の子《こ》だったら、どうやってとっちめてやろうかと考《かんが》えていました。

そこでまたベッキーと会《あ》ったので、今度《こんど》はすれ違《ちが》いざまに嫌《いや》みを言《い》うと、相手《あいて》もすかさず言《い》い返《かえ》してきました。

もう完全《かんぜん》に絶交《ぜっこう》です。腹《はら》を立《た》てたベッキーは、午後《ごご》の授業《じゅぎょう》が始《はじ》まるのが待《ま》ち遠《どお》しくて仕方《しかた》ありませんでした。綴《つづ》り方《かた》の教科書《きょうかしょ》をインクで汚《よご》してしまったということで、トムがむちで打《う》たれるのを早《はや》く見《み》たかったのです。

綴《つづ》り方《かた》の教科書《きょうかしょ》にインクを垂《た》らしたのは、アルフレッド・テンプルですが、そのことを告《つ》げ口《ぐち》してやろうなどという気持《きも》ちは、トムとのケンカで吹《ふ》き飛《と》んでしまいました。

授業《じゅぎょう》を受《う》け持《も》っているドビンズ先生《せんせい》は、自分《じぶん》の望《のぞ》みを叶《かな》えられないまま、中年《ちゅうねん》を迎《むか》えた男性《だんせい》でした。若《わか》い頃《ころ》はお医者《いしゃ》さんになりたいという夢《ゆめ》をもっていましたが、お医者《いしゃ》さんになれるだけのお金《かね》がなかったので、村《むら》の学校《がっこう》の先生《せんせい》になったのです。

暗唱《あんしょう》の授業《じゅぎょう》がないとき、ドビンズ先生《せんせい》は毎日《まいにち》、机《つくえ》の引《ひ》き出《だ》しから謎《なぞ》の本《ほん》を取《と》り出《だ》して夢中《むちゅう》で読《よ》んでいました。

その本《ほん》が入《はい》った引《ひ》き出《だ》しには、鍵《かぎ》がかけられています。学校中《がっこうじゅう》のわんぱく小僧《こぞう》が本《ほん》の中身《なかみ》を知《し》りたがっていましたが、誰《だれ》も見《み》た人《ひと》はいません。

やがて教室《きょうしつ》にベッキーがやってきました。ふと、ドアのそばにある先生《せんせい》の机《つくえ》の横《よこ》を通《とお》りかかると、引《ひ》き出《だ》しの鍵《かぎ》がついたままになっているではありませんか！

こんなチャンスは、二度《にど》とありません。

ベッキーは周《まわ》りを見回《みまわ》して誰《だれ》もいないことを確《たし》かめると、次《つぎ》の瞬間《しゅんかん》にはもう本《ほん》を手《て》にしていました。本《ほん》にはナントカ教授《きょうじゅ》の解剖学《かいぼうがく》という題名《だいめい》がついていました。題名《だいめい》を見《み》てもなんのことかまったくわからないので、ベッキーはページをめくってみました。きれいな色《いろ》で印刷《いんさつ》された口絵《くちえ》が目《め》に飛《と》び込《こ》んできました。裸《はだか》の人間《にんげん》の絵《え》です。

ところがそのとき、誰《だれ》かがそばにやってきました。トムです。トムは教室《きょうしつ》に入《はい》ってくると、本《ほん》の絵《え》をちらっと見《み》ました。

ベッキーはすぐに本《ほん》を閉《と》じましたが、そのひょうしに、自分《じぶん》が開《ひら》いていたページを真《ま》ん中《なか》まで破《やぶ》いてしまいました。ベッキーは本《ほん》を机《つくえ》にしまって鍵《かぎ》をかけると、わっと泣《な》き出《だ》しました。

「トム・ソーヤ！　あんたってなんてずるい人《ひと》なの。後《うし》ろからこっそり近《ちか》づいてきて、人《ひと》が見《み》ているものをのぞくなんて！」

「君《きみ》が何《なに》かを見《み》ていたなんて、ぼくにわかるわけないじゃないか？」

「自分《じぶん》のことが恥《は》ずかしくないの、トム・ソーヤ。あんた、どうせ先生《せんせい》に言《い》いつけるんでしょ。ああ、どうしよう、どうしよう。むちで打《う》たれちゃう。学校《がっこう》でむちで打《う》たれたことなんて、今《いま》まで一度《いちど》もないのに」

ベッキーは小《ちい》さな足《あし》で、何度《なんど》も悔《くや》しそうに床《ゆか》を踏《ふ》みました。

「いじわるをしたいなら、勝手《かって》にしたらいいわ！　これからあんたがどんな目《め》にあうか、わたしは知《し》っているんだから。今《いま》に見《み》てなさい！　大嫌《だいきら》い、大嫌《だいきら》い、大嫌《だいきら》い！」

ベッキーはまたわっと泣《な》き出《だ》し、校舎《こうしゃ》の外《そと》へ飛《と》び出《だ》していきました。

トムはなんで文句《もんく》を言《い》われたのかわかりません。そこで、その場《ば》で独《ひと》り言《ごと》を言《い》いました。

「女《おんな》って本当《ほんとう》にへんちくりんだな！　学校《がっこう》でひっぱたかれたことがないだって？　へん。まあいいや。ぼくが困《こま》ればいいと思《おも》ってるんだから、ベッキーだって先生《せんせい》に叱《しか》られればいいんだ！」

数分後《すうふんご》、先生《せんせい》がやってきて午後《ごご》の授業《じゅぎょう》が始《はじ》まりました。

トムは勉強《べんきょう》にたいして集中《しゅうちゅう》できません。ときどきちらっと女子《じょし》の席《せき》を眺《なが》め、ベッキーの顔《かお》を見《み》て心配《しんぱい》になりました。

これまでいろんなことがありましたが、やはりベッキーには悲《かな》しんでほしくないのです。

そうこうするうちに綴《つづ》り方《かた》の本《ほん》が汚《よご》れていることがばれたので、トムの頭《あたま》はしばらくの間《あいだ》、自分《じぶん》のことでいっぱいになりました。先生《せんせい》の本《ほん》を破《やぶ》ってしまったことばかりを考《かんが》えていたベッキーも、はっと目《め》が覚《さ》めたように、トムの様子《ようす》を見《み》ていました。

インクをこぼしていないという言《い》い訳《わけ》なんて、通用《つうよう》するはずがない。ベッキーがそう思《おも》っていた通《とお》りでした。トムの立場《たちば》は、自分《じぶん》のせいじゃありませんと言《い》えば言《い》うほど悪《わる》くなっていきました。

やがてトムが絶体絶命《ぜったいぜつめい》のピンチに追《お》いこまれると、ベッキーはアルフレッド・テンプルのことを言《い》いつけてやろうかと迷《まよ》いました。それでも結局《けっきょく》は、最後《さいご》まで自分《じぶん》の気持《きも》ちを抑《おさ》えつけていました。心《こころ》の中《なか》で、こう言《い》いきかせていたからです。

「トムはわたしが本《ほん》を破《やぶ》ったことを言《い》いつけるに違《ちが》いないわ。ここで助《たす》けてなんかあげない！」

トムは先生《せんせい》にむちで打《う》たれましたが、がっかりなどしていませんでした。はしゃぎ回《まわ》っているうちに、いつのまにかインクをこぼしたかもしれないと思《おも》っていたのです。自分《じぶん》はやっていませんと言《い》ったのも形《かたち》ばかりで、一応《いちおう》、弁解《べんかい》してみただけでした。

それから一時間後《いちじかんご》、先生《せんせい》は自分《じぶん》の大《おお》きな椅子《いす》で居眠《いねむ》りをしていました。

だんだん眠《ねむ》りから覚《さ》めた先生《せんせい》は、背筋《せすじ》を伸《の》ばしながらあくびをします。次《つぎ》には机《つくえ》の引《ひ》き出《だ》しの鍵《かぎ》を開《あ》けて、本《ほん》を取《と》り出《だ》そうとしましたが、そこで一瞬《いっしゅん》、迷《まよ》ったようでした。

ほとんどの生徒《せいと》は、そんな先生《せんせい》の様子《ようす》をたいして興味《きょうみ》なさそうに眺《なが》めていました。でも二人《ふたり》の生《せい》徒《と》だけは熱心《ねっしん》に見《み》つめていました。ベッキーとトムです。

ドビンズ先生《せんせい》はしばらくぼんやりと本《ほん》をいじっていましたが、ついに引《ひ》き出《だ》しから取《と》り出《だ》して、椅子《いす》に座《すわ》り直《なお》して読《よ》みはじめました！

トムはベッキーをちらりと見《み》ました。トムは昔《むかし》、狩《か》りで追《お》い詰《つ》められたウサギを見《み》たことがあります。ベッキーはそのウサギと同《おな》じ表情《ひょうじょう》をしていました。

先生《せんせい》が、生徒《せいと》たちのほうをじろりと見《み》ました。生徒《せいと》は全員《ぜんいん》、あわてて目《め》を伏《ふ》せます。先生《せんせい》の目《め》つきには、何《なに》も悪《わる》いことをしていない生徒《せいと》でさえ震《ふる》え上《あ》がるような怖《こわ》さがありました。

「この本《ほん》を破《やぶ》ったのは誰《だれ》だね？」

教室《きょうしつ》は静《しず》まり返《かえ》りました。ピンが落《お》ちる音《おと》さえ聞《き》こえそうです。先生《せんせい》は後《うし》ろめたそうにしている生徒《せいと》はいないかと、一人《ひとり》ずつ顔《かお》を見始《みはじ》めました。

「ベンジャミン・ロジャース、本《ほん》を破《やぶ》ったか？」

いいえと返事《へんじ》があり、また静《しず》かになりました。

「ジョゼフ・ハーパー、おまえか？」

また、いいえという返事《へんじ》が返《かえ》ってきます。生徒《せいと》たちをゆっくり拷問《ごうもん》するような時間《じかん》が続《つづ》くにつれて、トムはどんどん落《お》ち着《つ》かない気持《きも》ちになってきました。先生《せんせい》は男子《だんし》を何人《なんにん》か調《しら》べたあとに、しばらく考《かんが》え直《なお》し、今度《こんど》は女子《じょし》にたずねはじめます。

「エイミー・ローレンス？」

首《くび》が横《よこ》に振《ふ》られます。

「グレース・ミラー？」

「スーザン・ハーパー、君《きみ》かね？」

やはり答《こた》えは同《おな》じです。

次《つぎ》はベッキーの番《ばん》が回《まわ》ってきました。

「ベッキー・サッチャー、（トムがベッキーを見《み》ると、恐怖《きょうふ》のあまりベッキーの顔《かお》は真《ま》っ青《さお》になっていました）本《ほん》を破《やぶ》ったのは――ちゃんとこっちを見《み》なさい（ベッキーは何《なに》かを訴《うった》えるように両手《りょうて》を上《あ》げていますす）。本《ほん》を破《やぶ》ったのは君《きみ》か？」

（もうベッキーはおしまいだ！）

そう思《おも》うとトムの体《からだ》もぶるぶる震《ふる》えましたが、突然《とつぜん》、とある考《かんが》えが稲妻《いなずま》のようにひらめきました。

そして勢《いきお》いよく立《た》ち上《あ》がると、こう叫《さけ》んだのです。

「ぼくがやりました！」

教室中《きょうしつじゅう》の生徒《せいと》が見《み》つめる中《なか》、トムは自分《じぶん》の気持《きも》ちを落《お》ち着《つ》けてから前《まえ》に出《で》ていきました。ベッキーが驚《おどろ》きと感謝《かんしゃ》、愛情《あいじょう》のこもった視線《しせん》で、自分《じぶん》を見《み》つめているのがわかります。たとえ百回《ひゃっかい》むちで打《う》たれても、トムにはそれだけで十分《じゅうぶん》なように思《おも》えました。

トムはさらに罰《ばつ》として放課後《ほうかご》に二時間《にじかん》、教室《きょうしつ》にいなさいと先生《せんせい》から命令《めいれい》されました。これもへっちゃらです。喜《よろこ》んで待《ま》っていてくれる人《ひと》がいるのが、わかっていたからです。

その晩《ばん》、トムはアルフレッドに仕返《しかえ》しする計画《けいかく》を練《ね》りながらベッドに入《はい》りました。ベッキーが恥《は》ずかしさと後悔《こうかい》の気持《きも》ちをにじませながら、すべて打《う》ち明《あ》けてくれたのです。ベッキーは、自分《じぶん》がトムを裏切《うらぎ》ったことも告白《こくはく》しました。

とはいえ仕返《しかえ》ししてやろうなどという気持《きも》ちは、あっという間《ま》にどこかにいってしまいました。トムはすぐに、もっとわくわくするようなことを思《おも》い出《だ》したからです。眠《ねむ》りにおちるとき、トムの耳《みみ》にはベッキーが最後《さいご》に口《くち》にした言葉《ことば》が、甘《あま》い夢《ゆめ》のように響《ひび》いていました。

「トム、あなたって、なんて男《おとこ》らしい人《ひと》なの！」

ドビンズ先生《せんせい》への復讐《ふくしゅう》

夏休《なつやす》みが近《ちか》づいていました。ただでさえ厳《きび》しいドビンズ先生《せんせい》は、このところ、さらに厳《きび》しい態度《たいど》をとるようになっていました。来賓《らいひん》が参観《さんかん》する「学習発表会《がくしゅうはっぴょうかい》」で、自分《じぶん》が教《おし》えている生徒《せいと》たちが、いかに優秀《ゆうしゅう》であるかを見《み》せつけようと思《おも》っていたからです。

先生《せんせい》はほとんど休《やす》むことなく、むちや木《き》のヘラで誰《だれ》かをたたいていました。特《とく》に年少《ねんしょう》の生徒《せいと》たちは標的《ひょうてき》になりました。犠牲《ぎせい》にならなかったのは最年長《さいねんちょう》クラスの男子《だんし》と、十八歳《じゅうはっさい》と二十歳《はたち》の女子生徒《じょしせいと》だけでした。

ドビンズ先生《せんせい》のむち打《う》ちには、迫力《はくりょく》がありました。カツラで隠《かく》した頭《あたま》は完全《かんぜん》にはげあがって光《ひか》っていましたが、先生自身《せんせいじしん》はまだ中年《ちゅうねん》にさしかかったばかりなので、筋力《きんりょく》もまったく衰《おとろ》えていなかったのです。

学習発表会《がくしゅうはっぴょうかい》の日《ひ》が近《ちか》づくにつれ、先生《せんせい》は残酷《ざんこく》な一面《いちめん》をのぞかせるようになっていきました。生徒《せいと》がほんのささいなことを間違《まちが》ったときでも、やたらと厳《きび》しく罰《ばっ》を与《あた》えることに喜《よろこ》びを感《かん》じているようでした。まるで恨《うら》みを晴《は》らすかのようにです。

犠牲《ぎせい》になった年少《ねんしょう》の男《おとこ》の子《こ》たちは日中《にっちゅう》、学校《がっこう》にいる間《あいだ》は恐怖《きょうふ》に震《ふる》えながら、逆《ぎゃく》に夜《よる》は仕返《しかえ》しの計《けい》画《かく》を立《た》てながら過《す》ごすようになり、チャンスがあれば必《かなら》ずいたずらをしました。

とはいえ、先生《せんせい》のほうがいつもうわ手《て》でした。いたずらに成功《せいこう》しても、先生《せんせい》の罰《ばつ》があまりにすさまじいので、少年《しょうねん》たちはこてんぱんにやられてしまうのです。

しかし少年《しょうねん》たちは知恵《ちえ》を出《だ》しあい、必《かなら》ず先生《せんせい》に勝《か》てる計画《けいかく》をついに思《おも》いつきました。そこで看板《かんばん》屋《や》の息子《むすこ》を仲間《なかま》に引《ひ》き入《い》れ、自分《じぶん》たちの計画《けいかく》を説明《せつめい》したうえで、協力《きょうりょく》してほしいと頼《たの》みました。

看板屋《かんばんや》の息子《むすこ》も、喜《よろこ》んで計画《けいかく》にのってきました。先生《せんせい》がその子《こ》の家《いえ》に下宿《げしゅく》していたので、いろいろと嫌《いや》な経験《けいけん》をしていたのです。

先生《せんせい》の奥《おく》さんは、近《ちか》いうちに田舎《いなか》に出《で》かける予定《よてい》になっていたので、誰《だれ》にも邪魔《じゃま》はされません。しかも先生《せんせい》は、特別《とくべつ》な行事《ぎょうじ》が行《おこな》われる前《まえ》には深酒《ふかざけ》をして「景気《けいき》づけをする」癖《くせ》がありました。

学習発表会《がくしゅうはっぴょうかい》は夜《よる》から始《はじ》まります。まず先生《せんせい》がいつものように酔《よ》っ払《ぱら》い、しばらく椅子《いす》で居眠《いねむ》りをしているすきに、看板屋《かんばんや》の息子《むすこ》が「細工《さいく》」をする。それからちょうどいいタイミングで先生《せんせい》を起《お》こし、学校《がっこう》に急《いそ》いで行《い》かせるというのが計画《けいかく》でした。

いよいよ計画《けいかく》が実行《じっこう》される日《ひ》がやってきました。

夜八時《よるはちじ》、植物《しょくぶつ》の葉《は》や花《はな》で作《つく》った飾《かざ》りがあしらわれた校舎《こうしゃ》に、こうこうと明《あ》かりがつきます。ドビンズ先生《せんせい》は一段高《いちだんたか》いところにある教壇《きょうだん》に王様《おうさま》のような椅子《いす》を置《お》き、黒板《こくばん》を背《せ》にして座《すわ》りました。すでにほろ酔《よ》いでご機嫌《きげん》のようです。

先生《せんせい》の両《りょう》わきには三列《さんれつ》ずつ、正面《しょうめん》には六列《ろくれつ》のベンチが置《お》かれています。これらのベンチには村《むら》の偉《えら》い人《ひと》たちや、生徒《せいと》の親《おや》が座《すわ》っていました。先生《せんせい》の左側《ひだりがわ》にあるベンチの後《うし》ろには、この日《ひ》のために特別《とくべつ》に作《つく》られた舞台《ぶたい》があり、発表《はっぴょう》を行《おこな》う予定《よてい》の生徒《せいと》たちが座《すわ》っています。

発表《はっぴょう》が始《はじ》まりました。まず小《ちい》さな男《おとこ》の子《こ》が立《た》ち上《あ》がり、おずおずと暗唱《あんしょう》を披露《ひろう》します。次《つぎ》は内気《うちき》で舌足《したた》らずな小《ちい》さな女《おんな》の子《こ》が、『メリーさんの羊《ひつじ》』を歌《うた》ってみせました。

トム・ソーヤもうぬぼれながら自信満々《じしんまんまん》に前《まえ》に出《で》て、「我《われ》に自由《じゆう》を、さもなくば死《し》を」で始《はじ》まる有名《ゆうめい》なスピーチを激《はげ》しい身《み》ぶりを交《まじ》えて始《はじ》めましたが、途中《とちゅう》でぱったりつっかえてしまいます。

トムはひどくあがってしまい、足《あし》はがくがく震《ふる》え、息《いき》が詰《つ》まりそうになりました。教室《きょうしつ》にいたお客《きゃく》さんたちは明《あき》らかにトムに同情《どうじょう》していましたが、すっかり静《しず》まり返《かえ》ってもいました。トムには同《どう》情《じょう》されたことよりも、みんながだまりこんでしまったことのほうがこたえました。

暗唱《あんしょう》や朗読《ろうどく》、綴《つづ》り方《かた》のコンテストが終《お》わると、いよいよ今晩《こんばん》の見《み》せ場《ば》である、女子生徒《じょしせいと》たちによる作文《さくぶん》の発表《はっぴょう》になります。誰《だれ》もが自分《じぶん》の番《ばん》がくると舞台《ぶたい》の一番前《いちばんまえ》まで出《で》て、せきばらいをしてから原稿《げんこう》（上品《じょうひん》なリボンでページがとじられている）を読《よ》み上《あ》げます。

作文《さくぶん》のテーマは、彼女《かのじょ》たちのお母《かあ》さんやおばあさん、さらにその先祖《せんぞ》の人《ひと》たちが発表《はっぴょう》した内容《ないよう》と変《か》わりありません。さらにさかのぼっていけば、十字軍《じゅうじぐん》の時代《じだい》にも同《おな》じようなテーマで発表《はっぴょう》がされていたはずです。たとえば「友情《ゆうじょう》」「昔《むかし》の記憶《きおく》」「歴史《れきし》における宗教《しゅうきょう》」「夢《ゆめ》のような国《くに》」「教養《きょうよう》の大切《たいせつ》さ」「政府《せいふ》の比較《ひかく》」「憂《ゆう》うつ」「親孝行《おやこうこう》」「あこがれ」といったテーマです。

これらの作文《さくぶん》は、やたらとセンチメンタルだったり、ありきたりの言葉《ことば》であふれていました。特《とく》にひどいのは、どれもが、やたらと教訓《きょうくん》めいた話《はなし》でしめくくられていたことです。

さて作文《さくぶん》の発表《はっぴょう》や表彰式《ひょうしょうしき》が終《お》わると、今度《こんど》はドビンズ先生自身《せんせいじしん》が、地理《ちり》の発表《はっぴょう》をする順番《じゅんばん》になりました。酔《よ》いが回《まわ》って、機嫌《きげん》がよくなった先生《せんせい》は、椅子《いす》から立《た》つとお客《きゃく》さんに背《せ》を向《む》けて、黒板《こくばん》にアメリカ合衆国《がっしゅうこく》の地図《ちず》を描《か》きはじめます。

ところが酔《よ》っ払《ぱら》っているせいで手《て》が震《ふる》え、先生《せんせい》はおかしな地図《ちず》を書《か》いてしまいました。教室《きょうしつ》にくすくす笑《わら》いが広《ひろ》がります。先生《せんせい》はあわてて黒板消《こくばんけ》しで消《け》してから書《か》き直《なお》しましたが、地図《ちず》は前《まえ》よりもさらにゆがんでしまいました。

くすくす笑《わら》う声《こえ》が、前《まえ》よりも広《ひろ》がります。先生《せんせい》は笑《わら》いに負《ま》けるものかと神経《しんけい》を集中《しゅうちゅう》させて、今度《こんど》こそはうまく描《か》けているはずだと手《て》ごたえを感《かん》じてきました。

ところが会場《かいじょう》の笑《わら》いは止《と》まりません。それどころか明《あき》らかに大《おお》きくなっています。

それもそのはず。教壇《きょうだん》の上《うえ》には屋根裏部屋《やねうらべや》がありましたが、丸《まる》いのぞき窓《まど》から、ひもで腰《こし》をしばられた猫《ねこ》が降《お》りてきたのです。しかもニャオニャオ鳴《な》かないように、猫《ねこ》の頭《あたま》とあごには、ぼろきれが巻《ま》き付《つ》けてありました。

猫《ねこ》がゆっくり降《お》りてくるにつれて、会場《かいじょう》の笑《わら》いはどんどん大《おお》きくなります。

やがて猫《ねこ》は黒板《こくばん》に地図《ちず》を描《か》くのに夢中《むちゅう》になっている先生《せんせい》の頭《あたま》から、十五《じゅうご》センチのところまで降《お》りてきました。そしてついには、先生《せんせい》のカツラに爪《つめ》を立《た》てました。

その瞬間《しゅんかん》、猫《ねこ》は一気《いっき》に持《も》ち上《あ》げられ、屋根裏部屋《やねうらべや》の丸《まる》い窓《まど》へ姿《すがた》を消《け》していきました。もちろん先《せん》生《せい》のカツラを持《も》ったままです。

カツラの取《と》れた先生《せんせい》の頭《あたま》は、ピカピカ輝《かがや》いていました。酒《さけ》を飲《の》んでうたた寝《ね》をしているうちに、例《れい》の看板屋《かんばんや》の息子《むすこ》が金色《きんいろ》にぬっていたのです。

学習発表会《がくしゅうはっぴょうかい》は、そこでお開《ひら》きになりました。少年《しょうねん》たちは見事《みごと》に仕返《しかえ》しを果《は》たし、夏休《なつやす》みがやってきました。

マフ・ポッターの裁《さい》判《ばん》

眠《ねむ》ったように静《しず》かな村《むら》が、乱暴《らんぼう》に揺《ゆ》り起《お》こされるような日《ひ》がやってきました。トムたちが目撃《もくげき》した殺人事件《さつじんじけん》の裁判《さいばん》が、ついに開《ひら》かれることになったのです。

すぐに村中《むらじゅう》がその話題《わだい》で持《も》ちきりになりました。トムの耳《みみ》にも、嫌《いや》でも話《はなし》は聞《き》こえてきます。誰《だれ》かが犯人《はんにん》について何《なに》かを言《い》うたびに、トムは震《ふる》え上《あ》がりました。みんなが犯人《はんにん》の話《はなし》をするのは、自《じ》分《ぶん》が隠《かく》している秘密《ひみつ》を探《さぐ》るためではないかとさえ思《おも》えてきます。

トムは、ハックを人《ひと》けのない場所《ばしょ》に呼《よ》び出《だ》して話《はなし》をすることにしました。少《すこ》しでも秘密《ひみつ》の話《はなし》ができるとほっとするし、ハックが秘密《ひみつ》を誰《だれ》にもしゃべっていないことを確《たし》かめたいという気持《きも》ちもありました。

「ハック、あのこと、誰《だれ》にも話《はな》してないよな？」

「あのことって？」

「わかるだろ、あのことだよ」

「ああ、もちろんしゃべってねえよ」

「一言《ひとこと》も？」

「ただの一言《ひとこと》もだよ。なんでそんなことを聞《き》くんだ？」

「心配《しんぱい》だったんだ」

「だってトム、あのことがばれたら、おれたちは二日《ふつか》と生《い》きていられないぜ。おまえだってわかっているだろう」

「じゃあ平気《へいき》だ。でも念《ねん》のため、もう一度《いちど》、誓《ちか》いを立《た》てようよ。そのほうがもっと確《たし》かだから」

「わかった」

二人《ふたり》はまたおごそかに誓《ちか》いの儀式《ぎしき》をしたあと、マフ・ポッターについてずっと話《はな》しこみました。

しかし気持《きも》ちはあまり晴《は》れません。やがて夕方《ゆうがた》が近《ちか》づいてくると、二人《ふたり》はいつのまにか人《ひと》けのない場所《ばしょ》にポツンとある牢屋《ろうや》の近《ちか》くを、ぶらぶら歩《ある》いていました。

おそらく二人《ふたり》は、自分《じぶん》たちの悩《なや》みを解決《かいけつ》してくれるような何《なに》かが起《お》きればいいと、なんとなく願《ねが》っていたのでしょう。でも実際《じっさい》には何《なに》も起《お》こりませんでした。天使《てんし》も妖精《ようせい》も、かわいそうなマフ・ポッターのことは忘《わす》れてしまったようです。

トムとハックは、これまでと同《おな》じようにマフ・ポッターに煙草《たばこ》とマッチを差《さ》し入《い》れました。

お礼《れい》を言《い》われると、そのたびに心《こころ》が痛《いた》みます。特《とく》に今回《こんかい》は、これまで以上《いじょう》に後《うし》ろめたい気持《きも》ちになり、自分《じぶん》たちは世界《せかい》で一番《いちばん》ずるい人間《にんげん》だと感《かん》じるようになりました。何《なに》も知《し》らないマフ・ポッターは、とても温《あたた》かい言葉《ことば》をかけてきてくれたからです。

「おまえらは本当《ほんとう》に親切《しんせつ》にしてくれたよ。村《むら》の誰《だれ》よりもな。

おれはときどき、自分《じぶん》にこう言《い》うんだ。

『おれは昔《むかし》、子供《こども》たちの凧《たこ》とかいろんなものを直《なお》してやったり、魚《さかな》が釣《つ》れる場所《ばしょ》を教《おし》えてやったりして、できるだけ親切《しんせつ》にしたつもりだった。なのに、おれが困《こま》っても誰《だれ》も助《たす》けてくれねえ。

でもトムは違《ちが》う。ハックも違《ちが》う。おれのことを覚《おぼ》えててくれる。だからおれも忘《わす》れねえ』って。

おれはとんでもないことをやっちまった。酒《さけ》に酔《よ》っておかしくなっていたんだ。そうとしか思《おも》えねえ。で、そのせいで死刑《しけい》になっちまう。でも、しょうがねえ。それが一番《いちばん》いいんだろう。

まあ、こんな話《はなし》はもうやめとこう。楽《たの》しい話《はなし》じゃねえからな。

おまえらは絶対《ぜったい》に酔《よ》っ払《ぱら》うなよ。そうすりゃこんな目《め》にあったりしねえから。

ああ、もうちょっと西側《にしがわ》に立《た》ってくんねえか。そうだ、それでいい。懐《なつ》かしい連中《れんちゅう》の顔《かお》が拝《おが》めるとほっとするよ。おまえらは優《やさ》しい顔《かお》をしてるな。

ちょっと顔《かお》に触《さわ》らせてくれよ。そうだ、握手《あくしゅ》をしようぜ。ちっこくて力《ちから》のなさそうな手《て》だなあ。

でもこの手《て》が、マフ・ポッターをすごく助《たす》けてくれたんだ。うまくいきゃあ、また助《たす》けてもらえるだろうさ」

かわいそうなマフ・ポッターは、裁判《さいばん》が進《すす》むごとに追《お》い詰《つ》められていきました。二日目《ふつかめ》の裁判《さいばん》が終《お》わる頃《ころ》には村《むら》の人《ひと》たちは、インジャン・ジョーの証拠《しょうこ》はとても有力《ゆうりょく》で、マフ・ポッターが死刑《しけい》になるのは決《き》まったも同然《どうぜん》だと話《はな》すようになっていました。

裁判《さいばん》が始《はじ》まって三日目《みっかめ》の朝《あさ》、村《むら》の人《ひと》たちはみんな裁判所《さいばんしょ》に押《お》しかけました。今日《きょう》はいよいよ判決《はんけつ》が下《くだ》されるのです。

長《なが》い時間《じかん》待《ま》ったあと、陪審員《ばいしんいん》たちが席《せき》に着《つ》き、すぐあとからマフ・ポッターが入《はい》ってきました。青白《あおじろ》い顔《かお》はやつれていて、おどおどしています。そして希望《きぼう》を失《うしな》ったような表情《ひょうじょう》をしていました。

マフ・ポッターは鎖《くさり》でつながれた状態《じょうたい》で、周《まわ》りから一番《いちばん》よく見《み》える位置《いち》に座《すわ》らされました。インジャン・ジョーもやはり目立《めだ》つ位置《いち》に座《すわ》りましたが、いつものようにまったく無表情《むひょうじょう》なままでした。

少《すこ》しすると、今度《こんど》は裁判官《さいばんかん》が入《はい》ってきて、ついに裁判《さいばん》が始《はじ》まりました。

最初《さいしょ》の証人《しょうにん》が呼《よ》ばれて、マフ・ポッターが小川《おがわ》で洗濯《せんたく》をしていたところを見《み》た、目撃《もくげき》したのは殺《さつ》人事件《じんじけん》があった日《ひ》の夜明《よあ》け前《まえ》で、マフ・ポッターはすぐに逃《に》げ出《だ》したと話《はな》しました。

さらに質問《しつもん》が行《おこな》われたあと、検事《けんじ》さんが弁護士《べんごし》に呼《よ》びかけました。

「納得《なっとく》できない点《てん》があれば、証人《しょうにん》に質問《しつもん》をしてください」

ポッターは顔《かお》を上《あ》げましたが、自分《じぶん》の弁護士《べんごし》がこう言《い》うと、また目《め》を伏《ふ》せました。

「質問《しつもん》はありません」

次《つぎ》に呼《よ》ばれた証人《しょうにん》は、死体《したい》の近《ちか》くにナイフがあったと主張《しゅちょう》しました。やはりポッターの弁護士《べんごし》は質問《しつもん》をしようとしません。

三番目《さんばんめ》の証人《しょうにん》は、ポッターがそのナイフを持《も》っていたのをしょっちゅう見《み》たと話《はな》しました。ところがポッターの弁護士《べんごし》は、この証人《しょうにん》に対《たい》しても質問《しつもん》をしませんでした。

裁判《さいばん》に立《た》ち会《あ》っている人《ひと》たちが、戸惑《とまど》いの表情《ひょうじょう》を浮《う》かべはじめました。この弁護士《べんごし》は、マフ・ポッターを見殺《みごろ》しにするつもりなのでしょうか？

同《おな》じことは、マフ・ポッターが殺人現場《さつじんげんば》に連《つ》れてこられたときの様子《ようす》について、何人《なんにん》かの人《ひと》が証言《しょうげん》したときにもおきました。それでも弁護士《べんごし》は質問《しつもん》をしません。

村《むら》の人《ひと》たちからどよめきと不満《ふまん》の声《こえ》がもれたので、裁判官《さいばんかん》が静《しず》かにするようにと注意《ちゅうい》をします。

このような中《なか》、ついに検事《けんじ》が決定的《けっていてき》な発言《はつげん》をしました。

「みなさんの証言《しょうげん》からわかったように、この恐《おそ》ろしい犯罪《はんざい》は、間違《まちが》いなくあそこにいるマフ・ポッターが起《お》こしたものです。わたしたちからは以上《いじょう》です」

気《き》の毒《どく》なマフ・ポッターがうめきました。顔《かお》を両手《りょうて》にうずめて体《からだ》を前後《ぜんご》に揺《ゆ》らしています。

裁判所《さいばんしょ》は重苦《おもくる》しい空気《くうき》に包《つつ》まれました。多《おお》くの男《おとこ》の人《ひと》たちが動揺《どうよう》し、やはり多《おお》くの女《おんな》の人《ひと》たちが、マフ・ポッターに同情《どうじょう》して涙《なみだ》を流《なが》しました。

ここで突然《とつぜん》、ずっと黙《だま》っていた弁護士《べんごし》が立《た》ち上《あ》がりました。

「裁判長《さいばんちょう》、わたしは今日《きょう》の裁判《さいばん》では、マフ・ポッターが事件《じけん》を起《お》こしたのは、酒《さけ》に酔《よ》って正《ただ》しい判断《はんだん》ができなかったからだと主張《しゅちょう》するつもりでした。でも、それはやめることにしました」

そして弁護士《べんごし》は、こう呼《よ》びかけたのです。

「トム・ソーヤを証人《しょうにん》として連《つ》れてきてください！」

法廷《ほうてい》にいるみんなの顔《かお》に、驚《おどろ》きの表情《ひょうじょう》が表《あらわ》れます。それはマフ・ポッターも同《おな》じでした。誰《だれ》もが好奇心《こうきしん》に満《み》ちた目《め》で見《み》つめる中《なか》、トムは立《た》ち上《あ》がって証言《しょうげん》を始《はじ》めました。

「トーマス・ソーヤ。六月十七日《ろくがつじゅうしちにち》の真夜中頃《まよなかごろ》、君《きみ》はどこにいましたか」

インジャン・ジョーの顔《かお》をちらりと見《み》たトムは、一瞬《いっしゅん》、口《くち》がきけなくなりました。でも少《すこ》し元気《げんき》を取《と》り戻《もど》してから、一部《いちぶ》の人《ひと》だけに聞《き》こえるような小《ちい》さな声《こえ》で答《こた》えました。

「墓場《はかば》にいました！」

「もう少《すこ》し大《おお》きな声《こえ》で言《い》ってください。怖《こわ》がらなくていいから。君《きみ》がいたのは――」

「墓場《はかば》です」

ジョーは一瞬《いっしゅん》、ばかにしたようにニヤリとしました。

「君《きみ》はホス・ウィリアムズのお墓《はか》の近《ちか》くにいましたか？」

「はい、いました」

「もうちょっとだけ大《おお》きな声《こえ》で答《こた》えなさい。どのくらい近《ちか》くにいましたか？」

「弁護士《べんごし》さんと、ぼくぐらいの近《ちか》さです」

「君《きみ》は隠《かく》れていましたか？　隠《かく》れていませんでしたか？」

「隠《かく》れていました」

「どこに？」

「お墓《はか》の端《はし》にあるニレの木《き》の後《うし》ろです」

インジャン・ジョーが、かすかに体《からだ》をびくっとさせました。

「誰《だれ》かと一緒《いっしょ》でしたか？」

「はい、一緒《いっしょ》に行《い》ったのは――」

「待《ま》って、ちょっと待《ま》ちなさい。一緒《いっしょ》にいた人《ひと》の名前《なまえ》は、ここでは出《だ》さないでよろしい。墓地《ぼち》には何《なに》か持《も》っていきましたか？」

トムは答《こた》えるのをためらい、困《こま》った顔《かお》をしました。

「はっきり答《こた》えてください。遠慮《えんりょ》しないように。真実《しんじつ》というのは常《つね》に尊《とうと》いのです。そこには何《なに》を持《も》っていきましたか？」

「ただの、死《し》んだ猫《ねこ》です」

法廷《ほうてい》の中《なか》に笑《わら》いが起《お》きると、裁判官《さいばんかん》が静《しず》かにするようにと言《い》いました。

「では猫《ねこ》のがい骨《こつ》を見《み》つけましょう。さあトム君《くん》、起《お》こったことをすべて話《はな》してください。自分《じぶん》の言葉《ことば》で、細《こま》かいことも省略《しょうりゃく》せずに、すべてをです。怖《こわ》がらなくていいから」

トムは話《はな》し始《はじ》めました。

最初《さいしょ》はためらっていましたが、だんだん調子《ちょうし》が出《で》てくると言葉《ことば》は流《なが》れるように出《で》てきます。あたりは静《しず》まり返《かえ》り、トムの声《こえ》しか聞《き》こえなくなりました。すべての人《ひと》がトムを見《み》つめています。誰《だれ》もが口《くち》を開《あ》け、息《いき》をのみ、時間《じかん》が過《す》ぎるのも忘《わす》れて、トムのおどろおどろしい話《はなし》に聞《き》き入《い》っていました。そしてみんなの緊張感《きんちょうかん》が一番高《いちばんたか》まる瞬間《しゅんかん》がやってきました。

「……それでお医者《いしゃ》さんが墓石《はかいし》でマフ・ポッターを殴《なぐ》ったとき、インジャン・ジョーがナイフを持《も》って飛《と》びかかって——」

ガシャーン！

インジャン・ジョーが窓《まど》を割《わ》って逃《に》げていったのです！

トムはまたもや英雄《えいゆう》になりました。大人《おとな》たちからはかわいがられ、子供《こども》たちからはねたまれます。トムの名前《なまえ》は、歴史《れきし》に残《のこ》ることにもなりました。村《むら》の新聞《しんぶん》が記事《きじ》にしたからです。中《なか》にはトムが大《だい》統領《とうりょう》になるかもしれない、その前《まえ》に悪《わる》いことをして死刑《しけい》にならなければだが、などと言《い》う人《ひと》もいました。

マフ・ポッターも疑《うたが》いが晴《は》れて、温《あたた》かく迎《むか》え入《い》れられました。村《むら》の人《ひと》たちの態度《たいど》は、それまでとはころりと変《か》わりました。

昼《ひる》の間《あいだ》は、トムは誇《ほこ》らしくうれしい気持《きも》ちで過《す》ごしました。マフ・ポッターが会《あ》うたびに感謝《かんしゃ》してくれるので、本当《ほんとう》のことを話《はな》してよかったと思《おも》いました。

でも夜《よる》が来《く》るたびに、怖《こわ》い思《おも》いをしました。毎晩《まいばん》、ナイフを持《も》ったインジャン・ジョーが必《かなら》ず夢《ゆめ》に現《あらわ》れるのです。

ハックも、トムと同《おな》じようにおびえていました。

もともと裁判《さいばん》が予想《よそう》もしない展開《てんかい》になったのは、後《うし》ろめたさに耐《た》えきれなくなったトムが裁判《さいばん》の前《まえ》の晩《ばん》、弁護士《べんごし》さんにすべてを打《う》ち明《あ》けたからでした。このためハックは、自分《じぶん》も墓地《ぼち》にいたことがばれてしまうのではないかと怖《こわ》くてたまらなかったのです。

ハックは弁護士《べんごし》さんに、自分《じぶん》のことを秘密《ひみつ》にすると約束《やくそく》してもらいました。でも安心《あんしん》はしていません。トムが自分《じぶん》との誓《ちか》いを破《やぶ》って秘密《ひみつ》を明《あ》かしてからというもの、ハックは他人《たにん》のことをほとんど信《しん》じられなくなっていたからです。

逃《に》げたインジャン・ジョーには懸賞金《けんしょうきん》がかけられましたが、見《み》つけることはできませんでした。

セントルイス市《し》から、優秀《ゆうしゅう》な刑事《けいじ》さんがやってきてあちこち捜査《そうさ》をしたものの、よくありがちなように「手《て》がかりを見《み》つけた」だけでした。

「手《て》がかり」を死刑《しけい》にすることはできないので、刑事《けいじ》さんが帰《かえ》ると、トムは以前《いぜん》と同《おな》じように落《お》ち着《つ》かない気分《きぶん》になってしまいました。

毎日《まいにち》がとても長《なが》く感《かん》じられます。それでも一日《いちにち》、一日《いちにち》と少《すこ》しずつ時間《じかん》がたっていく中《なか》で、トムの心《こころ》の不安《ふあん》は少《すこ》しずつ軽《かる》くなっていきました。

秘《ひ》密《みっ》の宝《たから》探《さが》し

宝探《たからさが》しに行《い》きたい。

普通《ふつう》の男《おとこ》の子《こ》は一生《いっしょう》に一度《いちど》、こう思《おも》う時期《じき》が必《かなら》ずやってきます。

トムもそうでした。まずジョー・ハーパーを探《さが》しましたが、見《み》つかりません。次《つぎ》はベン・ロジャースのところへ行《い》きましたが、釣《つ》りに出《で》かけていて留守《るす》でした。そしてハックに出会《であ》います。

ハックは乗《の》り気《き》でした。「時《とき》は金《かね》なり」ということわざはハックには関係《かんけい》ありません。時間《じかん》だけはたくさんあるので、楽《たの》しそうでお金《かね》がかからなければ、どんな計画《けいかく》にでも飛《と》びついてくるのです。

「どこを掘《ほ》る?」

ハックがたずねてきました。

「ほとんど、どんな場所《ばしょ》でも大丈夫《だいじょうぶ》だよ」

「そこら中《じゅう》に宝物《たからもの》は埋《う》まっているのかい?」

「いや、そうじゃないよ、ハック。特別《とくべつ》な場所《ばしょ》に隠《かく》されているんだ。島《しま》とか、倒《たお》れた木《き》の下《した》に埋《う》めてあるくさった箱《はこ》とか。でも、だいたいは幽霊屋敷《ゆうれいやしき》の床下《ゆかした》だな」

「誰《だれ》がそこに隠《かく》すんだ？」

「そりゃ盗賊《とうぞく》に決《き》まっているよ。他《ほか》に誰《だれ》が隠《かく》したりする？　日曜学校《にちようがっこう》の先生《せんせい》か？」

「知《し》らねえよ。でも、おれなら宝物《たからもの》を埋《う》めたりしねえな。使《つか》って楽《たの》しむんだ」

「おれだってそうするよ。でも盗賊《とうぞく》は違《ちが》うんだ。いつも埋《う》めて隠《かく》しておくんだ」

「あとからとりに来《こ》ないのか？」

「来《こ》ないよ。来《こ》ようと思《おも》っていても、たいていは目印《めじるし》を忘《わす》れちゃったりするし、そうじゃなきゃ死《し》んじゃうんだ。とにかく宝物《たからもの》はずっとそのままになっているから、さびてくるんだ」

「じゃあ、どうやってその目印《めじるし》を探《さが》す？」

「目印《めじるし》なんかいらないさ。この前《まえ》ジャクソン島《とう》をちょっと探《さが》しただろう？　いつかまた行《い》ってもいいし、あと、スティルハウス川《がわ》をのぼったところには幽霊屋敷《ゆうれいやしき》だってある。宝物《たからもの》が下《した》に埋《う》まっていそうな倒《たお》れた木《き》も山《やま》ほどあるよ。本当《ほんとう》に数《かぞ》えきれないくらいあるんだ」

「倒《たお》れた木《き》の下《した》には全部《ぜんぶ》、宝物《たからもの》があるのかい？」

「まさか！　違《ちが》うよ！」

「じゃあどうやって、その木《き》を見分《みわ》けるんだ？」

「一本《いっぽん》ずつ、全部《ぜんぶ》探《さが》していくんだ」

「トム、それじゃあ夏中《なつじゅう》かかるよ」

「だから何《なに》？　真鍮《しんちゅう》のつぼに、さびて灰色《はいいろ》になった金貨《きんか》が百《ひゃく》ドル分《ぶん》も入《はい》ってたり、くさりかけた箱《はこ》にダイヤモンドがぎっしり詰《つ》まってたり、そういうのを見《み》つけたらどうする？」

ハックの目《め》がきらりと輝《かがや》きました。

「そりゃあすごいな。多《おお》すぎるぐらいだ。おれは百《ひゃく》ドルもらえればいいよ。ダイヤモンドはいらないから」

「わかった。でも、おれはダイヤモンドもあきらめない」

「まあいいさ。で、まずどこを掘《ほ》る？」

「どこにしようかな。あのスティルハウス川《がわ》の向《む》こう側《がわ》の丘《おか》にある、古《ふる》い木《き》は？」

「よし、わかった」

二人《ふたり》は壊《こわ》れかけたつるはしとシャベルを持《も》って、五《ご》キロほどの小旅行《しょうりょこう》に出《で》かけました。汗《あせ》まみれで息《いき》を切《き》らしながら目的地《もくてきち》に着《つ》くと、ニレの木《き》の陰《かげ》に座《すわ》り込《こ》んで一服《いっぷく》します。

「あのさハック、もしここで宝物《たからもの》を見《み》つけたら、自分《じぶん》の分《わ》け前《まえ》は何《なに》に使《つか》う？」

「そうだな、毎日《まいにち》パイを食《く》ってソーダを飲《の》んで、サーカスが来《く》るたびに見《み》にいくってところかな。

最高《さいこう》だろうな」

「少《すこ》し、貯金《ちょきん》したりしないの？」

「貯金《ちょきん》？　なんのために？」

「何《なに》って、大《おお》きくなったときに暮《く》らしていくためにだよ」

「そんなの無駄《むだ》だよ。さっさと使《つか》わないと、親父《おやじ》がいつか村《むら》に戻《もど》ってきたときに、あっという間《ま》に使《つか》われちまうさ。おまえはどうするんだ、トム？」

「新《あたら》しい太鼓《たいこ》を買《か》って、それから本物《ほんもの》の剣《けん》と赤《あか》いネクタイとブルドッグの子犬《こいぬ》も買《か》う。それで結婚《けっこん》するんだ」

「結婚《けっこん》！」

「そうだよ」

「結婚《けっこん》なんて、一番《いちばん》くだらねえよ。おれの親父《おやじ》とお袋《ふくろ》を見《み》ろよ。いっつもケンカばっかりだ。おれは今《いま》でも忘《わす》れられねえよ」

「大丈夫《だいじょうぶ》さ。結婚《けっこん》するつもりの女《おんな》の子《こ》は、ケンカなんかしないから」

「で、その子《こ》はなんて名前《なまえ》なんだい、トム？」

「またいつか教《おし》えるよ。今《いま》はまだだめだよ」

「そうか、わかった。でもおまえが結婚《けっこん》したら、おれはもっと寂《さび》しくなるな」

「そんなことないよ、ハック。一緒《いっしょ》に暮《く》らせばいいんだ。さあ、そろそろ始《はじ》めよう！」

二人《ふたり》は三十分間《さんじっぷんかん》、汗《あせ》だくになりながら掘《ほ》り続《つづ》けました。

しかし何《なに》も出《で》てきません。さらに三十分《さんじっぷん》掘《ほ》っても、やはり何《なに》も出《で》てきませんでした。

ハックが言《い》います。

「宝物《たからもの》っていうのは、いつもこんなに深《ふか》いところに埋《う》まっているものなのか？」

「そういう場合《ばあい》もあるんだ。でも、いつもってわけじゃない。たいていはそんなに深《ふか》くないな。なんだか掘《ほ》る場所《ばしょ》を間違《まちが》えたみたいだな」

二人《ふたり》は別《べつ》の場所《ばしょ》に移《うつ》り、また掘《ほ》りました。

口《くち》もきかずに掘《ほ》り続《つづ》けましたが、とうとうハックがしゃべりはじめます。

「ここのあとはどこを掘《ほ》る？」

「カーディフの丘《おか》にある、ダグラスさんの家《いえ》の裏《うら》、そこに立《た》ってる古《ふる》い木《き》のところは？」

「いいんじゃねえか。でもダグラスのおばさんに、宝物《たからもの》を取《と》り上《あ》げられたりしねえかな？　あの人《ひと》の土地《とち》だろう」

「そんな心配《しんぱい》ないよ。宝物《たからもの》は見《み》つけた人《ひと》のものなんだ。その土地《とち》が誰《だれ》のものでも関係《かんけい》ないさ」

二人《ふたり》はまた掘《ほ》りはじめます。しばらくすると、またハックが話《はな》しかけました。

「ちくしょう、また掘《ほ》る場所《ばしょ》を間違《まちが》えたんだ。どう思《おも》う？」

「確《たし》かに変《へん》だね、ハック。魔女《まじょ》のせいで見《み》つからないんじゃないかな」

「そんなことねえよ。魔女《まじょ》は日中《にっちゅう》、魔法《まほう》を使《つか》えないはずだぜ」

「そうか、思《おも》いつかなかった。あ、わかったぞ！　おれってなんてばかだったんだ！　真夜中《まよなか》に大《おお》きな枝《えだ》の影《かげ》がさす場所《ばしょ》を見《み》つけなきゃ。そこを掘《ほ》るんだ！」

「ちぇっ、ばかばかしい。今《いま》までやったのは全部無駄骨《ぜんぶむだぼね》か。もうやめて夜中《よなか》に続《つづ》きをやろう。家《いえ》からここまではおそろしく遠《とお》いぞ。今晩《こんばん》、家《いえ》を抜《ぬ》け出《だ》せるか？」

「絶対《ぜったい》抜《ぬ》け出《だ》すよ。今晩中《こんばんじゅう》にやらなきゃだめなんだ。おれたちが掘《ほ》った穴《あな》を誰《だれ》かが見《み》たら、なんの穴《あな》なのかすぐに気《き》づいて、掘《ほ》りはじめるからね」

「とにかく今晩《こんばん》、おまえの家《いえ》に行《い》って猫《ねこ》の鳴《な》き真似《まね》をするからな」

「わかった。掘《ほ》る道具《どうぐ》はやぶに隠《かく》しておこう」

二人《ふたり》は真夜中頃《まよなかごろ》に、同《おな》じ場所《ばしょ》に戻《もど》ってきました。そして魔女《まじょ》や幽霊《ゆうれい》におびえながら、もう十二時《じゅうにじ》になっただろうと目星《めぼし》をつけて、木《き》の枝《えだ》の影《かげ》がさすところを掘《ほ》りました。

期待《きたい》がふくらむにつれて、ペースも速《はや》くなっていきます。穴《あな》はどんどん深《ふか》くなり、つるはしが何《なに》かに当《あ》たるたびに、心臓《しんぞう》がドキンとなりました。

でもそのたびに、二人《ふたり》はがっかりしました。出《で》てくるのは石《いし》ころか木《き》ばかりです。

「だめだ、ハック。また間違《まちが》ったんだ」

「だけど間違《まちが》えるなんてありえねえよ。ちゃんと木《き》の枝《えだ》の影《かげ》がさすところを探《さが》したはずだぜ」

「そうだけど、たぶん時間《じかん》があてずっぽうだったから、掘《ほ》る場所《ばしょ》を間違《まちが》えたんだよ」

「なあトム、この場所《ばしょ》はあきらめよう。他《ほか》の場所《ばしょ》に行《い》こうぜ」

「わかった。それがいいと思《おも》う」

「どこに行《い》く？」

トムはしばらく考《かんが》えてから言《い》いました。

「幽霊屋敷《ゆうれいやしき》だ、そうしよう！」

「嫌《いや》だよ、おれは幽霊《ゆうれい》が嫌《きら》いなんだ。死体《したい》を見《み》るのよりおっかねえよ。死体《したい》だったらしゃべるぐらいですむかもしれないけど、幽霊《ゆうれい》はひゅーっと近《ちか》づいてきて、いきなり後《うし》ろから歯《は》をカチカチさせたりするんだ。そんなの耐《た》えられねえよ、誰《だれ》だって無理《むり》だよ」

「でも幽霊《ゆうれい》は夜《よる》にしか動《うご》き回《まわ》らないよ。昼間《ひるま》だったら邪魔《じゃま》はしてこない」

「そうだな。だけど昼《ひる》だろうと夜《よる》だろうと、あの幽霊屋敷《ゆうれいやしき》に行《い》く奴《やつ》なんていねえよ」

「それはそうだ。でもとにかく昼間《ひるま》はいないよ。だったら怖《こわ》がることなんてないだろう？」

「わかったよ。そこまで言《い》うなら幽霊屋敷《ゆうれいやしき》で宝《たから》を探《さが》そうぜ。いちかばちかだ」

幽《ゆう》霊《れい》屋《や》敷《しき》での出《で》来《き》事《こと》

翌日《よくじつ》の昼頃《ひるごろ》、トムとハックは自分《じぶん》たちが掘《ほ》っていた枯《か》れ木《き》のところにやってきました。宝探《たからさが》しの道具《どうぐ》をとりに来《き》たのです。トムは幽霊屋敷《ゆうれいやしき》に行《い》きたくてたまりません。ハックもかなり興味《きょうみ》はあるようですが、突然《とつぜん》こう言《い》い出《だ》しました。

「トム、今日《きょう》は何曜日《なんようび》か知《し》っているか?」

トムは頭《あたま》の中《なか》で曜日《ようび》を数《かぞ》え、それからはっと目《め》を見開《みひら》きました。

「あれ! まったく考《かんが》えていなかったよ、ハック!」

「おれも気《き》がつかなかった。でも金曜日《きんようび》だってことを急《きゅう》に思《おも》い出《だ》したんだ」

「まあ、用心《ようじん》するのに越《こ》したことはないからね、ハック。金曜日《きんようび》に幽霊屋敷《ゆうれいやしき》に行《い》ったりすると、ひどい目《め》にあうかもしれないから」

「あうかもしれないだって? 絶対《ぜったい》にあうさ! 金曜日《きんようび》はまずいよ」

そこで二人《ふたり》は、午後《ごご》いっぱいロビン・フッドごっこをして遊《あそ》ぶことにしました。ときどき、うつとりするような目《め》で幽霊屋敷《ゆうれいやしき》を見《み》つめながらです。

土曜日《どようび》の昼過《ひるす》ぎに、二人《ふたり》はまた枯《か》れ木《き》のところに行《い》きました。宝物《たからもの》が見《み》つかることを、たいして期待《きたい》していたわけではありません。単《たん》にトムが、こんな話《はなし》をしたからです。もう十五《じゅうご》センチ掘《ほ》ればいいのに、中途半端《ちゅうとはんぱ》なところであきらめてしまったために、あとから来《き》た人《ひと》がシャベルで一回《いっかい》掘《ほ》っただけで宝物《たからもの》を見《み》つけてしまう。そんな場合《ばあい》がとても多《おお》いというのです。

でも今回《こんかい》は、穴掘《あなほ》りの続《つづ》きをやっても宝物《たからもの》は出《で》てこなかったので、二人《ふたり》は道具《どうぐ》をかついでついに幽霊屋敷《ゆうれいやしき》に移動《いどう》しました。

ギラギラ照《て》りつける太陽《たいよう》のもと、ひっそりと静《しず》まり返《かえ》った幽霊屋敷《ゆうれいやしき》には不気味《ぶきみ》な雰囲気《ふんいき》がただよっています。二人《ふたり》は一瞬《いっしゅん》、中《なか》に踏《ふ》みこむのが怖《こわ》くなりましたが、それでも入《い》り口《ぐち》にそっと近《ちか》づき、びくびくしながら建物《たてもの》をのぞいてみました。

生《お》い茂《しげ》った雑草《ざっそう》、床《ゆか》が抜《ぬ》けた部屋《へや》、しっくいのはがれ落《お》ちた壁《かべ》、古《ふる》びた暖炉《だんろ》、ガラスのない窓《まど》、壊《こわ》れかけた階段《かいだん》などが見《み》えました。また、あちこちに古《ふる》いクモの巣《す》がかかっています。

そっと中《なか》に入《はい》った二人《ふたり》は心臓《しんぞう》がドキドキするのを感《かん》じながら、ささやきあいました。どんな物音《ものおと》も聞《き》き逃《のが》さないように耳《みみ》を澄《す》まし、何《なに》かあったらすぐに逃《に》げられるようにしていました。

それでもだんだん慣《な》れてくると、二人《ふたり》は自分《じぶん》たちの大胆《だいたん》さに感心《かんしん》したり驚《おどろ》いたりしながら、部屋《へや》をじっくり調《しら》べました。そして次《つぎ》には二階《にかい》を見《み》たくなりました。

二階《にかい》へ上《あ》がるというのは、逃《に》げ場《ば》のないところにわざわざ行《い》くようなものです。でもお互《たが》いに強《つよ》がりを言《い》ったので、当然《とうぜん》のように二階《にかい》に上《あ》がる羽目《はめ》になりました。

二人《ふたり》は一階《いっかい》の部屋《へや》のすみに道具《どうぐ》を置《お》いて、階段《かいだん》をのぼりました。二階《にかい》も一階《いっかい》と同《おな》じように、荒《あ》れ果《は》てていました。部屋《へや》のすみには、いかにもあやしげなクローゼットが置《お》かれていましたが、これは期待《きたい》はずれに終《お》わりました。中《なか》に何《なに》も入《はい》っていなかったのです。

二人《ふたり》はまた元気《げんき》になってきました。そこで宝物《たからもの》を探《さが》すために下《した》に降《お》りようとしていると、

「しーっ！」

とトムが言《い》いました

「どうした？」

ハックが真《ま》っ青《さお》になりながら小声《こごえ》でたずねると、トムが説明《せつめい》します。

「しっ！　ほら、聞《き》こえる？」

「本当《ほんとう》だ。どうしよう！　逃《に》げようぜ！」

「じっとして！　動《うご》かないで！　誰《だれ》かがドアに向《む》かってくる」

床《ゆか》にはいつくばって穴《あな》から下《した》をのぞいていると、二人《ふたり》の男《おとこ》が幽霊屋敷《ゆうれいやしき》に入《はい》ってきました。トムとハックは、心《こころ》の中《なか》でこんなふうにつぶやいていました。

（片方《かたほう》は最近《さいきん》、村《むら》に何度《なんど》かやってきた、耳《みみ》が聞《き》こえなくて口《くち》もきけないスペイン人《じん》のじいさんだな。もう一人《ひとり》は見《み》たことがないぞ）

スペイン人《じん》はショールに身《み》を包《つつ》み、白《しろ》いひげをたくわえています。ソンブレロと呼《よ》ばれる帽子《ぼうし》の下《した》から長《なが》い白髪《はくはつ》を垂《た》らし、目《め》には緑《みどり》の色眼鏡《いろめがね》をかけていました。「もう一人《ひとり》」のほうは、ぼろぼろの格好《かっこう》をした人相《にんそう》の悪《わる》い男《おとこ》です。

部屋《へや》に入《はい》ってきたときには、「もう一人《ひとり》」が低《ひく》い声《こえ》で何《なに》か話《はな》していました。二人《ふたり》はドアのほうを向《む》き、壁《かべ》に寄《よ》りかかりながら地面《じめん》に座《すわ》りました。「もう一人《ひとり》」が話《はなし》を続《つづ》けます。

「やめよう。何度《なんど》も考《かんが》えたが、やっぱりだめだ。危《あぶ》なすぎる」

「危《あぶ》ねえだと？」

スペイン人《じん》がうなるように文句《もんく》を言《い》いました。

「この腰抜《こしぬ》けが！」

その声《こえ》を聞《き》いてトムとハックははっと息《いき》をのみ、ガタガタ震《ふる》え出《だ》しました。インジャン・ジョーです！　しばらく沈黙《ちんもく》が続《つづ》いたあと、インジャン・ジョーはこう言《い》いました。

「あそこでやった仕事《しごと》のほうがはるかにやばかったぞ？　でも、どうってことねえじゃねえか」

「そりゃあ違《ちが》う。あそこは川《かわ》のずっと上流《じょうりゅう》で、周《まわ》りに家《いえ》なんて一軒《いっけん》もなかった。それにおれたちはしくじったんだから、どのみちばれっこなかったんだ」

「だが真《ま》っ昼間《ぴるま》にこの家《いえ》に戻《もど》ってくることのほうが、ずっとやばいんだ。誰《だれ》かに見《み》られたらあやしまれちまう」

二人《ふたり》は食《た》べ物《もの》を取《と》り出《だ》して昼《ひる》ごはんを食《た》べはじめました。

インジャン・ジョーは長《なが》い間《あいだ》、何《なに》も言《い》わずにじっと考《かんが》えたあと、口《くち》を開《ひら》きました。

「おい相棒《あいぼう》、おまえは川《かわ》をのぼって自分《じぶん》のところに戻《もど》れ。そこでおれが指示《しじ》するまで待《ま》つんだ。おれはもう一回《いっかい》だけ村《むら》に行《い》って探《さぐ》りを入《い》れてみる。それで、いいタイミングがきたら、おまえと『危《あぶ》ねえ仕事《しごと》』をやる。そのあとはテキサスだ！　一緒《いっしょ》に高飛《たかと》びしようぜ！」

話《はなし》はつきました。やがて両方《りょうほう》があくびをしたあと、インジャン・ジョーがこう言《い》いました。

「眠《ねむ》くてしょうがねえな！　今度《こんど》はおまえが見張《みは》りをする番《ばん》だ」

インジャン・ジョーは体《からだ》を丸《まる》めると、すぐにいびきをかき始《はじ》めました。

ところが見張《みは》り役《やく》の「もう一人《ひとり》」もすぐにうとうとして、いびきをかき始《はじ》めます。

少年《しょうねん》たちはほっとしたように、長《なが》いため息《いき》をつきました。

「今《いま》がチャンスだ。行《い》こう！」

「だめだ、あいつらが目《め》を覚《さ》ましたら殺《ころ》されるぞ」

トムが声《こえ》をかけても、ハックは動《うご》こうとしません。そこでトムはゆっくり立《た》ち上《あ》がり、一人《ひとり》で歩《ある》こうとしました。

ところが最初《さいしょ》の一歩《いっぽ》で、ぼろぼろの床《ゆか》がギーっときしみ、大《おお》きな音《おと》が響《ひび》いてしまいます。トムは恐《おそ》ろしさのあまり、へなへなと座《すわ》り込《こ》んでしまいました。

二人《ふたり》は結局《けっきょく》、夕方《ゆうがた》になるまでその場《ば》から動《うご》けずにいました。

やがて片方《かたほう》のいびきがやみました。インジャン・ジョーが立《た》ち上《あ》がって周《まわ》りを見回《みまわ》します。相棒《あいぼう》がひざにもたれかかって寝《ね》ているのに気《き》づくと、冷《ひ》ややかに笑《わら》って足《あし》で起《お》こしました。

「おい！　見張《みは》りはどうした？　まあいい、何《なに》も起《お》きていないからな」

「しまった、おれは眠《ねむ》っちまってたのか？」

「まあな、少《すこ》しの間《あいだ》だけだ。さあ、そろそろ出《で》かける時間《じかん》だ。おれたちが盗《ぬす》んできた金《かね》はどうする？　まだ少《すこ》し残《のこ》ってるぜ」

「そうだな。今《いま》まで通《どお》り、ここに埋《う》めていこう。南《みなみ》のほうに移動《いどう》するときまでは、持《も》っていても仕《し》方《かた》ねえし。六百五十《ろっぴゃくごじゅう》ドル分《ぶん》の銀貨《ぎんか》を運《はこ》ぶってのはひと苦労《くろう》だ」

相棒《あいぼう》は部屋《へや》を横切《よこぎ》ってしゃがむと、暖炉《だんろ》の中《なか》に敷《し》いてある石《いし》を持《も》ち上《あ》げて、ジャラジャラと音《おと》のする袋《ふくろ》を引《ひ》っ張《ぱ》り上《あ》げました。その中《なか》から自分《じぶん》とインジャン・ジョー用《よう》に、それぞれ二《に》、三十《さんじゅう》ドル分《ぶん》ほど銀貨《ぎんか》を取《と》り出《だ》すと、袋《ふくろ》を相手《あいて》に渡《わた》しました。インジャン・ジョーは部屋《へや》のすみにひざをついて、狩《か》りに使《つか》うナイフで穴《あな》を掘《ほ》っています。

二階《にかい》にいたトムたちは、怖《こわ》くてぶるぶる震《ふる》えていたことや、自分《じぶん》たちが絶体絶命《ぜったいぜつめい》のピンチだということを一瞬《いっしゅん》で忘《わす》れてしまいました。

六百《ろっぴゃく》ドルもあれば、一人百《ひとりひゃく》ドルずつ分《わ》けても六人《ろくにん》の少年《しょうねん》が大金《おおがね》持《も》ちになれます。しかもこんなに楽《らく》な宝探《たからさが》しはありません。どこを掘《ほ》ればいいのか、わかっているからです。

しばらくすると、地面《じめん》を掘《ほ》っていたインジャン・ジョーのナイフが何《なに》かに当《あ》たりました。

「おや？　腐《くさ》りかけた家《いえ》の土台《どだい》だ……いや違《ちが》う、箱《はこ》だ。おい、手《て》を貸《か》せ。なんでこんなところに埋《う》まってるのか調《しら》べてみるんだ。いや、いい、穴《あな》があいた」

インジャン・ジョーが手《て》をつっこみ、何《なに》かを取《と》り出《だ》します。

「これは金《かね》だぞ！」

中《なか》から出《で》てきたのは金貨《きんか》でした。二人《ふたり》の男《おとこ》たちと同《おな》じように、トムたちも興奮《こうふん》して舞《ま》い上《あ》がった

のは言《い》うまでもありません。

インジャン・ジョーの相棒《あいぼう》が言《い》います。

「こいつはさっさと掘《ほ》り出《だ》そう。古《ふる》いつるはしがあっただろう。さっき見《み》たぞ」

相棒《あいぼう》は、さっそくトムたちのつるはしとシャベルを持《も》ってきました。

インジャン・ジョーはそれを受《う》け取《と》るとじろじろと眺《なが》め、首《くび》を振《ふ》って、何《なに》かぶつぶつ言《い》いながら掘《ほ》りはじめました。

箱《はこ》は間《ま》もなく姿《すがた》を現《あらわ》しました。男《おとこ》たちは満足《まんぞく》げに黙《だま》って金貨《きんか》を見《み》つめました。

「おい相棒《あいぼう》、何千《なんぜん》ドルもあるな」

インジャン・ジョーが言《い》うと、相棒《あいぼう》もこんなふうに答《こた》えます。

「ある年《とし》の夏《なつ》に、有名《ゆうめい》な盗賊《とうぞく》の一味《いちみ》がこのあたりにいたっていう話《はなし》が昔《むかし》からあるんだ」

「ああ、知《し》っている。これはそいつらが隠《かく》したんだな」

「これなら、もうあの危《あぶ》ねえ仕事《しごと》はやらなくていいだろ?」

インジャン・ジョーが顔《かお》をしかめました。

「おまえはおれのことをわかってねえな。あの仕事《しごと》のこともちっともわかってねえんだ。おれがやろうとしているのは盗《ぬす》みなんかじゃ全然《ぜんぜん》ねえ。復讐《ふくしゅう》なんだ。

復讐《ふくしゅう》が終《お》わったら、おれはテキサスへずらかる。おまえは家族《かぞく》のところへ帰《かえ》れ。そしておれが指《し》示《じ》するまで待《ま》ってろ」

「わかったよ。ところでこれ、どうする？　また埋《う》めておくか」

「ああ……いや、だめだ！　おれのインディアンの名《な》にかけてな！

おれはもう少《すこ》しで忘《わす》れるところだった。あのつるはしにはまだ新《あたら》しい土《つち》がついていたぞ！

なんでつるはしとシャベルが、ここにあるんだ？　誰《だれ》がそれを持《も》ってきたんだ？

金貨《きんか》を埋《う》めるのはやめだ。わざわざ埋《う》めたって、そいつらに掘《ほ》り出《だ》されたらしょうがねえ。それは絶対《ぜったい》にだめだ。おれの隠《かく》れ家《が》に持《も》っていこう」

「そいつはいい考《かんが》えだ！　隠《かく》れ家《が》っていうのは一《ひと》つ目《め》か？」

「いや、二《ふた》つ目《め》だ。十字架《じゅうじか》の下《した》にあるやつさ。一《ひと》つ目《め》はありきたりすぎて、すぐ見《み》つかっちまう」

「わかった。そろそろ日《ひ》が暮《く》れてきたから出《で》かけられるぞ」

インジャン・ジョーは立《た》ち上《あ》がり、窓《まど》から注意深《ちゅういぶか》く外《そと》を見《み》ました。ところがつるはしとシャベルのことは忘《わす》れていませんでした
「いったい誰《だれ》があれを持《も》ってきたんだ？　そいつらは二階《にかい》にいたりすると思《おも》うか？」

インジャン・ジョーはナイフを手《て》に持《も》ち、一瞬《いっしゅん》立《た》ち止《ど》まってから階段《かいだん》のほうへ歩《ある》きはじめました。

少年《しょうねん》たちは息《いき》が止《と》まりそうになりました。クローゼットに隠《かく》れようかと思《おも》いましたが、気《き》が動転《どうてん》していて体《からだ》に力《ちから》が入《はい》りません。

階段《かいだん》をきしませながら、インジャン・ジョーが二階《にかい》に近《ちか》づいてきます。トムたちははっとして、今度《こんど》こそクローゼットに飛《と》びこもうとしました。

そのときです。階段《かいだん》がくずれ、インジャン・ジョーはがれきと一緒《いっしょ》に地面《じめん》に落《お》ちました。

インジャン・ジョーが文句《もんく》を言《い》いながら立《た》ち上《あ》がると、相棒《あいぼう》がこう言《い》いました。

「そんなことしていったい何《なに》になる？　誰《だれ》かが上《うえ》にいたとしても、そのまま放《ほう》っておこうぜ。そいつらが飛《と》び降《お》りて大《おお》けがをしたいっていうなら、それでいいじゃねえか。あと十五分《じゅうごふん》で暗《くら》くなる。そいつらがおれたちのあとをつけるつもりなら、勝手《かって》につけさせればいいさ」

あたりがどんどん暗《くら》くなっていく中《なか》、二人《ふたり》の男《おとこ》は幽霊屋敷《ゆうれいやしき》を抜《ぬ》け出《だ》し、宝箱《たからばこ》を抱《かか》えて川《かわ》のほうへ去《さ》っていきました。

トムとハックは弱《よわ》ってふらふらしていましたが、ほっとしながら立《た》ち上《あ》がりました。そして幽霊《ゆうれい》屋敷《やしき》の丸太《まるた》のすき間《ま》から、男《おとこ》たちの後《うし》ろ姿《すがた》を見《み》つめました。

あとをつける？　そんなことをするはずがありません。首《くび》の骨《ほね》を折《お》らずに一階《いっかい》に飛《と》び降《お》り、村《むら》へ戻《もど》れるだけでも十分《じゅうぶん》です。

幽霊屋敷《ゆうれいやしき》からの帰《かえ》り道《みち》、トムとハックはあまりしゃべりませんでした。自分《じぶん》たちに腹《はら》を立《た》てていたのです。

つるはしとシャベルさえ持《も》ちこまなければ、インジャン・ジョーは、銀貨《ぎんか》と金貨《きんか》をそのまま幽霊《ゆうれい》屋敷《やしき》に隠《かく》しておいたでしょう。トムとハックは、それを横取《よこど》りできたはずなのです。

インジャン・ジョーが復讐《ふくしゅう》のチャンスを探《さぐ》るために村《むら》にやってきたら、あとをつけて「第二《だいに》の隠《かく》れ家《が》」を突《つ》き止《と》めてやろう。トムたちはそう決心《けっしん》しました。

ところがそのとき、トムに恐《おそ》ろしい考《かんが》えが浮《う》かびました。

「『復讐《ふくしゅう》』ってなんだろう。おれたちに復讐《ふくしゅう》するつもりだとしたらどうする、ハック？」

「やめてくれ！」

ハックは怖《こわ》さのあまり、気《き》を失《うしな》いそうになりました。

第《だい》二《に》の隠《かく》れ家《が》を突《つ》き止《と》めろ

その晩《ばん》、トムはひどい夢《ゆめ》を見《み》ました。豪華《ごうか》な宝物《たからもの》に四回《よんかい》も触《さわ》ったのに、そのたびに消《き》えてしまうのです。夢《ゆめ》から覚《さ》めたトムは、自分《じぶん》に運《うん》がないことを思《おも》い知《し》らされました。

朝早《あさはや》く、大冒険《だいぼうけん》を思《おも》い出《だ》しながら横《よこ》になっていると、トムはそれらの出来事《できごと》がどこか別《べつ》の世界《せかい》で、あるいはずっと昔《むかし》に起《お》こったことのように感《かん》じはじめました。

あれは全部夢《ぜんぶゆめ》だったのかもしれない！

そう思《おも》ったのには大《おお》きな理由《りゆう》がありました。トムが見《み》た金貨《きんか》は、現実《げんじつ》とは思《おも》えないほど大量《たいりょう》にあったからです。トムは五十《ごじゅう》ドル分《ぶん》のお金《かね》も見《み》たことがありませんでしたし、数百《すうひゃく》ドルとか数千《すうせん》ドルなどという金額《きんがく》は単《たん》なるもののたとえであって、実際《じっさい》にはないと思《おも》っていました。

夢《ゆめ》なのか現実《げんじつ》なのか、どちらなのかはっきりさせたくなったトムは、朝《あさ》ごはんを急《いそ》いで食《た》べるとハックを探《さが》しに出《で》かけました。ハックは平《たい》らなボートのへりに腰《こし》かけ、憂《ゆう》うつそうな顔《かお》をしながら水《みず》に足《あし》をつけていました。

宝物《たからもの》の話《はなし》をするかどうかはハックに任《まか》せよう、トムはそう決《き》めました。相手《あいて》が話《はなし》をしてこなければ、自分《じぶん》が見《み》た大金《たいきん》は夢《ゆめ》だったことになります。

「やあハック！」

「やあ」

しばらく沈黙《ちんもく》が続《つづ》きました。

「トム、おれたちがあの枯《か》れ木《き》のところに道具《どうぐ》を置《お》いていったら、今《いま》ごろ大金《たいきん》が手《て》に入《はい》っていたな。ああ、もったいねえ！」

「じゃ、やっぱり夢《ゆめ》じゃない、夢《ゆめ》じゃなかったんだ！　なんでだかわからないけど、むしろ夢《ゆめ》だったらいいなと思《おも》ってたんだ」

「夢《ゆめ》だって？　もしあの階段《かいだん》が壊《こわ》れてなかったら、夢《ゆめ》どころの話《はなし》じゃなかったさ！　おれは夜中《よなか》にさんざんうなされたよ。あのスペイン人《じん》の野郎《やろう》がずっと追《お》いかけてくるんだ、くたばれ、あんちくしょうめ」

「そりゃ違《ちが》うよ、くたばっちゃだめなんだ、あいつを見《み》つけるんだ！　金《かね》の隠《かく》し場所《ばしょ》をつきとめるんだよ！」

「トム、もうあいつは見《み》つからねえよ。昨日《きのう》みてえなチャンス、一生《いっしょう》に一度《いちど》しかねえのに、それをおじゃんにしちまったんだ。

それに、もしあいつを見《み》つけたとしても、おれは怖《こわ》くてぶるぶる震《ふる》えちまうだろうし」

「それはおれだって同《おな》じだよ。でも、とにかくあいつを見《み》つけたいんだ。そしてあとをつけて、『第二《だいに》の隠《かく》れ家《が》』を突《つ》き止《と》める」

「『第二《だいに》の隠《かく》れ家《が》』か……そう、そうだったな。おれもずっと考《かんが》えてみたんだけど、ちっともわからなかったんだ。なんのことだと思《おも》う？」

「なんだろう。その単語《たんご》だけじゃ難《むずか》しすぎるな。でもハック……もしかしたら家《いえ》の番地《ばんち》かもしれないよ！」

「いいぞ！……いやトム。それは違《ちが》うな。だってこの村《むら》の家《いえ》に番地《ばんち》はねえだろう」

「そうだね。うーん、ちょっと待《ま》てよ……じゃあ部屋《へや》の番号《ばんごう》だとすると……宿屋《やどや》じゃないか？」

「その手《て》があったか！　村《むら》には宿屋《やどや》は二軒《にけん》しかないから、すぐわかるぞ」

「ハック、ここにいて。すぐに戻《もど》ってくる」

トムは三十分後《さんじっぷんご》に戻《もど》りました。トムが聞《き》いてきたところでは、高級《こうきゅう》な宿屋《やどや》にある二番《にばん》の部屋《へや》は、若《わか》い弁護士《べんごし》がずっと前《まえ》から泊《と》まっているそうです。

ところが別《べつ》のそれほど高級《こうきゅう》ではない宿屋《やどや》では、不思議《ふしぎ》なことが起《お》きていました。

宿屋《やどや》の若《わか》い息子《むすこ》は、二番《にばん》の部屋《へや》はいつも鍵《かぎ》がかかっていて、夜中《よなか》だけ人《ひと》が出入《でい》りするのを見《み》かけると言《い》ったのです。しかも、なぜそんな使《つか》われ方《かた》をしているのか、理由《りゆう》もわからないということでした。宿屋《やどや》の息子《むすこ》はそれほど興味《きょうみ》なさそうに、幽霊部屋《ゆうれいべや》なのかもねと冗談《じょうだん》を言《い》って笑《わら》いました。

「ここまではわかった。ハック、その二番《にばん》があやしいと思《おも》うんだ」

「おれもそう思《おも》う。トム、これからどうする?」

「ちょっと考《かんが》えさせて」

トムは長《なが》い間《あいだ》考《かんが》えてから言《い》いました。

「こうしよう。

あの二番《にばん》の部屋《へや》の裏口《うらぐち》は細《ほそ》い路地《ろじ》につながってる。レンガでできた古《ふる》い建物《たてもの》があるところだ。

ハックはできるだけたくさんの鍵《かぎ》を集《あつ》めてくれよ。おれもおばさんのところから全部《ぜんぶ》持《も》ち出《だ》すから。そして真《ま》っ暗《くら》な晩《ばん》になったら、路地《ろじ》から裏口《うらぐち》に行《い》って鍵《かぎ》をあけてみるんだ。

それとインジャン・ジョーにも注意《ちゅうい》しておいて。もう一度《いちど》村《むら》に戻《もど》って、復讐《ふくしゅう》するチャンスをかぎ回《まわ》るって言《い》ってたから。あいつを見《み》かけたら、あとをつけてほしいんだ。あいつが二番《にばん》の部屋《へや》に行《い》かなかったら、隠《かく》れ家《が》じゃないってことになる」

「おい、頼《たの》むよ。おれ一人《ひとり》であとをつけるなんてやだよ!」

「大丈夫《だいじょうぶ》だよ、夜《よる》なんだから気《き》づかれたりしないさ。もし見《み》られても、何《なに》もあやしまないかもしれないし」

「まあ、真《ま》っ暗《くら》だったらできるだろうけど。うーん、どうしようかな……じゃあ、やってみるか」

「真《ま》っ暗《くら》な夜《よる》だったら、おれなら絶対《ぜったい》あとをつけるな、ハック。それに復讐《ふくしゅう》が無理《むり》だってわかったら、まっすぐ金《かね》をとりにいくかもしれないじゃないか」

「そうだな、トム。その通《とお》りだ。奴《やつ》のあとをつけるよ。約束《やくそく》だ！」

「そうこなくちゃ。弱気《よわき》になっちゃだめだよ、ハック、おれも怖《こわ》がったりしないから」

第《だい》二《に》の隠《かく》れ家《が》の本《ほん》当《とう》の秘《ひ》密《みつ》

その夜《よる》、トムとハックはすっかり準備《じゅんび》を整《ととの》えて、チャンスが来《く》るのを待《ま》ちました。でも月《つき》が出《で》て明《あか》るいままだったので、見張《みは》りはあきらめました。

火曜日《かようび》もだめ、水曜日《すいようび》もだめで、チャンスが巡《めぐ》ってきたのは木曜日《もくようび》の夜《よる》です。

トムはおばさんのブリキのランタンと、それをおおうタオルを持《も》って早《はや》めに出《で》かけます。そしてランタンをハックが使《つか》っている樽《たる》の中《なか》に隠《かく》すと、一緒《いっしょ》に宿屋《やどや》の入《い》り口《ぐち》を見張《みは》りました。

夜十一時頃《よるじゅういちじごろ》、宿屋《やどや》は戸締《とじ》まりをして明《あ》かりも消《け》しました(このあたりで唯一《ゆいいつ》の明《あ》かりです)。闇《やみ》が濃《こ》くなり、遠《とお》くで雷《かみなり》がたまに鳴《な》る以外《いがい》は、なんの音《おと》もしない静《しず》かな夜《よる》がやってきました。

トムは砂糖《さとう》の樽《たる》の中《なか》でランタンを灯《とも》すと、タオルですっかりおおいました。そしてハックと一緒《いっしょ》に、宿屋《やどや》の方向《ほうこう》にはうようにして進《すす》んでいきました。

ハックが見張《みは》り役《やく》をつとめ、トムが裏口《うらぐち》に通《つう》じる路地《ろじ》を手探《てさぐ》りで進《すす》んでいきます。

やがてハックの心《こころ》に、不安《ふあん》が重《おも》くのしかかってきました。

トムの姿《すがた》が見《み》えなくなってから、もう何時間《なんじかん》もたった気《き》がしました。トムは気絶《きぜつ》したのかもしれないし、あるいは死《し》んでしまったのかもしれない、もしかすると怖《こわ》さと興奮《こうふん》のせいで、心臓《しんぞう》が破裂《はれつ》したのかもしれません。

不安《ふあん》になったハックは、いつのまにか細《ほそ》い路地《ろじ》に近寄《ちかよ》っていました。

ところがそのときです。さっと光《ひかり》が差《さ》し、トムが猛烈《もうれつ》な勢《いきお》いで走《はし》ってきました。

「逃《に》げろ！　全力《ぜんりょく》で逃《に》げて！」

トムに繰《く》り返《かえ》し言《い》われる前《まえ》に、ハックはすでに時速五十《じそくごじゅう》〜六十《ろくじっ》キロくらいで走《はし》っていました。二人《ふたり》はそのまま走《はし》り続《つづ》け、村《むら》はずれの川《かわ》の下流《かりゅう》にある古《ふる》い小屋《こや》にたどりつきました。

そのとたんに嵐《あらし》になって、大雨《おおあめ》が降《ふ》りはじめます。

呼吸《こきゅう》が整《ととの》うと、すぐにトムは言《い》いました。

「ハック、命《いのち》が縮《ちぢ》まるかと思《おも》ったよ。おれは鍵《かぎ》を二個《にこ》、試《ため》してみたんだ。できるだけそっと回《まわ》しながらね。なのにものすごい音《おと》がして、怖《こわ》くて息《いき》が止《と》まりそうになった。結局《けっきょく》、鍵《かぎ》は合《あ》わなかったからなんとなく取《と》っ手《て》を握《にぎ》って回《まわ》したんだ。そしたらドアが開《あ》いたんだ！　鍵《かぎ》はかかっていなかったんだよ！　で、部屋《へや》の中《なか》に入《はい》って、ランタンに巻《ま》いたタオルを外《はず》したら、とんでもないものを見《み》ちゃって！」

「なんだって？　何《なに》を見《み》たんだ、トム」

「インジャン・ジョーの手《て》を踏《ふ》むところだったんだ！」

「うそだろ！」

「本当《ほんとう》さ！　あいつは床《ゆか》に寝《ね》ていたんだよ。眼帯《がんたい》をしたまま腕《うで》をだらんと広《ひろ》げてね」

「そりゃあすげえな。で、どうなった？　あいつは目《め》を覚《さ》ましたのか？」

「いいや、ぴくりとも動《うご》かなかった。たぶん酔《よ》っ払《ぱら》っていたんだろうな。だからタオルをつかんで逃《に》げ出《だ》してきたんだ」

「それで、あの箱《はこ》はあったか？」

「ハック、周《まわ》りをじっくり見《み》る暇《ひま》なんてなかったよ。でも箱《はこ》も十字架《じゅうじか》も見《み》えなかった。インジャン・ジョーのそばの床《ゆか》に、ビンとブリキのコップがあることしかわからなかった。それと部屋《へや》には二《ふた》つの酒樽《さかだる》と酒《さけ》のビンがたくさんあったな。でも宿屋《やどや》の息子《むすこ》が言《い》っていた幽霊部屋《ゆうれいべや》の秘密《ひみつ》が、これでわかっただろう？」

「何《なに》が？」

「ウイスキーが置《お》いてあるから幽霊《ゆうれい》が出《で》るなんて言《い》ってるんだよ！　酒《さけ》を出《だ》さないことになっている宿屋《やどや》にも、ああいう隠《かく》し部屋《べや》が必《かなら》ずあるんだろうね」

「そうかもな。そんなこと誰《だれ》が思《おも》いつくんだろ？　でもトム、今《いま》が箱《はこ》をとりに行《い》くチャンスかもしれねえぜ。インジャン・ジョーの奴《やつ》は酔《よ》っ払《ぱら》って眠《ねむ》っているんなら」

「そうだな！　じゃあ行《い》ってみてくれよ」

ハックは身震《みぶる》いしました。

「いや、いい……やめておく」

「おれもいいや、ハック。インジャン・ジョーの横《よこ》に酒《さけ》のビンが一本《いっぽん》しかないなんて少《すく》なすぎるよ。三本《さんぼん》ぐらい転《ころ》がっていたら、かなり酔《よ》っ払《ぱら》っているはずだから行《い》くけどね」

二人《ふたり》は黙《だま》ったまま、じっくりと状況《じょうきょう》を考《かんが》えてみました。やがてトムが言《い》いました。

「ねえハック、何《なに》かするのは、あの部屋《へや》からインジャン・ジョーがいなくなったことを確《たし》かめてからにしよう。そうじゃないと怖《こわ》すぎるよ。

これから毎晩《まいばん》見張《みは》るようにすれば、あいつがいつ出《で》ていったかがわかる。それを確《たし》かめてから、雷《かみなり》よりも早《はや》くさっと箱《はこ》を盗《ぬす》み出《だ》そう」

「よし、わかった。おれが徹夜《てつや》で見張《みは》るよ。おまえが昼間《ひるま》に見張《みは》りをやってくれれば、おれは毎晩《まいばん》でも見張《みは》る」

「そうしよう。もし何《なに》かあったら、フーパー通《どお》りを一《いち》ブロック分走《ぶんはし》ってきてミャオって鳴《な》いてくれれば平気《へいき》さ。眠《ねむ》っていても、窓《まど》に小石《こいし》をぶつけてもらえば起《お》きるから」

「よし、完璧《かんぺき》だ！」

「ハック、もう嵐《あらし》もやんだから家《いえ》に帰《かえ》るよ。あと一《いち》、二時間《にじかん》したら日《ひ》が昇《のぼ》ってくる。それまでさっきの場所《ばしょ》に戻《もど》って、見張《みは》っといてくれないかな？」

「もちろんさ、トム。おれが見張《みは》ってやるよ。あの宿屋《やどや》に毎晩《まいばん》、一年《いちねん》だってつきまとってやるさ！昼間《ひるま》は寝《ね》て、夜通《よどお》し見張《みは》るからな」

ハックの大手《おおて》柄《がら》

明《あ》けて金曜日《きんようび》の朝《あさ》、トムにいい知《し》らせが舞《ま》いこみました。

コンスタンチノープルのお屋敷《やしき》で休暇《きゅうか》を過《す》ごしていたベッキー一家《いっか》が、村《むら》に戻《もど》ってきたというのです。その瞬間《しゅんかん》、インジャン・ジョーと金貨《きんか》が入《はい》った箱《はこ》のことは、二《に》の次《つぎ》になってしまいました。

トムの頭《あたま》の中《なか》は、もうベッキーのことでいっぱいです。

トムはベッキーに再《ふたた》び会《あ》い、学校《がっこう》の仲間《なかま》たちと一緒《いっしょ》に隠《かく》れんぼや陣取《じんと》りをしてくたくたになるまで遊《あそ》びました。

その日《ひ》は、最後《さいご》にとびっきりいいことがありました。ベッキーはお母《かあ》さんに、ずっと前《まえ》からのばしのばしになっていたピクニックに明日行《あしたい》かせてほしいとせがみ、許《ゆる》してもらえたのです。

ベッキーは大喜《おおよろこ》びしました。はしゃぎぶりではトムも負《ま》けていません。日《ひ》が落《お》ちる前《まえ》に招待状《しょうたいじょう》が送《おく》られ、村中《むらじゅう》の子供《こども》たちがすぐに浮《う》かれながらピクニックの準備《じゅんび》をしました。

トムはうれしくて夜遅《よるおそ》くまで寝《ね》つけませんでした。そして今晩《こんばん》、ハックがミャオと合図《あいず》をしてくれればいいなと思《おも》いました。そうすれば明日《あした》、宝物《たからもの》を持《も》っていって、ベッキーやピクニックに来《き》たみんなを驚《おどろ》かせることができます。

でも残念《ざんねん》なことに、その晩《ばん》、ハックの合図《あいず》はありませんでした。

やがて土曜日《どようび》の朝《あさ》が来《き》ました。十時《じゅうじ》か十一時頃《じゅういちじごろ》には、大《おお》はしゃぎの子供《こども》たちがサッチャー判事《はんじ》の家《いえ》に集《あつ》まり、出発《しゅっぱつ》の準備《じゅんび》が整《ととの》いました。

ピクニックでは、蒸汽《じょうき》で動《うご》く古《ふる》い渡《わた》し船《ぶね》が貸《か》し切《き》られました。

出発《しゅっぱつ》の前《まえ》、サッチャー夫人《ふじん》はベッキーにこんなふうに言《い》っていました。

「帰《かえ》りは遅《おそ》くなるわね。今晩《こんばん》はお友達《ともだち》の家《いえ》に泊《と》めてもらったらどうかしら」

「じゃあ、スージー・ハーパーの家《いえ》に泊《と》めてもらうわ、ママ」

「ええ、そうしなさい。お行儀《ぎょうぎ》をよくして、迷惑《めいわく》をかけないようにね」

ピクニックに向《む》かう途中《とちゅう》、トムは歩《ある》きながらベッキーに話《はな》しかけました。

「ねえ、今晩《こんばん》のことだけど、ジョー・ハーパーの家《いえ》に泊《と》まりにいくのをやめて、丘《おか》を登《のぼ》ったところに住《す》んでいる、ダグラスさんの家《いえ》に行《い》ってみない？　アイスクリームを出《だ》してくれるよ！　それにぼくたちが行《い》ったらすごく喜《よろこ》んでくれるし」

「あら、それはいい考《かんが》えね！」

でもベッキーは少《すこ》し考《かんが》えてから、こう言《い》いました。

「ママがなんて言《い》うかしら」

「ママには、ばれやしないよ」

ベッキーは心《こころ》の中《なか》で何度《なんど》も考《かんが》えたあと、気《き》が進《すす》まなさそうな口調《くちょう》で話《はなし》を続《つづ》けました。

「悪《わる》いことだってわかっているけど——」

「だけどなんだい？　わかりっこないんだから平気《へいき》だって。ママは無事《ぶじ》でいてほしいだけなんだ。もし、ダグラスさんのところに行《い》くって計画《けいかく》を思《おも》いついていたら、行《い》きなさいってきっと言《い》ってくれたはずだよ。絶対《ぜったい》にね！」

ダグラスさんにアイスクリームをごちそうになるというのは、かなり魅力的《みりょくてき》な話《はなし》です。

結局《けっきょく》、アイスクリームの魅力《みりょく》と、トムの説得力《せっとくりょく》が勝《か》ちました。そこで二人《ふたり》は、ピクニックが終《お》わったあとの予定《よてい》については、誰《だれ》にもしゃべらないことに決《き》めました。

ところがトムは、夜《よる》にハックが合図《あいず》をしにくるかもしれないとも思《おも》いはじめました。

そのとたん、うきうきした気持《きも》ちはしぼみましたが、それでもダグラスさんの家《いえ》に行《い》くのをあきらめる気《き》にはなれません。結局《けっきょく》トムは、自分《じぶん》にこんなふうに言《い》いきかせながら、今日《きょう》はインジャン・ジョーの金貨《きんか》についてもう考《かんが》えないことにしました。

(昨日《きのう》の夜《よる》は、合図《あいず》がなかったな。だったら今日《きょう》も同《おな》じかもしれないぞ)

やがて渡《わた》し船《ぶね》は村《むら》から五《ご》キロほど下流《かりゅう》にある、木々《きぎ》におおわれた谷《たに》の入《い》り口《ぐち》に到着《とうちゃく》しました。子供《こども》たちは一団《いちだん》となって岸《きし》へ上《あ》がり、森《もり》やごつごつした岩《いわ》が並《なら》ぶ丘《おか》のあちこちから、すぐに叫《さけ》び声《ごえ》や笑《わら》い声《ごえ》が響《ひび》くようになりました。

誰《だれ》もが、思《おも》いつくかぎりいろんな遊《あそ》び方《かた》をしました。汗《あせ》だくになって疲《つか》れるまで遊《あそ》ぶと、お腹《なか》をすかせた子供《こども》たちは一人《ひとり》、また一人《ひとり》と戻《もど》り、ごちそうを一気《いっき》に平《たい》らげます。そして枝《えだ》ぶりのよい木《き》の陰《かげ》でゆっくり休《やす》んだり、しゃべったりしていました。

そのうち誰《だれ》かが叫《さけ》びます。

「鍾乳洞《しょうにゅうどう》を探検《たんけん》したい人《ひと》は？」

全員《ぜんいん》が行《い》きたがりました。たくさんのロウソクが用意《ようい》されたあと、みんなが急《いそ》ぎ足《あし》で丘《おか》を登《のぼ》っていきます。洞窟《どうくつ》の入《い》り口《ぐち》は丘《おか》の斜面《しゃめん》を登《のぼ》ったところにあり、アルファベットのA《エー》のような形《かたち》をしていました。

洞窟《どうくつ》の入《い》り口《ぐち》にある頑丈《がんじょう》なドアには、かんぬきがかかっていませんでした。中《なか》は氷《こおり》を入《い》れておく倉庫《そうこ》のように冷《ひ》えています。洞窟《どうくつ》の壁《かべ》は硬《かた》い石灰岩《せっかいがん》になっていて、冷《つめ》たい露《つゆ》でしめっていました。

この薄暗《うすぐら》い場所《ばしょ》に立《た》って、太陽《たいよう》の光《ひかり》を受《う》けて輝《かがや》く緑色《みどりいろ》の谷《たに》を見《み》るのは、ロマンチックで幻想的《げんそうてき》な体験《たいけん》でした。

でも感動《かんどう》は長《なが》く続《つづ》かず、子供《こども》たちはすぐにまた騒《さわ》ぎ出《だ》します。ロウソクに火《ひ》が灯《とも》されると、それを持《も》つ人《ひと》のところにみんながわっと押《お》しかけて、互《たが》いに奪《うば》いあいます。ロウソクが下《した》に落《お》ちたり、吹《ふ》き消《け》されたりするたびに笑《わら》い声《ごえ》が起《お》き、また追《お》いかけっこが始《はじ》まりました。

しかし何事《なにごと》にも終《お》わりがあります。

遊《あそ》びに飽《あ》きた子供《こども》たちは、今度《こんど》は鍾乳洞《しょうにゅうどう》の中《なか》にある急《きゅう》な通路《つうろ》を降《お》りていきました。鍾乳洞《しょうにゅうどう》の中《なか》は高《たか》さが二十《にじゅう》メートルありましたが、通路《つうろ》の幅《はば》は二《に》メートル半《はん》から三《さん》メートルほどしかありません。そして数歩進《すうほすす》むごとに、高《たか》さのある狭《せま》い割《わ》れ目《め》のような穴《あな》が両側《りょうがわ》に現《あらわ》れます。

マクドゥーガルの洞窟《どうくつ》は、巨大《きょだい》な迷宮《めいきゅう》そのものでした。曲《ま》がりくねった通路《つうろ》がつながったり別《わか》れたりしながら無数《むすう》に広《ひろ》がっていて、地底《ちてい》の奥深《おくふか》くまで続《つづ》いているので、どこにも出《で》られないような構造《こうぞう》になっているのです。

洞窟《どうくつ》の一部分《いちぶぶん》であれば、たいていの若《わか》い男《おとこ》の人《ひと》たちは知《し》っていました。それはトムも同《おな》じです。しかし洞窟全体《どうくつぜんたい》のことを把握《はあく》している人《ひと》は誰《だれ》もいないので、「わかっている範囲《はんい》」から先《さき》に進《すす》むことは、ほとんどありませんでした。

子供《こども》たちの行列《ぎょうれつ》は通路《つうろ》を一《いち》キロほど進《すす》んだところで、少人数《しょうにんずう》のグループやカップルに分《わ》かれました。誰《だれ》もが薄暗《うすぐら》くて狭《せま》いわきの通路《つうろ》を走《はし》ったり、通路《つうろ》がぶつかって合流《ごうりゅう》するところで相手《あいて》を驚《おどろ》かせたりして騒《さわ》いでいます。子供《こども》たちはそこで三十分《さんじっぷん》ほど遊《あそ》びましたが、「わかっている部分《ぶぶん》」より先《さき》には行《い》かないようにしました。

やがて子供《こども》たちは、グループごとに洞窟《どうくつ》の入《い》り口《ぐち》に戻《もど》ってきました。時間《じかん》がたつのも忘《わす》れて遊《あそ》んでいた子供《こども》たちは、もう夜《よる》が近《ちか》いことを知《し》って驚《おどろ》きました。渡《わた》し船《ぶね》はもう三十分《さんじっぷん》も前《まえ》から鐘《かね》を鳴《な》らしていたのです。

渡《わた》し船《ぶね》が明《あ》かりをキラキラさせながら通《とお》り過《す》ぎていったとき、ハックはすでにインジャン・ジョーの見張《みは》りについていました。船《ふね》からはなんの声《こえ》も聞《き》こえません。子供《こども》たちは遊《あそ》び疲《つか》れて静《しず》かになっていたからです。

ハックはあの船《ふね》はなんだろうと思《おも》いましたが、すぐに自分《じぶん》の仕事《しごと》に集中《しゅうちゅう》しました。

曇《くも》り空《ぞら》の夜《よる》はどんどん暗《くら》くなっていきます。

十時《じゅうじ》になると乗《の》り物《もの》の音《おと》も聞《き》こえなくなり、あちこちに見《み》えた明《あ》かりも消《き》えていき、遅《おそ》い時間《じかん》に通《とお》りを歩《ある》いている人《ひと》たちの姿《すがた》も見《み》えなくなりました。

十一時《じゅういちじ》になりました。今度《こんど》は宿屋《やどや》の明《あ》かりも消《け》され、あたりは真《ま》っ暗《くら》です。

ハックは、気《き》の遠《とお》くなるほど長《なが》い間《あいだ》、待《ま》ったような気持《きも》ちになりました。でも何《なに》も起《お》こらないので、気持《きも》ちは揺《ゆ》らぎはじめます。

（こんなことして、何《なに》かの役《やく》に立《た》つのか？　本当《ほんとう》にそうなのか？　もうあきらめて寝《ね》ちまったほうがいいんじゃねえか？）

そのとき、物音《ものおと》が聞《き》こえました。

細《ほそ》い路地《ろじ》に面《めん》した宿屋《やどや》の扉《とびら》が閉《し》められたのです。ハックは注意《ちゅうい》しながら、レンガ作《づく》りの建物《たてもの》の角《かど》にすばやく身《み》を寄《よ》せました。すると次《つぎ》の瞬間《しゅんかん》、二人組《ふたりぐみ》の男《おとこ》がハックのすぐ横《よこ》を通《とお》り抜《ぬ》けていきました。一人《ひとり》は腕《うで》に何《なに》かを抱《かか》えているようです。

（きっとあの箱《はこ》だ！　あいつらは金貨《きんか》を移《うつ》そうとしているんだ！　今《いま》すぐトムを呼《よ》ぼうか？　いや、そりゃあばかげてる。あいつらは箱《はこ》を持《も》ってどっかに行《い》っちまうし、そしたらもう二度《にど》と見《み》つけられねえ。それじゃだめだ。だったらあいつらのあとをつけよう。この真《ま》っ暗闇《くらやみ》なら見《み》つからねえはずだ）

ハックはそう自分《じぶん》に言《い》いきかせながら、こっそりとあとをついていきました。はだしで猫《ねこ》のようにそっと歩《ある》きながら、そして相手《あいて》に近《ちか》づきすぎないようにしながらです。

二人《ふたり》の男《おとこ》は川沿《かわぞ》いの道《みち》を三《さん》ブロック歩《ある》いたところで、十字路《じゅうじろ》を左《ひだり》に曲《ま》がりました。そこからまっすぐ進《すす》み、カーディフの丘《おか》に通《つう》じる小道《こみち》にそのまま入《はい》っていきました。

丘《おか》の途中《とちゅう》には、ウェールズ人《じん》のジョーンズじいさん一家《いっか》が住《す》んでいましたが、二人《ふたり》はためらわずにそこを通《とお》り過《す》ぎ、どんどん上《うえ》に登《のぼ》っていきます。

（いいぞ、あいつらは古《ふる》い石切《いしき》り場《ば》に箱《はこ》を埋《う》めるつもりだな）

ハックはそう思《おも》いましたが、男《おとこ》たちは石切《いしき》り場《ば》も通《とお》り過《す》ぎて丘《おか》のてっぺんまで行《い》くと、背《せ》の高《たか》いうるしのやぶに囲《かこ》まれた細《ほそ》い道《みち》に入《はい》っていきました。

二人《ふたり》の姿《すがた》が見《み》えなくなってしまったので、ハックはもっと近《ちか》づくことにしました。

ハックはしばらく小走《こばし》りしたあと、あまりに速《はや》く走《はし》りすぎたのではないかと思《おも》い、ちょっとペースを落《お》としました。それから立《た》ち止《ど》まって耳《みみ》を澄《す》ましました。

周《まわ》りからはまったく何《なに》も聞《き》こえません。自分《じぶん》の心臓《しんぞう》の音《おと》が聞《き》こえるような気《き》がするだけでした。

フクロウの不吉《ふきつ》な鳴《な》き声《ごえ》が、丘《おか》の向《む》こうから響《ひび》いてきましたが、やはり足音《あしおと》は聞《き》こえません。すべては台無《だいな》しになってしまいました！　相手《あいて》を見失《みうしな》ってしまったのです！

あせったハックが走《はし》り出《だ》そうとしたとき、一《いち》メートルほどしか離《はな》れていないところで、誰《だれ》かがせきばらいをするのが聞《き》こえました！

ハックは驚《おどろ》いてのどから心臓《しんぞう》が飛《と》び出《だ》しそうになり、一度《いちど》に十二人分《じゅうににんぶん》の悪寒《おかん》に襲《おそ》われたように震《ふる》え出《だ》しました。体《からだ》に力《ちから》が入《はい》らないので、地面《じめん》に倒《たお》れてしまうのではないかと思《おも》ったほどです。

それでもここがどこなのか、ハックはきちんとわかっていました。あと五歩《ごほ》進《すす》めば、ダグラスさんが住《す》んでいる家《いえ》の敷地《しきち》になるのです。

(そうか、それならそれでいいや。ここに埋《う》めれば、あとで探《さが》すのは楽《らく》だからな)

ハックはそう思《おも》いました。

やがて、とても低《ひく》い話《はな》し声《ごえ》が聞《き》こえました。インジャン・ジョーの声《こえ》です。

「ちくしょう、客《きゃく》が来ているらしい……。こんなに遅《おそ》いのに明《あ》かりがついてやがる」

「おれには全然《ぜんぜん》見《み》えないぞ」

それは「もう一人《ひとり》」の男《おとこ》の声《こえ》でした。幽霊屋敷《ゆうれいやしき》にいた見知《みし》らぬ男《おとこ》です。

ハックの体《からだ》が凍《こお》りつきました。二人《ふたり》は金貨《きんか》を埋《う》めにきたのではありません。復讐《ふくしゅう》にきたのです。

幽霊屋敷《ゆうれいやしき》で二人《ふたり》が話《はな》していた「復讐《ふくしゅう》」の相手《あいて》とは、未亡人《みぼうじん》のダグラスさんのことだったのです！

すぐに逃《に》げ出《だ》そう。ハックは一瞬《いっしゅん》、そう思《おも》いましたが、ダグラスさんには何度《なんど》も親切《しんせつ》にしてもらったことがあります。

インジャン・ジョーたちは、ダグラスさんを殺《ころ》すつもりなのかもしれません。ハックは勇気《ゆうき》を出《だ》して、危険《きけん》を知《し》らせにいってあげたいとも思《おも》いましたが、そんなことをすれば相手《あいて》につかまってしまいます。

インジャン・ジョーが再《ふたた》び話《はな》し始《はじ》めるまでの一秒《いちびょう》ほどの間《あいだ》に、ハックの頭《あたま》にはいろいろなことが浮《う》かびました。

「いいか、もう一度《いちど》言《い》っておくが、おれは財産《ざいさん》には興味《きょうみ》はねえんだ。おまえにやったっていい。だが、おれはあいつのだんなにひどい目《め》にあわされたんだ、何度《なんど》もな。治安判事《ちあんはんじ》だっただんなは、住《す》むところが決《き》まってねえって理由《りゆう》で、おれを刑務所《けいむしょ》にぶちこんだんだ。それだけじゃねえ。恨《うら》みに思《おも》っていることは他《ほか》にも山《やま》ほどあるんだ！　あいつのだんなは馬用《うまよう》のむちでおれを打《う》ったんだ。刑務所《けいむしょ》の前《まえ》で、馬用《うまよう》のむちでたたいたんだぞ。村中《むらじゅう》の人《ひと》が見《み》ている前《まえ》で！　馬用《うまよう》のむちでだぞ！　わかるか？　しかも、やりたい放題《ほうだい》やっておいて、さっさと死《し》んじまいやがった。だからおれは、あいつの女房《にょうぼう》に復讐《ふくしゅう》してやるんだ」

「おい、殺《ころ》すのはやめとけよ！　それだけはよせ！」

「殺《ころ》す？　誰《だれ》が殺《ころ》すなんて言《い》った？　もし生《い》きてたら、だんなのほうは殺《ころ》してやったさ。でも女房《にょうぼう》は殺《ころ》さない。女《おんな》に復讐《ふくしゅう》するのに、わざわざ殺《ころ》したりするなんてばかげてる。顔《かお》を傷《きず》つけてやるんだよ。鼻《はな》を切《き》り裂《さ》いて、耳《みみ》に豚《ぶた》みたいに切《き》れ目《め》を入《い》れてやるさ！」

「本気《ほんき》か？　そりゃあちょっと――」

「おまえの意見《いけん》なんて聞《き》いてねえ。黙《だま》っていたほうが身《み》のためだぞ。

　さあ相棒《あいぼう》、復讐《ふくしゅう》を手伝《てつだ》ってくれよ。おまえは、そのためにここに来《き》てるんだ。おれ一人《ひとり》じゃやれないかもしれないからな。

　でも、おまえがひるんだら、殺《ころ》すからな。わかったか？　それにおまえを殺《ころ》すような羽目《はめ》になったら、あの女房《にょうぼう》も殺《ころ》してやる。そうすりゃ、誰《だれ》がやったかなんてわからずじまいだ」

「まあいいさ、そうしなきゃ気《き》がすまねえんなら、さっさと片《かた》をつけちまおうぜ。早《はや》いに越《こ》したことはねえよ。おれは体《からだ》の震《ふる》えが止《と》まらねえんだ」

「今《いま》やるってのか？　客《きゃく》がいるんだぞ？　おい、そんなことを言《い》ってやがると、おまえのことだって信《しん》じられなくなってくるぜ。とにかくだめだ。明《あ》かりが消《き》えるまで待《ま》つんだ。急《いそ》ぐこたあねえ」

　ハックは息《いき》をひそめて、注意深《ちゅういぶか》くあとずさりを始《はじ》めます。

　まず前《まえ》を向《む》いたまま片足《かたあし》を上《あ》げ、ゆっくり後《うし》ろにおろします。そして今度《こんど》は逆《ぎゃく》の足《あし》で、やはりぎりぎりバランスをとりながら下《さ》がっていきます。

　ところがそこで、踏《ふ》んだ小枝《こえだ》がぽきんと折《お》れました！

　ハックは息《いき》を止《と》めて耳《みみ》を澄《す》ましましたが、あたりからはなんの音《おと》もしません。ほっとしたハックは、うるしのやぶの中《なか》で体《からだ》の向《む》きを変《か》えると、そっと歩《ある》き始《はじ》めました。

ようやく古《ふる》い石切《いしき》り場《ば》まで来《き》たハックは、そこからは飛《と》ぶように走《はし》り出《だ》しました。丘《おか》を下《くだ》ってジョーンズじいさんたちが住《す》んでいる家《いえ》に着《つ》き、ドアをバンバンとたたくと、おじいさんと強《つよ》そうな二人《ふたり》の息子《むすこ》が窓《まど》から顔《かお》を出《だ》しました。

「なんの騒《さわ》ぎだ？　ドアをたたくのは誰《だれ》だ？　なんの用《よう》だ？」

「中《なか》に入《い》れてください、早《はや》く！　全部説明《ぜんぶせつめい》しますから」

「おまえはいったい誰《だれ》だね？」

「ハックルベリー・フィンです。早《はや》く中《なか》に入《い》れてください」

「ハックルベリー・フィンときたか！　その名前《なまえ》を聞《き》いて、ドアを開《あ》けてやる人《ひと》はあんまりおらんだろうな！　まあいい。おまえたち、中《なか》に入《い》れてやりなさい。何《なに》が起《お》きたのか話《はなし》を聞《き》こうじゃないか」

「お願《ねが》いだから、おれがこの話《はなし》をしたってことは誰《だれ》にも言《い》わないでください」

家《いえ》の中《なか》に入《はい》ったハックは、こんなふうに話《はなし》を切《き》り出《だ》しました。

「頼《たの》みます。そうしないと絶対《ぜったい》に殺《ころ》されちまうんだ。でもダグラスのおばさんはときどきよくしてくれたから、この話《はなし》を教《おし》えようと思《おも》って。誰《だれ》にも言《い》わないって約束《やくそく》してくれたら、話《はな》しますから」

「ほほう、本当《ほんとう》に何《なに》か重大《じゅうだい》な話《はなし》があるらしい。わかった、話《はな》してみなさい。わしら全員《ぜんいん》、秘密《ひみつ》をばらしたりはせんから」

三分後《さんぷんご》、ジョーンズじいさんと二人《ふたり》の息子《むすこ》たちは、武器《ぶき》を持《も》って丘《おか》を登《のぼ》っていました。そして忍《しの》び足《あし》でうるしにおおわれた細《ほそ》い道《みち》に入《はい》っていこうとしていました。

ハックは途中《とちゅう》で別《わか》れて、手前《てまえ》にある大《おお》きな岩《いわ》の陰《かげ》で待《ま》つことにしました。

張《は》りつめた静《しず》けさが続《つづ》いたあと、突然《とつぜん》、銃声《じゅうせい》と叫《さけ》び声《ごえ》が響《ひび》きました。

ハックは詳《くわ》しい話《はなし》など聞《き》こうとはしませんでした。一目散《いちもくさん》に逃《に》げ出《だ》して丘《おか》をかけおり、足《あし》が動《うご》くかぎり走《はし》り続《つづ》けていきました。

村《むら》の大《だい》事《じ》件《けん》

日曜日《にちようび》の朝《あさ》がやってきました。夜《よる》がそろそろ明《あ》けようかという頃《ころ》、ハックは丘《おか》を手探《てさぐ》りで登《のぼ》ってきて、ジョーンズじいさんの家《いえ》のドアをそっとたたきました。

ジョーンズさんたちはまだ寝《ね》ていましたが、昨夜《さくや》、あんな出来事《できごと》があったので深《ふか》くは眠《ねむ》らず、何《なに》かあればすぐ飛《と》び起《お》きられるような体勢《たいせい》をとっていました。

「そこにいるのは誰《だれ》だ？」

ハックはおそるおそる低《ひく》い声《こえ》で答《こた》えます。

「お願《ねが》いだから入《い》れてください！　ハック・フィンです」

「その名前《なまえ》の人間《にんげん》なら、昼《ひる》でも夜《よる》でもドアは開《あ》けてあげよう。よく来《き》たね！」

これはハックにとって聞《き》きなれない表現《ひょうげん》でした。今《いま》までかけられた中《なか》で一番親切《いちばんしんせつ》な言葉《ことば》でもありました。ハックは、「よく来《き》たね」などと言《い》ってもらったことがないからです。

すぐにドアの鍵《かぎ》が外《はず》され、ハックは椅子《いす》に座《すわ》るようにすすめられました。ジョーンズじいさんと二人《ふたり》の息子《むすこ》たちは、すばやく着替《きが》えます。

「さあ君《きみ》、お腹《なか》が減《へ》っただろう。日《ひ》が昇《のぼ》ったらすぐに朝《あさ》ごはんの準備《じゅんび》ができる。できたてだから遠慮《えんりょ》しないで食《た》べるといい！」

昨晩《さくばん》はここに泊《と》まればよかったのに。息子《むすこ》たちもわしも、そう思《おも》っていたんだ」

「おれ、すっかり怖《こわ》くなったんです。だからピストルの音《おと》がしたときに逃《に》げ出《だ》して、五《ご》キロ先《さき》まで止《と》まらずに走《はし》っちまいました。

ここに来《き》たのは、あのあと、どうなったか知《し》りたかったからなんです。たとえくたばってたとしても、あいつらの顔《かお》は見《み》たくねえから、日《ひ》が昇《のぼ》る前《まえ》に来《き》ました」

「かわいそうに。昨日《きのう》は大変《たいへん》だっただろう。ここにベッドがあるから、朝《あさ》ごはんを食《た》べたら寝《ね》るといい。

あいつらは死《し》んじゃいない。残念《ざんねん》だがね。

昨夜《さくや》は君《きみ》が説明《せつめい》してくれたおかげで、そっとうるしの道《みち》を進《すす》んでいって、あと五《ご》メートルというところまで近《ちか》づいたんだ。ところがそこで、わしはくしゃみがしたくなってしまってね。よりによってこんなときにと思《おも》ったが、こらえられなかった。わしは先頭《せんとう》を歩《ある》いていて、ピストルを構《かま》えていたんだが、くしゃみをしたとたん、あのならず者《もの》たちが逃《に》げ出《だ》した。そこで息子《むすこ》たちに『撃《う》て！』と叫《さけ》んで、全員《ぜんいん》でがさがさ音《おと》がする方向《ほうこう》を狙《ねら》ったんだ。あいつらはあっという間《ま》に逃《に》げていったから、わしらも森《もり》の中《なか》を追《お》いかけた。結局《けっきょく》、こっちの弾《たま》は当《あ》たらなかったらしい。あいつらも銃《じゅう》で一発《いっぱつ》ずつ撃《う》ってきたが、弾《たま》はかすめただけで、わしらは無傷《むきず》だったよ。

あいつらの足音《あしおと》が聞《き》こえなくなると、わしらは追《お》いかけるのをやめて、巡査《じゅんさ》たちをたたき起《お》こしにいったんだ。警察《けいさつ》はすぐに川岸《かわぎし》を見張《みは》りにいったし、日《ひ》が昇《のぼ》ったら、保安官《ほあんかん》たちが森狩《もりが》りをすることになっている。

息子《むすこ》たちもこれから合流《ごうりゅう》するところだ。奴《やつ》らの人相《にんそう》や見《み》かけがわかると、ずっと探《さが》しやすいんだが。君《きみ》が見《み》たときは、暗《くら》くてよくわからなかっただろうね？」

「いや、知《し》ってますよ。村《むら》の通《とお》りで見《み》つけてあとをつけてましたから」

「よし！　説明《せつめい》してくれ……どんなやつらだね、さあ！」

「一人《ひとり》は村《むら》に何度《なんど》か来《き》たことがある、耳《みみ》が聞《き》こえなくて口《くち》もきけないスペイン人《じん》のじいさん。もう片方《かたほう》は柄《がら》が悪《わる》そうで、ぼろぼろの格好《かっこう》をした――」

「それで十分《じゅうぶん》だ。そいつらのことなら知《し》っている！　たまたまダグラスさんの裏《うら》の森《もり》で見《み》かけたことがあるが、こそこそ逃《に》げていってしまったよ。さあ息子《むすこ》たちよ、保安官《ほあんかん》に教《おし》えてやるんだ。朝《あさ》ごはんを食《た》べるのは明日《あした》の朝《あさ》まで我慢《がまん》しろ！」

息子《むすこ》たちはすぐに出《で》かけました。二人《ふたり》が部屋《へや》を出《で》るときに、ハックは必死《ひっし》に叫《さけ》びました。

「頼《たの》むから、おれがあいつらのことを話《はな》したってのは誰《だれ》にも言《い》わないでください。お願《ねが》いです！」

「そこまで言《い》うならわかったよ、ハック。でもこれはおまえの手柄《てがら》だぞ」

「いえ、だめなんです！　知《し》られるとやばいんですよ！」

息子《むすこ》たちが出《で》ていくと、ジョーンズじいさんはたずねました。

「息子《むすこ》たちもわしも、君《きみ》の名前《なまえ》は伏《ふ》せておく。でも、どうして知《し》られるのが嫌《いや》なんだ？」

ハックは詳《くわ》しいことを言《い》おうとしませんでした。自分《じぶん》はあのならず者《もの》たちのうちの一人《ひとり》について秘密《ひみつ》を知《し》りすぎている。そのことがばれたら、殺《ころ》されてしまうと説明《せつめい》しただけでした。

ジョーンズじいさんは、もう一度《いちど》、秘密《ひみつ》にしておくからと約束《やくそく》してたずねました。

「じゃあ、なぜ奴《やつ》らのあとをつけたんだい？　何《なに》かあやしそうだったのかい？」

ハックは黙《だま》りこんで、ボロの出《で》ないような答《こた》えを一生懸命《いっしょうけんめい》考えました。

「ええと、おれは昔《むかし》からなんか運《うん》が悪《わる》くて。そのことを考《かんが》えると眠《ねむ》れなくなることもあるです。昨夜《さくや》もそうで。眠《ねむ》れねえから真夜中《まよなか》に通《とお》りに出《で》て、宿屋《やどや》のそばのレンガの建物《たてもの》に寄《よ》りかかって考《かんが》え事《ごと》をしてたら、おれのすぐわきをあいつらが通《とお》り抜《ぬ》けてったんですよ。

わきに何《なに》か抱《かか》えていたから、泥棒《どろぼう》だってピンときましたね。片方《かたほう》は葉巻《はまき》を吸《す》っていたし、もう片《かた》方《ほう》が火《ひ》を貸《か》せって言《い》って、目《め》の前《まえ》で葉巻《はまき》に火《ひ》をつけて。

それで顔《かお》が見《み》えたんです。白《しろ》いひげをはやして、眼帯《がんたい》をつけた背《せ》の高《たか》いほうの奴《やつ》が、口《くち》と耳《みみ》がきけねえスペイン人《じん》。もう片《かた》っ方《ぽう》がぼろぼろの格好《かっこう》をした奴《やつ》だったです」

「葉巻《はまき》の火《ひ》で服《ふく》まで見《み》えたのかね？」

ハックは一瞬《いっしゅん》、言葉《ことば》に詰《つ》まりました。

「さあ、よく覚《おぼ》えてねえけど、見《み》えたような気《き》がするんです」

「そしてあいつらが逃《に》げ、君《きみ》は――」

「そうです、追《お》っかけました。あいつら、こそこそしていましたから。それでダグラスさんのところまで追《お》っかけて暗《くら》いところに隠《かく》れてたら、スペイン人《じん》の奴《やつ》が顔《かお》をめちゃくちゃにしてやるって言《い》ってたんです。昨日《きのう》、おじさんたちに説明《せつめい》したみたいに――」

「なんだと！　耳《みみ》も口《くち》も不自由《ふじゆう》な人間《にんげん》が、そんなことを言《い》ったというのかね！」

ハックはまた、ひどいヘマをしてしまいました。

なんとかミスをとりつくろおうとしますが、ジョーンズじいさんにじっと見《み》つめられたハックは、その後《ご》もどんどんボロを出《だ》してしまいます。

「わしを怖《こわ》がる必要《ひつよう》はない。それどころか、わしは君《きみ》を守《まも》ってあげたいと思《おも》っているんだ。例《れい》のスペイン人《じん》とやらは、本当《ほんとう》は耳《みみ》が聞《き》こえなかったり、口《くち》がきけなかったりするわけじゃないんだね。君《きみ》は何《なに》か隠《かく》しているようだ。さあ、わしを信《しん》じて、本当《ほんとう》のことを言《い》ってみなさい」

ハックは相手《あいて》の誠実《せいじつ》そうな目《め》をしばらく見《み》つめてから、体《からだ》を乗《の》り出《だ》して耳元《みみもと》でささやきました。

「スペイン人《じん》じゃなくて……インジャン・ジョーなんです」

ジョーンズじいさんは、びっくりして椅子《いす》から転《ころ》げ落《お》ちそうになりました。

「これですっかりわかったぞ。耳《みみ》を切《き》るとか鼻《はな》を切《き》り裂《さ》くなんていう表現《ひょうげん》を聞《き》いたときは、君《きみ》の作《つく》り話《ばなし》かと思《おも》ったんだ。普通《ふつう》はそんな復讐《ふくしゅう》の仕方《しかた》はしないからな。だがインジャン・ジョーだったら！　そうなれば話《はなし》はまるっきり別《べつ》だ！」

やがて朝《あさ》ごはんが終《お》わると同時《どうじ》に、誰《だれ》かがドアをノックする音《おと》がしました。

ハックは驚《おどろ》いて隠《かく》れようとしました。昨夜《さくや》からの事件《じけん》に、ちょっとでも関《かか》わっていると思《おも》われたくないのです。

ジョーンズじいさんは、何人《なんにん》かの男《おとこ》の人《ひと》と女《おんな》の人《ひと》を招《まね》き入《い》れました。そのうちの一人《ひとり》はダグラスさんです。

ダグラスさんは自分《じぶん》を守《まも》ってもらったことに率直《そっちょく》にお礼《れい》を言《い》いましたが、ジョーンズじいさんは、こう言《い》って事情《じじょう》を説明《せつめい》しました。

「マダム、そのことについては何《なに》もおっしゃらないでください。わしや息子《むすこ》たちよりも、もっとあなたが恩返《おんがえ》しをすべき人《ひと》がおるのです。その人《ひと》は名前《なまえ》を知《し》られたくないと言《い》っているので、詳《くわ》しい話《はなし》はできません。ですが、わしらもその人《ひと》のおかげで、あなたの屋敷《やしき》に向《む》かったんです」

みんなは、この話《はなし》に飛《と》びつきましたが、ジョーンズじいさんは好《す》きなだけ騒《さわ》がせていました。あえて秘密《ひみつ》にしておくことで、うわさが伝《つた》わっていけばいいと思《おも》っていたのです。

ハックの名前《なまえ》以外《いがい》、事件《じけん》のすべてのことを知《し》ったダグラスさんは、こう言《い》いました。

「わたしはベッドで本《ほん》を読《よ》みながら眠《ねむ》ってしまって、騒《さわ》ぎの間《あいだ》もずっと寝《ね》ておりました。なぜ起《お》こしにきてくださらなかったの？」

「そこまでしなくても大丈夫《だいじょうぶ》だと思《おも》ったんです。奴《やつ》らはもう二度《にど》と現《あらわ》れないでしょう。逃《に》げていくときに、泥棒《どろぼう》の道具《どうぐ》も置《お》いていってしまいましたから。

それにあなたを起《お》こして、死《し》ぬほど恐《おそ》ろしい思《おも》いをさせてなんになります？　昨夜《さくや》は、うちで働《はたら》いている三人《さんにん》の人間《にんげん》に夜通《よどお》しお宅《たく》を守《まも》らせました。さっき帰《かえ》ってきたところです」

学校《がっこう》が夏休《なつやす》みの間《あいだ》は、日曜学校《にちようがっこう》もありません。

けれど、村《むら》の人《ひと》はみんな教会《きょうかい》に早《はや》くから集《あつ》まりました。事件《じけん》はすっかり知《し》れ渡《わた》っていましたし、二人《ふたり》の犯人《はんにん》は、まだつかまっていないという知《し》らせも伝《つた》わりました。

牧師《ぼくし》さんの説教《せっきょう》が終《お》わると、サッチャー判事《はんじ》の奥《おく》さんが、通路《つうろ》を歩《ある》いていたハーパー夫人《ふじん》にかけ寄《よ》って声《こえ》をかけました。

「うちのベッキーは、まだ寝《ね》ているのでしょうか？　疲《つか》れきっているに違《ちが》いないんでしょうけど」

「お宅《たく》のベッキーが？」

「そうです。うちの娘《むすめ》が昨日《きのう》、そちらに泊《と》まっていませんか？」

サッチャー夫人《ふじん》は驚《おどろ》いて聞《き》き返《かえ》します。

「いいえ、来《き》ていませんよ」

サッチャー夫人《ふじん》は青《あお》くなって、ベンチに座《すわ》り込《こ》んでしまいました。

そこへポリーおばさんが、友達《ともだち》と元気《げんき》よく話《はな》しながら通《とお》りかかります。

「おはようございます、サッチャーさん。おはようございます、ハーパーさん。

行方不明《ゆくえふめい》の男《おとこ》の子《こ》が一人《ひとり》いるんです。昨夜《さくや》、トムがどちらかのお宅《たく》に泊《と》まりませんでした？　叱《しか》られるのが怖《こわ》くて、教会《きょうかい》にも来《こ》ないんですよ。まったく、戻《もど》ってきたら絞《しぼ》り上《あ》げてやらなきゃ」

サッチャー夫人《ふじん》は弱々《よわよわ》しく首《くび》を振《ふ》り、ますます青《あお》くなりました。

「いいえ、うちには来《き》ていません」

ハーパー夫人《ふじん》も落《お》ち着《つ》かない様子《ようす》で答《こた》えました。二人《ふたり》の答《こた》えを聞《き》いたポリーおばさんの顔《かお》にも、はっきりと不安《ふあん》の色《いろ》が現《あらわ》れます。

「ねえジョー・ハーパー、今朝《けさ》うちのトムに会《あ》わなかった？」

「いいえ、見《み》ていません」

「最後《さいご》にトムに会《あ》ったのはいつ？」

ジョーは思《おも》い出《だ》そうとしましたが、はっきりわかりませんでした。

教会《きょうかい》から帰《かえ》りかけていた人《ひと》が立《た》ち止《ど》まります。ひそひそ話《ばなし》が伝《つた》わり、みんな重苦《おもくる》しい表情《ひょうじょう》になっていきました。

鍾乳洞《しょうにゅうどう》に一緒《いっしょ》に行《い》った子供《こども》たちや若《わか》い先生《せんせい》たちも、いろいろとたずねられました。でも帰《かえ》りの船《ふね》にトムとベッキーが乗《の》っていたかどうかは、一人《ひとり》も覚《おぼ》えていません。帰《かえ》る頃《ころ》にはもう暗《くら》くなっていましたし、誰《だれ》かが乗《の》っていないかもしれないなどと思《おも》わなかったのです。

そんな中《なか》、ある若《わか》い男性《だんせい》は「まだ二人《ふたり》は洞窟《どうくつ》にいるんじゃないか？」と、誰《だれ》もが感《かん》じていた不安《ふあん》をとうとう口《くち》に出《だ》してしまいました。サッチャー夫人《ふじん》は気絶《きぜつ》してしまい、ポリーおばさんも両手《りょうて》を固《かた》く組《く》みながら泣《な》きくずれました。

事件《じけん》は口《くち》から口《くち》へ、会合《かいごう》から会合《かいごう》へ、通《とお》りから通《とお》りへと広《ひろ》まりました。五分後《ごふんご》にはいくつもの鐘《かね》が打《う》ち鳴《な》らされ、村全体《むらぜんたい》が大騒《おおさわ》ぎになってしまいました。

カーディフの丘《おか》の事件《じけん》は、すぐにどうでもいいことになってしまい、インジャン・ジョーたちのことも忘《わす》れられてしまいました。そのかわりに馬《うま》に鞍《くら》がつけられ、小舟《こぶね》にこぎ手《て》が乗《の》りこみ、渡《わた》し船《ぶね》にはすぐに出発《しゅっぱつ》が命《めい》じられました。そして三十分後《さんじっぷんご》には二百人《にひゃくにん》の男《おとこ》たちが、大通《おおどお》りや川《かわ》を下《くだ》って洞窟《どうくつ》に向《む》かっていきました。

午後《ごご》の間中《あいだじゅう》、村《むら》はもぬけの殻《から》になり、死《し》んだように静《しず》まり返《かえ》っていました。大勢《おおぜい》の女性《じょせい》がポリーおばさんとサッチャー夫人《ふじん》をなぐさめに訪《おとず》れ、一緒《いっしょ》に涙《なみだ》を流《なが》しました。言葉《ことば》をかけるよりも、そのほうがなぐさめになったのです。

村全体《むらぜんたい》が夜通《よどお》し、じりじりしながら知《し》らせを待《ま》ちましたが、夜《よる》が明《あ》ける頃《ころ》やっと届《とど》いたメッセージは、「もっとロウソクと食料《しょくりょう》を送《おく》ってくれ」というものだけでした。

サッチャー夫人《ふじん》は頭《あたま》がどうかなりそうでした。ポリーおばさんも同《おな》じです。洞窟《どうくつ》に捜索《そうさく》に行《い》ったサッチャー判事《はんじ》は、希望《きぼう》のもてるようなメッセージを送《おく》ってよこしましたが、これも本当《ほんとう》のなぐさめにはなりませんでした。

ジョーンズじいさんも捜索《そうさく》に行《い》き、夜明《よあ》け頃《ごろ》、家《いえ》に戻《もど》ってきました。体中《からだじゅう》がロウソクの油《あぶら》や泥《どろ》まみれになっており、くたくたに疲《つか》れきっています。

ハックはベッドで寝《ね》ており、熱《ねつ》を出《だ》してうわごとを言《い》っていました。お医者《いしゃ》さんは全員《ぜんいん》、洞窟《どうくつ》に行《い》ってしまったので、ダグラスさんが看病《かんびょう》をすることになりました。

午前中《ごぜんちゅう》の早《はや》い時間《じかん》に、他《ほか》の男《おとこ》の人《ひと》たちも疲《つか》れきった様子《ようす》で徐々《じょじょ》に戻《もど》ってきましたが、村《むら》で一番体力《いちばんたいりょく》のある男《おとこ》の人《ひと》たちは、まだトムたちを探《さが》していました。

これまでに届《とど》いた報告《ほうこく》は、次《つぎ》のようなものでした。

洞窟《どうくつ》の奥深《おくぶか》く「わかっていない部分《ぶぶん》」まで捜索《そうさく》を行《おこな》ったこと、ありとあらゆるくぼみや細《ほそ》い裂《さ》け目《め》も、くまなく調《しら》べ上《あ》げる予定《よてい》になっていること、迷路《めいろ》のような通路《つうろ》のいたるところで誰《だれ》かの明《あ》かりが見《み》えるので、叫《さけ》んだりピストルを撃《う》ったりして合図《あいず》を送《おく》っても、暗《くら》い小洞窟《しょうどうくつ》の中《なか》で響《ひび》くだけ、といった内容《ないよう》です。

また、遊《あそ》びにきた人《ひと》が行《い》かないような奥《おく》のところでは、石《いし》の壁《かべ》に「ベッキーとトム」とロウソクのすすで書《か》かれていたことや、その近《ちか》くにリボンの切《き》れ端《はし》が落《お》ちていたこともわかりました。

サッチャー夫人《ふじん》は、そのリボンに見覚《みおぼ》えがあると言《い》って泣《な》きました。そして、これはあの子《こ》の形《かた》見《み》なんだわ、あの子《こ》に最後《さいご》の別《わか》れを告《つ》げたのがこのリボンなんですものと言《い》いました。

不安《ふあん》な三日間《みっかかん》がゆっくりと過《す》ぎていきました。村《むら》の人《ひと》たちは誰《だれ》もが希望《きぼう》を失《うしな》っていて、何《なに》かをしようという気《き》になれません。

この間《かん》にはインジャン・ジョーたちの隠《かく》れ家《が》、つまり例《れい》の宿屋《やどや》の主人《しゅじん》が、こっそりお酒《さけ》を隠《かく》していたことも明《あき》らかになりました。この宿屋《やどや》は、お酒《さけ》を売《う》ってはいけないことになっていたにもかかわらずです。本来《ほんらい》は大問題《だいもんだい》ですが、洞窟《どうくつ》の事件《じけん》のせいでほとんど話題《わだい》にもなりませんでした。

ジョーンズじいさんの家《いえ》で寝《ね》こんでしまったハックは、ときどき目《め》が覚《さ》めて正気《しょうき》に戻《もど》ると、おそるおそる宿屋《やどや》のことをたずねてみました。看病《かんびょう》をしてくれるダグラスさんに、あの宿屋《やどや》で何《なに》かが見《み》つかったかと質問《しつもん》したのです。

「ええ、見《み》つかりましたよ」

ダグラさんが答《こた》えると、ハックは目《め》を見開《みひら》いてベッドに起《お》き上《あ》がりました。

「何《なに》が？　何《なに》が見《み》つかったの？」

「お酒《さけ》よ！　あの宿屋《やどや》はなくなりました。いいから横《よこ》になりなさい。いったいどうしたっていうの？」

「一《ひと》つだけ教《おし》えて。一《ひと》つだけでいいから、それを見《み》つけたのはトム・ソーヤだったの？」

ダグラスさんは、急《きゅう》に泣《な》き出《だ》しました。

「静《しず》かに、静《しず》かにして。しゃべっちゃだめと言《い》ったでしょう。まだ具合《ぐあい》がとても悪《わる》いんだから」

(そうか、見《み》つかったのは酒《さけ》だけか。金貨《きんか》が見《み》つかったら大騒《おおさわ》ぎになるはずだもんな。あの金《かね》はどつかに行《い》っちまった！　もう絶対《ぜったい》に見《み》つからないんだ！

だけどダグラスさんはなんで泣《な》いてるんだろ？　泣《な》くなんて変《へん》だな)

ハックはぼうっとした頭《あたま》でなんとか考《かんが》えましたが、そのせいで疲《つか》れて、また眠《ねむ》ってしまいました。

そんなハックの姿《すがた》を見《み》つめながら、ダグラスさんは独《ひと》り言《ごと》を言《い》いました。

「かわいそうに、眠《ねむ》ってしまったわ。トム・ソーヤが見《み》つけたのかですって？　いいえ、誰《だれ》かにトム・ソーヤを見《み》つけてほしいのよ！

でも探《さが》し続《つづ》ける気力《きりょく》や体力《たいりょく》が残《のこ》っている人《ひと》は、もうあまりいなくなってきたの」

行《ゆく》方《え》不《ふ》明《めい》の二《ふた》人《り》

トムとベッキーに話《はな》を戻《もど》しましょう。

二人《ふたり》は友達《ともだち》と一緒《いっしょ》に、薄暗《うすぐら》い通路《つうろ》をうきうきしながら歩《ある》いていきました。

「客間《きゃくま》」や「聖堂《せいどう》」「アラジンのお城《しろ》」など、おおげさな名前《なまえ》がついた場所《ばしょ》を見《み》て回《まわ》ったあと、子供《こども》たちは隠《かく》れんぼを始《はじ》めました。

トムとベッキーも夢中《むちゅう》になって遊《あそ》びましたが、だんだん飽《あ》きてきて、今度《こんど》は曲《ま》がりくねった通路《つうろ》を進《すす》み、ロウソクを掲《かか》げて、岩《いわ》の壁《かべ》にロウソクのすすで書《か》かれた文字《もじ》を眺《なが》めました。名前《なまえ》、日付《ひづけ》、郵便番号《ゆうびんばんごう》、住所《じゅうしょ》や格言《かくげん》などがクモの巣《す》のように入《い》り乱《みだ》れて書《か》かれています。

トムとベッキーは、しゃべりながら歩《ある》き続《つづ》けました。周《まわ》りの壁《かべ》に、もう何《なに》も書《か》かれていないような奥《おく》まで来《き》たということには気《き》づかずにです。そこまで来《く》ると、二人《ふたり》は上《うえ》から張《は》り出《だ》した棚《たな》のような岩《いわ》にすすで名前《なまえ》を書《か》き、さらに奥《おく》へ歩《ある》いていきました。

やがて二人《ふたり》は、きらきら光《ひか》る石灰岩《せっかいがん》が、ナイアガラの滝《たき》のような形《かたち》になっているところに出《で》ました。トムはベッキーを喜《よろこ》ばせるために、滝《たき》の後《うし》ろに回《まわ》って裏側《うらがわ》からロウソクで照《て》らしてみせます。

すると滝《たき》のような形《かたち》をした岩《いわ》の裏側《うらがわ》に、急《きゅう》な階段《かいだん》のような穴《あな》があるのがわかりました。

トムは何《なに》かを発見《はっけん》したいという気持《きも》ちになりました。ベッキーもトムが呼《よ》ぶ声《こえ》にこたえて、戻《もど》るときのためにロウソクのすすで目印《めじるし》をつけながら、探検《たんけん》を始《はじ》めました。

二人《ふたり》はあちこちへと曲《ま》がり、誰《だれ》も知《し》らない深《ふか》い場所《ばしょ》まで進《すす》みました。

しばらく行《い》くと大《おお》きな空洞《くうどう》に出《で》ました。天井《てんじょう》からは大人《おとな》の足《あし》ほど太《ふと》くて長《なが》い、氷《こおり》のような鍾乳石《しょうにゅうせき》がいくつも垂《た》れ下《さ》がっています。

二人《ふたり》は驚《おどろ》きの声《こえ》を上《あ》げながら歩《ある》き回《まわ》り、空洞《くうどう》から伸《の》びている別《べつ》の通路《つうろ》に入《はい》っていきました。

歩《ある》いていくと、すぐに美《うつく》しい地下《ちか》の泉《いずみ》が見《み》えてきました。底《そこ》が水晶《すいしょう》のように輝《かがや》き、洞窟《どうくつ》の壁《かべ》は不《ふ》思議《しぎ》な形《かたち》をした石灰岩《せっかいがん》の柱《はしら》がいくつも立《た》っています。

しかし天井《てんじょう》には、何千匹《なんぜんひき》というコウモリが住《す》みついていました。明《あ》かりに反応《はんのう》したコウモリは何《なん》百羽《びゃくわ》という単位《たんい》で飛《と》び始《はじ》め、キーキー鳴《な》きながらロウソクをめがけてつっこんできます。

トムはコウモリの癖《くせ》を知《し》っていたので、ベッキーの手《て》をとると、最初《さいしょ》の横穴《よこあな》へ入《はい》りました。

コウモリはその後《あと》もかなりの距離《きょり》まで追《お》ってきましたが、二人《ふたり》は目《め》の前《まえ》に新《あたら》しい通路《つうろ》が現《あらわ》れるたびにそこに入《はい》り、なんとか逃《に》げきることができました。

それからすぐに、トムは細長《ほそなが》い形《かたち》をした地下《ちか》の湖《みずうみ》を発見《はっけん》しました。先《さき》のほうが暗闇《くらやみ》に包《つつ》まれていて、全長《ぜんちょう》がわからないほど大《おお》きな湖《みずうみ》です。

トムは湖《みずうみ》の淵《ふち》に沿《そ》って探検《たんけん》したくなりましたが、今《いま》は座《すわ》ってしばらく休《やす》んだほうがいいということになりました。静《しず》まり返《かえ》った場所《ばしょ》にじっとしていると、二人《ふたり》は初《はじ》めて怖《こわ》さを感《かん》じ始《はじ》めました。ベッキーが言《い》いました。

「今《いま》まで気《き》がつかなかったけど、他《ほか》の子供《こども》たちの声《こえ》をずっと聞《き》いていない気《き》がするわ」

「それはそうだよ、ベッキー。ぼくたちはみんなよりずっと深《ふか》いところまで降《お》りてきたんだ。どのくらい北《きた》か南《みなみ》、それとも東《ひがし》まで来《き》たのかわからないけど。ここじゃ声《こえ》は聞《き》こえないね」

「わたしたち、どのくらいここにいたのかしら、トム。戻《もど》ったほうがいいわ」

「そうだね、そうしたほうがいい。もう戻《もど》ろう」

「トム、帰《かえ》り道《みち》はわかる？　どこをどう来《き》たのか、わたしにはわからないわ」

「たぶんわかるさ。だけどコウモリにロウソクの火《ひ》を消《け》されたらやっかいだから、コウモリがいるところじゃなくて、他《ほか》の道《みち》から行《い》ってみよう」

「いいけど、迷子《まいご》にならないかしら。もし迷《まよ》ったら大変《たいへん》よ！」

二人《ふたり》はある通路《つうろ》を選《えら》んで、ずっと黙《だま》ったまま歩《ある》きました。道《みち》が分《わ》かれている場所《ばしょ》に来《く》るたびに、見覚《みおぼ》えがあるかどうかを眺《なが》めましたが、どれも見覚《みおぼ》えはありません。

トムはだんだん、行《い》き当《あ》たりばったりに曲《ま》がるようになり、必死《ひっし》に来《き》た道《みち》を探《さが》し始《はじ》めました。口《くち》ではまだ「大丈夫《だいじょうぶ》」と言《い》ってはいますが、「大丈夫《だいじょうぶ》だ」という言葉《ことば》は、まるで「もうだめだ！」と言《い》っているように聞《き》こえます。

怖《こわ》くなったベッキーは、トムにしがみつきました。泣《な》かないようにとがんばっていましたが、どうしても涙《なみだ》が出《で》てしまいます。

とうとうベッキーが言《い》いました。

「トム、コウモリがいてもいいから、さっき来《き》た道《みち》を戻《もど》りましょうよ！　このまま歩《ある》いていっても、どんどん迷子《まいご》になりそうだもん」

トムは大声《おおごえ》で二回《にかい》叫《さけ》んでみましたが、聞《き》こえてくるのはこだまだけです。

二人《ふたり》は歩《ある》いてきた道《みち》に戻《もど》り、早足《はやあし》で歩《ある》きました。

ところがトムは、しばらくすると迷《まよ》うようなそぶりを見《み》せます。どうやって戻《もど》ればいいのか、完《かん》全《ぜん》にわからなくなってしまったのです。

「ねえトム！　あなた目印《めじるし》をつけなかったのね！」

「ベッキー、ぼくは本当《ほんとう》にばかだった！　戻《もど》りたいと思《おも》うなんて、まるで考《かんが》えなかったんだよ！

もう帰《かえ》り道《みち》はわからない。完全《かんぜん》に迷《まよ》ったんだ」

「トム、ねえトム、わたしたち迷子《まいご》なのね！　迷子《まいご》になっちゃったのね！　もうこの恐《おそ》ろしい洞窟《どうくつ》から二度《にど》と出《で》られないわ。ああ、どうしてみんなから離《はな》れたりしたのかしら！」

ベッキーが座《すわ》り込《こ》んで猛烈《もうれつ》な勢《いきお》いで泣《な》き出《だ》したので、トムはあっけにとられました。ベッキーが死《し》んでしまうか、正気《しょうき》を失《うしな》ってしまうのではないかと思《おも》ったほどです。

そこでベッキーの隣《となり》に腰《こし》をおろして、相手《あいて》の体《からだ》を両腕《りょううで》で抱《だ》きしめてあげました。ベッキーは胸《むね》に顔《かお》をうずめて泣《な》きながら、自分《じぶん》がどんなに怖《こわ》いか、どんなに後悔《こうかい》しているかを打《う》ち明《あ》けました。

しかしその声《こえ》も、二人《ふたり》をあざ笑《わら》うようにこだまして聞《き》こえてしまいます。

二人《ふたり》はまた歩《ある》き出《だ》しました。ここという目的《もくてき》もなく、あてずっぽうに、とにかく歩《ある》き続《つづ》けます。

途中《とちゅう》でトムは、ベッキーが持《も》っていたロウソクを吹《ふ》き消《け》しました。トムはまだ新《あたら》しいロウソクを一本《いっぽん》、途中《とちゅう》で消《け》したロウソクを三《さん》、四個《よんこ》持《も》っているはずですが、できるだけロウソクを節約《せつやく》しなければならないところまで追《お》い詰《つ》められていたのです。

だんだん疲《つか》れが重《おも》くのしかかってきましたが、二人《ふたり》はあえて気《き》づかないふりをしました。

今《いま》は時間《じかん》との戦《たたか》いです。とにかくどの方向《ほうこう》にでも歩《ある》き続《つづ》けることが、生《い》きのびる可能性《かのうせい》につながるのです。座《すわ》ったりすれば死《し》が近《ちか》づいてきてしまいます。

しかしベッキーは、ついに一歩《いっぽ》も先《さき》に進《すす》めなくなってしまいました。

ベッキーが座《すわ》るとトムも一緒《いっしょ》に休憩《きゅうけい》し、家《いえ》のことや友達《ともだち》のこと、寝心地《ねごこち》のよいベッドや何《なに》より明《あか》るい外《そと》の光《ひかり》について話《はな》しました。

ベッキーの目《め》から涙《なみだ》がこぼれます。トムはなんとかしてなぐさめる方法《ほうほう》を考《かんが》えようとしましたが、どの言葉《ことば》もありきたりで、逆《ぎゃく》に皮肉《ひにく》のように聞《き》こえてしまいました。

疲《つか》れ果《は》てたベッキーは、やがて眠《ねむ》ってしまいました。

きっといい夢《ゆめ》を見《み》ているのでしょう。ひきつっていた顔《かお》が、だんだん穏《おだ》やかで自然《しぜん》な表情《ひょうじょう》になっていきます。

その穏《おだ》やかな表情《ひょうじょう》は、トムの気持《きも》ちまでなごませました。

トムが物思《ものおも》いにふけっていると、ベッキーが小《ちい》さく朗《ほが》らかな声《こえ》を立《た》てて笑《わら》い、目《め》を覚《さ》ましました。

しかし笑《わら》い声《ごえ》は、すぐに苦《くる》しそうな声《こえ》に変《か》わってしまいます。

「まあ、わたしったら寝《ね》てしまったのね！　もう、ずーっと目《め》が覚《さ》めなければよかったのに。だめだめ、そんなことないわ。トム！　そんな顔《かお》をしないで。もうこんなこと言《い》わないから」

「眠《ねむ》ってよかったよ。少《すこ》し疲《つか》れがとれただろうし。さあ、出口《でぐち》を探《さが》そうよ」

「探《さが》してみてもいいわ。でもわたし、夢《ゆめ》の中《なか》でとてもきれいな場所《ばしょ》にいたの。たぶんわたしたちがこれから召《め》される天国《てんごく》ね」

「死《し》ぬとはかぎらないよ。元気《げんき》を出《だ》して、ベッキー。さあ出口《でぐち》を探《さが》しにいこう」

立《た》ち上《あ》がった二人《ふたり》はまた洞窟《どうくつ》の中《なか》をさまようことになりました。手《て》に手《て》をとって、絶望《ぜつぼう》した気持《きも》ちを抱《だ》きながらです。

二人《ふたり》は洞窟《どうくつ》の中《なか》にどれだけいたのかを考《かんが》えてみました。もう何日《なんにち》も、何週間《なんしゅうかん》もたった気《き》がしますが、そんなはずはありません。まだロウソクが残《のこ》っているからです。

だいぶたってからトムは、水《みず》がしたたる音《おと》に注意《ちゅうい》しよう、わき水《みず》を見《み》つけなければならないから、と言《い》いました。

やがてわき水《みず》が見《み》つかったので、二人《ふたり》はそこで立《た》ち止《ど》まりました。ベッキーはもう少《すこ》し歩《ある》けると言《い》ったのですが、奇妙《きみょう》なことにトムが反対《はんたい》したのです。

トムは地面《じめん》に座《すわ》ると、粘土《ねんど》を集《あつ》めて目《め》の前《まえ》の壁《かべ》にロウソクを固定《こてい》しました。二人《ふたり》とも頭《あたま》の中《なか》でいろいろなことを考《かんが》えていましたが、しばらくは沈黙《ちんもく》が続《つづ》きました。沈黙《ちんもく》を破《やぶ》ったのはベッキーでした。

「トム、お腹《なか》がものすごくすいたわ！」

トムはポケットから何《なに》か取《と》り出《だ》しました。

「これ、覚《おぼ》えている？」

ベッキーの表情《ひょうじょう》が少《すこ》しほころびかけました。

「わたしたちのウエディングケーキね、トム」

「そう。樽《たる》ぐらい大《おお》きかったらいいんだけど、今《いま》はこれだけしかないんだ」

「大人《おとな》の人《ひと》たちがウエディングケーキを残《のこ》しておくみたいに、ピクニックのときにとっておいたのに……でも、これはわたしたちの……」

ベッキーはそこまで言《い》って口《くち》をつぐみました。トムはケーキを分《わ》けてあげて、ベッキーがむしゃむしゃと食《た》べる横《よこ》で、自分《じぶん》の分《ぶん》を少《すこ》しずつかじっていました。

冷《つめ》たい水《みず》だけはたっぷりあります。やがてベッキーは、もう一度《いちど》歩《ある》こうと提案《ていあん》しました。トムはしばらく黙《だま》ってから答《こた》えました。

「ベッキー、ぼくの言《い》うことに辛抱《しんぼう》できる？」

ベッキーは青《あお》ざめましたが、辛抱《しんぼう》できると思《おも》うわ、と答《こた》えました。

「じゃあ、それなら言《い》うけど、ぼくたちはここから動《うご》いちゃだめだよ。飲《の》み水《みず》があるところにいなきゃ。ロウソクはあの小《ちい》さいのが最後《さいご》なんだ」

ベッキーはこらえきれずに泣《な》き出《だ》しました。トムがなぐさめても、ほとんど効果《こうか》はありません。

ふとベッキーが、こんなことを言《い》いました。

「トム！　わたしたちがいないとわかったら、みんなが探《さが》すはずよ」

「そうだね、その通《とお》りだ！」

「もう今《いま》、探《さが》しているかもしれないわ。わたしたちがいないって、いつわかったと思《おも》う？」

「渡《わた》し船《ぶね》に戻《もど》ったときじゃないかな」

「でも、そのときはもう暗《くら》くなっていたはずだから、わたしたちがいないって気《き》づいたかしら？」

「わかんないな。でも、みんなが村《むら》に戻《もど》ったとき、君《きみ》のお母《かあ》さんは気《き》づいたはずだろ？」

ベッキーのおびえた表情《ひょうじょう》を見《み》ているうちに、トムはとんでもないことに気《き》がつきました。

ピクニックの晩《ばん》、ベッキーは家《いえ》に帰《かえ》らないことになっていたのです！　それは日曜日《にちようび》の午前中《ごぜんちゅう》は、誰《だれ》も探《さが》しに来《こ》ないということを意味《いみ》しました。サッチャー夫人《ふじん》は、ベッキーがハーパー家《け》に泊《と》まっていると思《おも》いこんでいるからです。

二人《ふたり》はふと、ロウソクに目《め》をやりました。小《ちい》さくなったロウソクは、無情《むじょう》にもゆっくり溶《と》けてなくなっていきます。とうとうロウソクの芯《しん》だけが一《いっ》センチほど残《のこ》り、かすかな炎《ほのお》が広《ひろ》がったと思《おも》うと細長《ほそなが》い煙《けむり》が立《た》ちのぼり、恐《おそ》ろしいほどの真《ま》っ暗闇《くらやみ》になりました。

それからどのくらい時間《じかん》がたったのかわかりませんが、気《き》がつくとベッキーはトムの腕《うで》の中《なか》で眠《ねむ》っていました。

洞窟《どうくつ》に閉《と》じこめられた二人《ふたり》は、再《ふたた》びお腹《なか》がすいたのを感《かん》じました。トムのケーキがまだ少《すこ》し残《のこ》っていたので、二人《ふたり》で分《わ》けて食《た》べましたが、食《た》べたあとはもっとお腹《なか》がすいたような気《き》がしました。

「しっ、今《いま》のが聞《き》こえた？」

しばらくたつと突然《とつぜん》、トムがこう言《い》いました。

二人《ふたり》は息《いき》を殺《ころ》して耳《みみ》を澄《す》ましました。かすかに、遠《とお》くから叫《さけ》び声《ごえ》のような音《おと》が聞《き》こえます。

トムはすぐに叫《さけ》び返《かえ》し、ベッキーの手《て》をとって声《こえ》のするほうに向《む》かって通路《つうろ》を手探《てさぐ》りで進《すす》んでいきました。耳《みみ》を澄《す》ますとまた音《おと》が聞《き》こえてきました。前《まえ》よりも少《すこ》し近《ちか》くなったようです。

「みんなだ！　みんなが来《き》たんだ！　さあベッキー、おいで。もう大丈夫《だいじょうぶ》だよ！」

二人《ふたり》は飛《と》び上《あ》がるほど喜《よろこ》びました。でも歩《ある》く速度《そくど》はゆっくりです。あちこちに穴《あな》があって、落《お》ちないように注意《ちゅうい》しなければならないからです。

やがて二人《ふたり》は大《おお》きな穴《あな》に出《で》くわしました。穴《あな》の深《ふか》さは一《いち》メートルかもしれないし、三十《さんじゅう》メートルかも知《し》れません。どちらにしても、このまままっすぐは進《すす》めません。

耳《みみ》を澄《す》ましていると、叫《さけ》び声《ごえ》は明《あき》らかに遠《とお》のいていくではありませんか！　そしてしばらくすると、まったく聞《き》こえなくなってしまいました。

二人《ふたり》はがっかりしながら、手探《てさぐ》りでわき水《みず》のところへ戻《もど》りました。また眠《ねむ》ってしまいましたが、さらにお腹《なか》がすいたのを感《かん》じて目《め》が覚《さ》めました。

今日《きょう》はもう火曜日《かようび》だろう。そんなことをトムが考《かんが》えていると、あることを思《おも》いつきました。

二人《ふたり》のそばには、いくつかわき道《みち》のような通路《つうろ》があります。じっと座《すわ》って待《ま》っているよりは、帰《かえ》り道《みち》を探《さぐ》ってみたほうがいいはずです。

トムはポケットから凧糸《たこいと》を取《と》り出《だ》し、岩《いわ》の突起《とっき》に結《むす》び付《つ》けると、ベッキーと一緒《いっしょ》に歩《ある》き出《だ》しました。トムが先頭《せんとう》になって手探《てさぐ》りで進《すす》みながら、凧糸《たこいと》を少《すこ》しずつゆるめていきます。

二十歩《にじっぽ》進《すす》むと通路《つうろ》の先《さき》は崖《がけ》になっていました。

トムはひざをついて、崖《がけ》の角《かど》の向《む》こう側《がわ》に両手《りょうて》をできるかぎり伸《の》ばしてみました。そしてもうちょっと右《みぎ》へ手《て》を伸《の》ばそうと思《おも》った瞬間《しゅんかん》、予想《よそう》もしていなかったことが起《お》きました。二十《にじゅう》メートルも離《はな》れていない場所《ばしょ》で、ロウソクを持《も》った人間《にんげん》の手《て》が岩《いわ》の陰《かげ》から現《あらわ》れたのです！

トムが大喜《おおよろこ》びで叫《さけ》ぶと、すぐにロウソクを持《も》った人間《にんげん》の体《からだ》が見《み》えてきました。ところがそれは、なんとインジャン・ジョーだったのです！

トムはその場《ば》に立《た》ちすくんで動《うご》けなくなってしまいましたが、次《つぎ》の瞬間《しゅんかん》、相手《あいて》は方向《ほうこう》を変《か》えてどこかに姿《すがた》を消《け》してしまいました。

トムは、インジャン・ジョーが声《こえ》に気《き》づき、自分《じぶん》を殺《ころ》しにこなかったのを不思議《ふしぎ》に思《おも》いました。きっと声《こえ》が響《ひび》いたせいで、違《ちが》う人《ひと》のように聞《き》こえたのに違《ちが》いありません。

トムは心《こころ》からほっとしましたが、体《からだ》の力《ちから》が入《はい》らなくなってしまいました。そして心《こころ》の中《なか》で、わき水《みず》のところに戻《もど》る体力《たいりょく》があったとしてもここにいよう、インジャン・ジョーにまた出《で》くわすよりはましだと思《おも》いました。

でも結局《けっきょく》、インジャン・ジョーを怖《こわ》がる気持《きも》ちよりも、のどの渇《かわ》きと惨《みじ》めさのほうが上回《うわまわ》ってしまいます。二人《ふたり》はわき水《みず》のところに戻《もど》ってさらに長《なが》い間待《あいだま》ち続《つづ》け、さらに長《なが》い時間《じかん》、眠《ねむ》りました。そしてこれまでにないほど、お腹《なか》がぺこぺこになって目《め》を覚《さ》ましたのです。

今日《きょう》は水曜日《すいようび》か木曜日《もくようび》、へたをすると金曜日《きんようび》か土曜日《どようび》になっているかもしれません。もう村《むら》の人《ひと》たちは、自分《じぶん》たちを探《さが》すのをあきらめてしまった可能性《かのうせい》もあります。トムはこう思《おも》っていたので、別《べつ》の通路《つうろ》を探《さぐ》ってみようと言《い》い出《だ》しました。インジャン・ジョーに出《で》くわしたり、他《ほか》にも危険《きけん》なことがあったとしても、かまわないと考《かんが》えたのです。

けれどベッキーはかなり弱《よわ》っていました。もう希望《きぼう》も失《うしな》って無気力《むきりょく》になってしまい、立《た》ち上《あ》がることもできません。ベッキーはこんなことを言《い》いました。

「わたしはこの場所《ばしょ》で待《ま》っているわ、そして死《し》ぬんだわ……もうすぐね。もし行《い》きたければ凧糸《たこいと》を使《つか》いながら行《い》って。でも、ちょくちょく戻《もど》ってきてわたしに話《はな》しかけてね。それからわたしが死《し》ぬときは、そばにいて手《て》を握《にぎ》っていると約束《やくそく》して」

トムはベッキーにキスをしました。ぐっと涙《なみだ》がこみ上《あ》げてくるのを我慢《がまん》して、村《むら》の人《ひと》たちを見《み》つけるか、洞窟《どうくつ》から出《で》る道《みち》を見《み》つけてくるよと、空元気《からげんき》を出《だ》して言《い》いました。

トムはもう我慢《がまん》できないほどおなかがすいていました。自分《じぶん》たちはもう助《たす》からないかもしれないという不安《ふあん》も心《こころ》をよぎります。そんな中《なか》で勇気《ゆうき》をふりしぼり、よつんばいになって手探《てさぐ》りで進《すす》みはじめたのです。

トム、再《ふたた》びヒーローになる

火曜日《かようび》の午後《ごご》もたそがれを迎《むか》えました。

セントピーターズバーグ村《むら》は、まるでお葬式《そうしき》のように深《ふか》い悲《かな》しみに沈《しず》んだままです。行方不明《ゆくえふめい》の二人《ふたり》は見《み》つかっていません。村《むら》の教会《きょうかい》では二人《ふたり》のために礼拝《れいはい》が行《おこな》われ、個々《ここ》の家々《いえいえ》でも心《こころ》を込《こ》めたお祈《いの》りが捧《ささ》げられました。

しかし、洞窟《どうくつ》からよい知《し》らせはまだ届《とど》きません。捜索《そうさく》に行《い》った多《おお》くの人間《にんげん》は、もう見《み》つかるはずがないとあきらめて、すでに自分《じぶん》の仕事《しごと》に戻《もど》っていました。

ベッキーのお母《かあ》さんであるサッチャー夫人《ふじん》は、すっかり具合《ぐあい》が悪《わる》くなってしまい、ほとんどの時間《じかん》ずっとうわごとを言《い》うようになりました。村《むら》の人《ひと》たちは、サッチャー夫人《ふじん》が娘《むすめ》の名前《なまえ》を呼《よ》び、それから返事《へんじ》を待《ま》つようにしばらく頭《あたま》を起《お》こし、また泣《な》きながらベッドに倒《たお》れこむ様子《ようす》を見《み》ていると、胸《むね》がつぶれるようだと言《い》いました。

ポリーおばさんもふさぎこんでいました。白髪交《しらがま》じりだった頭《あたま》は、すっかり白《しろ》くなってしまいました。村《むら》は悲《かな》しみと絶望的《ぜつぼうてき》な気持《きも》ちに包《つつ》まれながら、火曜日《かようび》の夜《よる》を迎《むか》えていました。

ところが夜《よる》も更《ふ》けた頃《ころ》、村中《むらじゅう》の鐘《かね》がものすごい勢《いきお》いで鳴《な》り出《だ》します。間《ま》もなく、村《むら》の通《とお》りは寝間《ねま》着《き》のまままきちんと着替《きが》えずに、興奮《こうふん》しながら叫《さけ》ぶ人《ひと》たちでいっぱいになりました。

「起《お》きろ！　起《お》きろ！　二人《ふたり》が見《み》つかった！　見《み》つかったぞ！」

叫《さけ》び声《ごえ》に鍋《なべ》をたたく音《おと》やラッパの音《ね》も加《くわ》わります。村《むら》の人《ひと》たちは川《かわ》のほうへ移動《いどう》し、台車《だいしゃ》に乗《の》って運《はこ》ばれてくるトムとベッキーを迎《むか》えました。

誰《だれ》もが二人《ふたり》の周《まわ》りに集《あつ》まり、「万歳《ばんざい》！　万歳《ばんざい》！」と叫《さけ》びながら通《とお》りを練《ね》り歩《ある》いていきます。

村中《むらじゅう》の家《いえ》には明《あ》かりが灯《とも》され、誰《だれ》ももう一度《いちど》眠《ねむ》ろうとはしませんでした。夜中《よなか》にこんなに村中《むらじゅう》が大騒《おおさわ》ぎになったことは、今《いま》までありません。

最初《さいしょ》の三十分間《さんじっぷんかん》、村《むら》の人《ひと》たちはサッチャー判事《はんじ》の家《いえ》に押《お》しかけ、トムやベッキーと抱《だ》きあったりキスをしたりしました。また誰《だれ》もがサッチャー夫人《ふじん》の手《て》を握《にぎ》り、何《なに》か言《い》おうとしましたが言葉《ことば》にならず、そのかわりにあふれるように涙《なみだ》を流《なが》しました。

ポリーおばさんもすっかり安心《あんしん》しましたし、サッチャー夫人《ふじん》もようやく胸《むね》をなでおろしました。洞窟《どうくつ》にいるだんなさんが戻《もど》ってくれば、すべては万々歳《ばんばんざい》です。

トムはソファの上《うえ》に横《よこ》たわりながら、話《はなし》をせがむ村《むら》の人《ひと》に囲《かこ》まれていました。そこで自分《じぶん》が体験《たいけん》した大冒険《だいぼうけん》のことを話《はな》して聞《き》かせました。話《はなし》を盛《も》り上《あ》げるために、多《おお》くの尾《お》ひれをつけながらです。

そして最後《さいご》に、トムがベッキーを残《のこ》して探検《たんけん》に出《で》たときの様子《ようす》を説明《せつめい》しました。

まず凧糸《たこいと》が届《とど》くかぎり、二《ふた》つの通路《つうろ》をたどっていったこと。しかし三《みっ》つ目《め》の通路《つうろ》を行《い》くときには、凧糸《たこいと》をそれ以上《いじょう》伸《の》ばせなくなっていたために引《ひ》き返《かえ》そうとしたこと。

その瞬間《しゅんかん》、遠《とお》くのほうに日《ひ》の光《ひかり》の点《てん》のようなものが見《み》えたこと。そこで凧糸《たこいと》を手元《てもと》から離《はな》して光《ひかり》の方向《ほうこう》に手探《てさぐ》りで進《すす》み、小《ちい》さな穴《あな》に頭《あたま》と肩《かた》をつっこんだことなどです。

もしこれが夜《よる》だったなら、トムには日《ひ》の光《ひかり》の点《てん》も見《み》えず、外《そと》に続《つづ》くはずの道《みち》へもそれ以上進《いじょうすす》んでいかなかったでしょう。

トムが頭《あたま》を出《だ》した場所《ばしょ》は、ミシシッピ川《がわ》の川岸《かわぎし》だったのです！

トムはベッキーのところに戻《もど》り、小《ちい》さな穴《あな》から脱出《だっしゅつ》させると、小舟《こぶね》に乗《の》った人《ひと》たちに助《たす》けを求《もと》めました。最初《さいしょ》、その人《ひと》たちは話《はなし》を信《しん》じようとせず、「この場所《ばしょ》は洞窟《どうくつ》の入《い》り口《ぐち》のある谷間《たにま》から、九《きゅう》キロ近《ちか》くも離《はな》れているんだよ」と言《い》いました。

トムたちはその人《ひと》たちの船《ふね》に乗《の》り、家《いえ》で食事《しょくじ》をさせてもらってから二《に》、三時間休《さんじかんやす》み、ようやく自《じ》分《ぶん》の家《いえ》に送《おく》り届《とど》けてもらったのです。

丸三日間《まるみっかかん》、洞窟《どうくつ》を空腹《くうふく》で歩《ある》き続《つづ》けた疲《つか》れは、そう簡単《かんたん》に取《と》れるものではありません。トムとベッキーは、そのことにすぐに気《き》づきました。二人《ふたり》とも水曜日《すいようび》と木曜日《もくようび》は寝《ね》たまま過《す》ごしましたが、休《やす》めば休《やす》むほど疲《つか》れが増《ま》してきて、体《からだ》が弱《よわ》っていくように思《おも》えました。

それでも木曜日《もくようび》になると、トムは少《すこ》しベッドから起《お》きて動《うご》けるようになり、金曜日《きんようび》には村《むら》のにぎやかなところまで出《で》かけられるようになりました。土曜日《どようび》になると、ほぼいつものように元気《げんき》な姿《すがた》に戻《もど》っていました。

一方《いっぽう》、ベッキーは日曜日《にちようび》まで部屋《へや》を出《で》ることができず、そのあとも、まるでひどい病気《びょうき》にかかったようにやつれた顔《かお》をしていました。

トムはハックの具合《ぐあい》が悪《わる》いことも知《し》っていたので、金曜日《きんようび》に会《あ》いにいきましたが、寝室《しんしつ》に入《い》れてもらえません。土曜日《どようび》も日曜日《にちようび》もだめでした。やがて毎日会《まいにちあ》えるようになったものの、冒険《ぼうけん》のことを教《おし》えたり、興奮《こうふん》させたりするような話《はなし》はしないでとくぎをさされました。

トムは家《いえ》で、カーディフの丘《おか》で起《お》きた事件《じけん》のことを聞《き》かされていました。ボロを着《き》た男《おとこ》、インジャン・ジョーと組《く》んでいた犯人《はんにん》の死体《したい》が、川《かわ》の船着《ふなつ》き場《ば》の近《ちか》くで見《み》つかったことや、おそらく逃《に》げようとしておぼれたのだろうと見《み》られていることも知《し》りました。

洞窟《どうくつ》から助《たす》け出《だ》されて二週間《にしゅうかん》ほどたった頃《ころ》、トムはハックに会《あ》うために出《で》かけました。ハックはもうずいぶん元気《げんき》になっていたので、興奮《こうふん》するような話《はなし》をしてもいいことになりました。

サッチャー判事《はんじ》の家《いえ》は、ハックのいるダグラスさんの家《いえ》に行《い》く途中《とちゅう》にあったので、トムはベッキーに会《あ》いに立《た》ち寄《よ》りました。判事《はんじ》さんやその友達《ともだち》がトムに話《はなし》をせがみましたが、そのうちに誰《だれ》かが「もう一度《いちど》、洞窟《どうくつ》に行《い》ってみたくはないかね？」と皮肉《ひにく》っぽくたずねました。

トムが「行《い》ってみたい気《き》はしますね」と答《こた》えると、判事《はんじ》さんはこう言《い》いました。

「まあ、君《きみ》のような人間《にんげん》は他《ほか》にもいるだろうね、トム。それは間違《まちが》いない。だから、わたしたちはちゃんと手《て》を打《う》ったんだ。もうあの洞窟《どうくつ》では誰《だれ》も迷子《まいご》にならないよ」

「どうしてですか？」

「二週間前《にしゅうかんまえ》に、洞窟《どうくつ》の入《い》り口《ぐち》にある大《おお》きな扉《とびら》を鉄板《てっぱん》でふさいだからさ。それに三重《さんじゅう》に鍵《かぎ》もかけたんだ。鍵《かぎ》はわたしが持《も》っている」

トムの顔《かお》はシーツのように青白《あおじろ》くなりました。

「どうしたんだ、おい！　誰《だれ》か急《いそ》いで！　コップに水《みず》を一杯《いっぱい》持《も》ってきてくれ！」

水《みず》が運《はこ》ばれ、トムの顔面《がんめん》にかけられました。

「ああよかった、もう大丈夫《だいじょうぶ》だね。いったいどうしたというんだい、トム？」

「判事《はんじ》さん、洞窟《どうくつ》の中《なか》にインジャン・ジョーがいるんです！」

とうとう見《み》つけた！

数分後《すうふんご》には、この驚《おどろ》くべきニュースが広《ひろ》まり、十人《じゅうにん》の男《おとこ》たちが小舟《こぶね》に乗《の》って洞窟《どうくつ》へ向《む》かっていました。

渡《わた》し船《ぶね》も、満員《まんいん》の乗客《じょうきゃく》を乗《の》せてあとを追《お》います。トム・ソーヤはサッチャー判事《はんじ》と同《おな》じボートに乗《の》りこみました。

洞窟《どうくつ》の扉《とびら》が開《あ》けられると、薄明《うすあ》かりの中《なか》から悲惨《ひさん》な光景《こうけい》が浮《う》かび上《あ》がりました。インジャン・ジョーが手足《てあし》をのばして、地《じ》べたに転《ころ》がったまま死《し》んでいたのです。顔《かお》は入《い》り口《ぐち》の扉《とびら》のすき間《ま》に近《ちか》づけられていて、最後《さいご》の瞬間《しゅんかん》まで、明《あか》るい光《ひかり》と自由《じゆう》にあふれた外《そと》の世界《せかい》を眺《なが》めていたようでした。

インジャン・ジョーは、ナイフで出口《でぐち》をこじ開《あ》けようとしたり、ロウソクやコウモリを食《た》べたりしたらしいこともわかりました。さらには洞窟《どうくつ》の天井《てんじょう》からごくわずかに落《お》ちてくる水滴《すいてき》を集《あつ》めて飲《の》もうと、必死《ひっし》になっていたようです。

トムは心《こころ》が痛《いた》みました。インジャン・ジョーがどんなにつらい思《おも》いをしたのかを、自《みずか》らの経験《けいけん》を通《とお》して知《し》っていたからです。

でも、これでもう安全《あんぜん》だとわかって、心《こころ》の底《そこ》からほっとしました。自分《じぶん》ではよくわからなかったものの、裁判《さいばん》で証言《しょうげん》して以来《いらい》、どんなに不安《ふあん》を感《かん》じていたのかにあらためて気《き》がついたのです。

お葬式《そうしき》が行《おこな》われた次《つぎ》の日《ひ》の朝《あさ》、トムは大事《だいじ》な話《はなし》をするために、ハックを誰《だれ》もいない場所《ばしょ》に誘《さそ》いました。ハックはすでにトムの冒険《ぼうけん》の話《はなし》を、ジョーンズじいさんやダグラスさんから聞《き》いていました。

しかし、もう一《ひと》つの秘密《ひみつ》があったのです。

ハックは悲《かな》しそうな顔《かお》をしました。

「わかっているよ。例《れい》の宿屋《やどや》の二番目《にばんめ》の部屋《へや》に入《はい》ったけど、ウイスキーしか見《み》つからなかったって話《はなし》だろう？　トム、おれはいつも予感《よかん》がしていたんだよ。あの金《かね》は手《て》に入《はい》らねえって」

「ハック、違《ちが》うよ。いいかい、おれが土曜日《どようび》にピクニックに行《い》った日《ひ》には、宿屋《やどや》ではまだ何《なに》も起《お》きてなかった。そもそもあの晩《ばん》は、ハックが見張《みは》りをすることになってたじゃないか」

「ああ、そうだった。でも、もう一年前《いちねんまえ》のことみたいな気《き》がするな。あの晩《ばん》、おれはインジャン・ジョーをダグラスさんの家《いえ》までつけてったんだ」

「あとをつけてった？」

「そうだ。でも誰《だれ》にも言《い》うなよ。インジャン・ジョーの仲間《なかま》が、きっとまだその辺《へん》にいるだろうからな。ひどい仕打《しう》ちをされるのはごめんだ」

ハックはトムだけに冒険談《ぼうけんだん》をすべて打《う》ち明《あ》けました。トムもまた、ジョーンズじいさんから聞《き》いたことしか知《し》らなかったのです。

「とにかく」

ハックは話《はなし》を本題《ほんだい》に戻《もど》して言《い》いました。

「二番《にばん》の部屋《へや》でウイスキーを盗《ぬす》んだ奴《やつ》が、金貨《きんか》も持《も》っていったんだと思《おも》う。どっちにしても、もう手《て》は届《とど》かねえよ、トム」

「ハック、金貨《きんか》はもともとあの部屋《へや》にはなかったんだ！」

「なんだって？　じゃあトム、ありかを知《し》っているのか？」

ハックは仲間《なかま》の顔《かお》を鋭《するど》い目《め》つきで見《み》つめました。

「ああ、あの洞窟《どうくつ》の中《なか》だよ」

ハックの目《め》がきらりと光《ひか》りました。

「もう一度《いちど》言《い》ってくれ、トム」

「金《かね》は洞窟《どうくつ》の中《なか》にあるんだ！」

「トム、まじめな話《はなし》……そりゃあ冗談《じょうだん》か？　それとも本気《ほんき》か？」

「本気《ほんき》だよ、ハック。今《いま》までの人生《じんせい》の中《なか》で一番本気《いちばんほんき》だよ。一緒《いっしょ》に行《い》って、持《も》ち出《だ》すのを手伝《てつだ》ってくれないか？」

「もちろんさ！　きちんと目印《めじるし》をつけて、金《かね》のあるところまで迷子《まいご》にならずに行《い》けるならな！」

「ハック、できるよ。まったくなんの心配《しんぱい》もいらないんだ」

「それはいいけど、なんでそこに金貨《きんか》があるって思《おも》うんだ？」

「ハック、その話《はなし》は洞窟《どうくつ》に着《つ》いたらするよ。もし見《み》つからなかったら、おれの太鼓《たいこ》とか、持《も》っているものを全部《ぜんぶ》あげてもいい。約束《やくそく》するよ」

「よし、わかった。いつ行《い》く？」

「今《いま》すぐでもいいよ。もう体《からだ》は元気《げんき》になった？」

「洞窟《どうくつ》の奥《おく》にあるのかい？　病気《びょうき》が治《なお》ってからこの三《さん》、四日《よっか》は少《すこ》しずつ歩《ある》いているけど、一《いち》キロ以《い》上《じょう》は歩《ある》けそうにねえな。それがめいっぱいだろうな」

「普通《ふつう》の行《い》き方《かた》だと八《はち》キロぐらいの距離《きょり》だけど、秘密《ひみつ》のすごい近道《ちかみち》を知《し》っているんだ。だから、ハックを小舟《こぶね》にのせて、すぐ前《まえ》まで行《い》くよ。小舟《こぶね》でそこまで流《なが》れにまかせていって、帰《かえ》りはおれが一人《ひとり》でこいでやるよ。ハックはまったくなんにもしなくていいからさ」

正午《しょうご》を少《すこ》し回《まわ》った頃《ころ》、二人《ふたり》は小舟《こぶね》を勝手《かって》に借《か》りてすぐに出発《しゅっぱつ》しました。

洞窟《どうくつ》のあるところから何《なん》キロか下流《かりゅう》まで来《く》ると、トムが説明《せつめい》を始《はじ》めます。

「ほら、洞窟《どうくつ》のところからは、ずっと同《おな》じような崖《がけ》が続《つづ》いているだろう？　しかも周《まわ》りには目印《めじるし》になるような家《いえ》も森《もり》も、やぶなんかもない。

でもあそこ、地《じ》すべりのあとで白《しろ》くなっているところ、見《み》える？　あれが目印《めじるし》の一《ひと》つなんだ。さあ、ここで船《ふね》を岸《きし》につけよう」

二人《ふたり》は岸《きし》に上《あ》がりました。

「ねえハック、今《いま》、ぼくたちが立《た》っている場所《ばしょ》からでも、洞窟《どうくつ》からはい出《だ》してきた穴《あな》に釣《つ》り竿《ざお》で触《さわ》れるんだ。どこだかわかる？」

ハックは見《み》つけられません。トムは得意《とくい》そうに、うるしのやぶの中《なか》を進《すす》んでいきました。

「見《み》て、ここだよ！　ハック、ここは最高《さいこう》の洞窟《どうくつ》だよ。他《ほか》の人《ひと》には秘密《ひみつ》だぜ。

おれはずっと盗賊《とうぞく》になりたかったけど、それには、こういう場所《ばしょ》が必要《ひつよう》だと思《おも》っていたんだ。

ただジョー・ハーパーと、ベン・ロジャースだけは仲間《なかま》に入《い》れてやろう。もちろん盗賊《とうぞく》の一味《いちみ》としてね。そうしないと格好《かっこう》つかないから。トム・ソーヤ一味《いちみ》、この呼《よ》び方《かた》なんてかっこいいと思《おも》わないか、ハック？」

「そうだなあ。でもトム、誰《だれ》から物《もの》を盗《ぬす》むんだ？」

「誰《だれ》でもさ。人《ひと》を待《ま》ち伏《ぶ》せするんだ、それがよくあるパターンだね」

「そして殺《ころ》すのか？」

「そうとはかぎらない。洞窟《どうくつ》に閉《と》じこめて、身代金《みのしろきん》を要求《ようきゅう》したりするんだ」

「身代金《みのしろきん》て？」

「お金《かね》だよ。できるだけ集《あつ》めさせるんだ、友達《ともだち》とかからね。で、一年《いちねん》くらいたっても身代金《みのしろきん》が払《はら》われなかったら殺《ころ》す。それが普通《ふつう》なんだ。

でも女《おんな》の人《ひと》は殺《ころ》さないぜ。時計《とけい》とかはとるけど、話《はな》しかけるときは帽子《ぼうし》を脱《ぬ》いで礼儀正《れいぎただ》しくするんだ。盗賊《とうぞく》ほど礼儀正《れいぎただ》しい奴《やつ》はいないって、どの本《ほん》にも書《か》いてあるよ。

それで女《おんな》の人《ひと》たちはすぐに盗賊《とうぞく》が好《す》きになって、追《お》い出《だ》してもすぐ引《ひ》き返《かえ》して戻《もど》ってくるようになるんだって。これも本《ほん》に書《か》いてあった」

「そいつはすげえな、トム、海賊《かいぞく》になるよりずっといい」

「うん、そうさ。それにこの場所《ばしょ》だったら家《いえ》とかサーカスからも近《ちか》いし」

洞窟《どうくつ》に入《はい》る準備《じゅんび》ができました。

トムが先頭《せんとう》に立《た》って入《はい》ります。二人《ふたり》は地下《ちか》の通路《つうろ》の一番奥《いちばんおく》まで苦労《くろう》しながら進《すす》むと、今度《こんど》はつないだ凧糸《たこいと》をきつくしばり、さらに前《まえ》に進《すす》みました。

数歩行《すうほい》くと、例《れい》のわき水《みず》のところへ出《で》ました。嫌《いや》な思《おも》い出《で》があるトムは、全身《ぜんしん》が震《ふる》えるのを感《かん》じました。トムはハックにロウソクの芯《しん》のかけらを見《み》せて、ベッキーと一緒《いっしょ》にロウソクの火《ひ》が燃《も》えつきてしまうのを、どんなふうに見《み》つめたのかを教《おし》えました。

二人《ふたり》はだんだん声《こえ》をひそめて話《はな》すようになりました。

あたりは静《しず》かで真《ま》っ暗《くら》なので、気持《きも》ちがめいってきたのです。

それでも二人《ふたり》は歩《ある》き続《つづ》け、トムが見《み》つけた「もう一《ひと》つの通路《つうろ》」に入《はい》り、「崖《がけ》」までやってきました。ロウソクで照《て》らしてみると、実際《じっさい》には崖《がけ》というほどの高《たか》さはなく、五《ご》、六《ろく》メートルから十《じゅう》メートルくらいの急《きゅう》な丘《おか》だったことがわかりました。

「さあ、おもしろいものを見《み》せてやるよ、ハック」

トムがロウソクを高《たか》く掲《かか》げます。

「そこの角《かど》のところから、できるだけ遠《とお》くを見《み》てごらん。わかった？　あそこ、大《おお》きな岩《いわ》の上《うえ》にすで書《か》かれたやつ」

「トム、十字架《じゅうじか》じゃねえか！」

「ほら、インジャン・ジョーたちは、宝物《たからもの》を置《お》いてある二番目《にばんめ》の隠《かく》れ家《が》はどこにあるって言《い》ってた？

十字架《じゅうじか》の下《した》って言《い》ってたはずだよ、だろ？　おれはあそこからインジャン・ジョーがロウソクを突《つ》き出《だ》すのを見《み》たんだよ、ハック！」

まずトムが先《さき》に行《い》き、粘土《ねんど》でできた急《きゅう》な坂《さか》に足跡《あしあと》をつけながら降《お》りていきます。大《おお》きな岩《いわ》のふもとには小《ちい》さな洞窟《どうくつ》があり、そこから四《よっ》つのわき道《みち》がのびていました。

三《みっ》つのわき道《みち》を探《さが》しても何《なに》も出《で》てきませんでしたが、岩《いわ》の土台《どだい》に一番近《いちばんちか》いところにある四本目《よんほんめ》の道《みち》を行《い》くと、奥《おく》まったところに部屋《へや》のような場所《ばしょ》がありました。

そこには寝床代《ねどこが》わりに毛布《もうふ》が広《ひろ》げられていて、古《ふる》いサスペンダーやベーコンの皮《かわ》、鶏《にわとり》二《に》、三羽分《さんわぶん》のしゃぶりつくした骨《ほね》が散《ち》らばっています。

しかし金貨《きんか》の箱《はこ》は見当《みあ》たりません。トムはがっかりしました。

「あいつは十字架《じゅうじか》の下《した》って言《い》ったんだ。ここが十字架《じゅうじか》の下《した》に一番近《いちばんちか》いんだけどな。岩《いわ》そのものの下《した》にはないはずなんだ。岩《いわ》は地面《じめん》の上《うえ》にしっかり乗《の》っかっているから」

もう一度《いちど》、その場所《ばしょ》をすみからすみまで探《さが》した二人《ふたり》は、しょんぼりして座《すわ》りこみました。

ハックにはなんのアイディアも浮《う》かびません。でもトムは再《ふたた》びこんなことを言《い》ってきました。

「ねえハック。岩《いわ》のこっち側《がわ》には足跡《あしあと》やロウソクの油《あぶら》が粘土《ねんど》についているのに、反対側《はんたいがわ》には何《なに》もないんだ。どうしてだろう？

きっと金貨《きんか》は、本当《ほんとう》に岩《いわ》の下《した》に埋《う》めてあるんだよ。粘土《ねんど》を掘《ほ》ってみる」

トムはすぐにナイフを取《と》り出《だ》して掘《ほ》りはじめました。すると十《じっ》センチも掘《ほ》らないうちに、ナイフが木《き》にぶつかりました。

「ねえハック！　今《いま》の音《おと》が聞《き》こえた？」

ハックも地面《じめん》を掘《ほ》ったり、ひっかいたりしてみます。

すると何枚《なんまい》かの木《き》の板《いた》がすぐに現《あらわ》れました。板《いた》を外《はず》してみると、そこには自然《しぜん》にできた割《わ》れ目《め》のような通路《つうろ》があり、岩《いわ》の下《した》に通《つう》じています。

トムは中《なか》をのぞきこみ、できるだけ遠《とお》くまでロウソクで照《て》らしましたが、一番奥《いちばんおく》までは見《み》えません。そこで今度《こんど》は、体《からだ》をかがめながら中《なか》にもぐりこみました。

狭《せま》い空間《くうかん》がゆるやかに下《くだ》っていました。トムは道《みち》なりに最初《さいしょ》は右《みぎ》に、次《つぎ》に左《ひだり》に曲《ま》がり、ハックもあとをついていきます。やがて急《きゅう》なカーブを曲《ま》がったとたん、トムが叫《さけ》びました。

「うわっ、ハック、これを見《み》て！」

そこにあったのは、金貨《きんか》が詰《つ》まったあの箱《はこ》でした。

小《ちい》さな個室《こしつ》のような空間《くうかん》には、空《から》になった火薬《かやく》の樽《たる》、革《かわ》のケースに入《はい》った鉄砲《てっぽう》二丁《にちょう》、数足《すうそく》のモカシン（靴《くつ》）、革《かわ》のベルト、天井《てんじょう》から垂《た》れてきた水《みず》でしめったがらくたがありました。

「ついにやったぜ！　なあおれたち、大金持《おおがねも》ちだよ、トム！」

ハックは古《ふる》びたコインの山《やま》に、片手《かたて》を突《つ》っこみながら言《い》いました。

「ハック、おれはいつか見《み》つけられると思《おも》っていたんだ。あんまりすごくて信《しん》じられないけど、ついに手《て》に入《い》れたんだ、本当《ほんとう》にね！

さあ、ここで浮《う》かれている場合《ばあい》じゃないな。引《ひ》っ張《ぱ》り出《だ》そう。持《も》ち上《あ》げられるか、やってみる」

箱《はこ》の重《おも》さは二十《にじっ》キロ以上《いじょう》ありました。簡単《かんたん》には運《はこ》べません。

トムが感想《かんそう》をもらします。

「このくらい重《おも》いと思《おも》ったんだ。あいつらは重《おも》たそうに運《はこ》んでいたからね、あの幽霊屋敷《ゆうれいやしき》で見《み》た日《ひ》にさ。小《ちい》さな袋《ふくろ》を持《も》ってきて正解《せいかい》だったよ」

二人《ふたり》は金貨《きんか》をすぐに袋《ふくろ》に詰《つ》めかえ、十字架《じゅうじか》の石《いし》のところまで戻《もど》りました。

「なあ、鉄砲《てっぽう》とか他《ほか》のものも持《も》っていこうぜ」

ハックが言《い》います。

「いや、ハック、あそこに置《お》いていこう。おれたちが盗賊《とうぞく》をやるときに使《つか》えるからね。鉄砲《てっぽう》なんかはいつもあそこに置《お》いておいて、あの場所《ばしょ》でどんちゃん騒《さわ》ぎもやるんだ」

「どんちゃん騒《さわ》ぎって？」

「よく知《し》らない。でも盗賊《とうぞく》は必《かなら》ずどんちゃん騒《さわ》ぎをするんだ。だから、おれたちもやらないと。さあ行《い》こう、ハック。ずいぶん長《なが》い時間《じかん》ここにいたし、もう遅《おそ》くなってきてる。腹《はら》も減《へ》ったよ。小舟《こぶね》に戻《もど》ったらごはんを食《た》べて一服《いっぷく》しよう」

二人《ふたり》がうるしのやぶの中《なか》に現《あらわ》れました。そして慎重《しんちょう》にあたりを見渡《みわた》し、岸《きし》に誰《だれ》もいないのを確認《かくにん》すると、すぐに小舟《こぶね》の中《なか》で食事《しょくじ》をしてから一服《いっぷく》しました。

太陽《たいよう》が水平線《すいへいせん》に沈《しず》んでいく頃《ころ》、二人《ふたり》は船《ふね》を川《かわ》に押《お》し出《だ》してこぎました。長《なが》いたそがれどきの中《なか》、トムはハックとうれしそうにおしゃべりしながら、岸《きし》に沿《そ》ってボートをこいでいきます。やがてあたりが暗《くら》くなると、すぐに陸《りく》に上《あ》がりました。

「ねえハック、金貨《きんか》はダグラスさんの家《いえ》にある、薪小屋《たきぎごや》の屋根裏《やねうら》に隠《かく》しておこうよ。朝《あさ》になったら戻《もど》ってくるから、金貨《きんか》を数《かぞ》えて山分《やまわ》けだ。それから安全《あんぜん》な置《お》き場所《ばしょ》を探《さが》しに森《もり》に行《い》こう。

ちょっとここで静《しず》かに見張《みは》っていて。ベニー・テイラーのところまで走《はし》っていって、小《ちい》さな荷車《にぐるま》を持《も》ってくるから。すぐに戻《もど》る」

トムはすぐに荷車《にぐるま》とともに戻《もど》ってきました。二《ふた》つの袋《ふくろ》をのせて、その上《うえ》に古《ふる》い布《ぬの》きれをかぶせて、出発《しゅっぱつ》です。トムは荷車《にぐるま》を引《ひ》っ張《ぱ》りながら歩《ある》きました。

二人《ふたり》はジョーンズじいさんの家《いえ》まで来《く》ると、止《と》まって一休《ひとやす》みすることにしました。また出発《しゅっぱつ》しようとしたところで、ジョーンズじいさんが家《いえ》の中《なか》から出《で》てきました。

「おい、そこにいるのは誰《だれ》だ？」

「ハックとトム・ソーヤです」

「ならちょうどよかった！　さあ、わしと一緒《いっしょ》に来《き》なさい。みんなが君《きみ》たちを待《ま》っていたところだ。さあ、急《いそ》いだ急《いそ》いだ。荷車《にぐるま》はわしが運《はこ》んでおくから。

おや、これは思《おも》ったよりも重《おも》いな。中《なか》に入《はい》っているのはレンガか？　それとも鉄《てつ》くずかな？」

「鉄《てつ》くずです」

トムが答《こた》えました。

「そうだろうと思《おも》ったよ。この村《むら》の若《わか》い連中《れんちゅう》は、わざわざ鉄《てつ》くずを七十五《ななじゅうご》セント分《ぶん》拾《ひろ》って工場《こうじょう》に売《う》ったりするからな。普通《ふつう》の仕事《しごと》をすれば、同《おな》じ時間《じかん》でその倍《ばい》の給料《きゅうりょう》がもらえるのに。

でもまあ、人間《にんげん》とはそういうもんだ、さあ急《いそ》いで、急《いそ》いで！」

トムとハックは、どうして急《いそ》ぐんですかとたずねました。

「まあ心配《しんぱい》しないで。ダグラスさんの家《いえ》に行《い》けばわかるさ」

これまで何度《なんど》もぬれぎぬを着《き》せられたことのあるハックが、不安《ふあん》そうに言《い》いました。

「おじさん、おれたち、何《なに》も悪《わる》いことしてねえよ」

「さあ、それはどうかな、ハック。わしにはわからんさ。でも、あの人《ひと》とは仲良《なかよ》しだろう？」

「はい。とにかく親切《しんせつ》にしてもらって」

「ならいい。何《なに》を怖《こわ》がっているんだい？」

ハックはこの質問《しつもん》にきちんと答《こた》える前《まえ》に、ダグラスさんの家《いえ》の客間《きゃくま》に体《からだ》を押《お》しこまれていました。トムも一緒《いっしょ》です。ジョーンズじいさんは、ドアの近《ちか》くに荷車《にぐるま》を置《お》いて入《はい》ってきました。

客間《きゃくま》はこうこうと明《あ》かりが灯《とも》され、村《むら》のおもだった人々《ひとびと》が集《あつ》まっていました。

サッチャー一家《いっか》、ハーパー家《け》の人《ひと》、ロジャース家《け》の人《ひと》、ポリーおばさん、シッド、メアリー、牧師《ぼくし》さん、新聞記者《しんぶんきしゃ》、その他《ほか》にも大勢《おおぜい》の人《ひと》がいます。誰《だれ》もが一番《いちばん》よそゆきの服《ふく》を着《き》て待《ま》っていました。

ダグラスさんは、ひどい格好《かっこう》をしたトムとハックを、誰《だれ》がそんなに温《あたた》かく迎《むか》え入《い》れるだろうかと思《おも》うほど歓迎《かんげい》しました。二人《ふたり》とも泥《どろ》とロウソクの油《あぶら》にまみれています。ポリーおばさんは恥《は》ずかしさで真《ま》っ赤《か》になり、顔《かお》をしかめて首《くび》を振《ふ》りました。

しかし一番《いちばん》恥《は》ずかしい思《おも》いをしたのは、当《とう》のトムとハックです。

ジョーンズじいさんは、こんなふうに説明《せつめい》しました。

「トムがまだ家《いえ》に帰《かえ》っていなかったのであきらめたんですが、今《いま》ちょうどわしのうちの玄関先《げんかんさき》で二人《ふたり》に会《あ》ったので、急《いそ》いで連《つ》れてきたんです」

「それはちょうどよかった。さあ二人《ふたり》とも、こちらへいらっしゃい」

ダグラスさんは、二人《ふたり》を寝室《しんしつ》へ連《つ》れていきました。

「さあ顔《かお》を洗《あら》って、着替《きが》えなさい。新《あたら》しい服《ふく》が二人分《ふたりぶん》あるわ。シャツも靴下《くつした》も全部《ぜんぶ》そろっているの。これはハックのものよ……だめだめ、ハック、お礼《れい》なんて言《い》わなくていいの。片方《かたほう》はジョーンズさんが、そして、もう片方《かたほう》はわたしが買《か》ったの。

トムもこのサイズでちょうどいいでしょう。二人《ふたり》ともこれに着替《きが》えなさいね。すっかりきれいになったら下《した》に来《き》て。みんなで待《ま》っているから」

ダグラスさんはこう言《い》い残《のこ》して、部屋《へや》から出《で》ていきました。

大《だい》富《ふ》豪《ごう》、誕《たん》生《じょう》

ところがハックが、とんでもないことを言《い》い出《だ》します。

「トム、ロープがあれば逃《に》げられる。窓《まど》は地面《じめん》からそんなに高《たか》くないぞ！」

「そんなのばかみたいだよ！　なんで逃《に》げたいの？」

「おれは人前《ひとまえ》に出《で》るのが苦手《にがて》なんだよ。慣《な》れてねえんだ。下《した》には降《お》りていかないぞ、トム」

「面倒《めんどう》くさいなあ！　どうってことないよ。おれは気《き》にならないし、一緒《いっしょ》についていてやるから平《へい》気《き》だよ」

そこにシッドが現《あらわ》れました。

「トム、おばさんは午後《ごご》の間《あいだ》ずっと帰《かえ》りを待《ま》っていたんだよ。メアリーはトムのために日曜日《にちようび》に教《きょう》会《かい》に行《い》くときの服《ふく》を用意《ようい》してたし。みんながトムをいらいらしながら待《ま》っていたんだ。

ねえ、その服《ふく》についているのは脂《あぶら》と泥《どろ》じゃない？」

「シッド、おまえはよけいなことに首《くび》をつっこむな。だいたい、なんでこんなに人《ひと》が集《あつ》まって騒《さわ》いでるんだ？」

「ダグラスさんがいつも開《ひら》くパーティーだよ。今回《こんかい》はジョーンズじいさんと息子《むすこ》さんのために開《ひら》かれたんだ。この前《まえ》の夜《よる》に助《たす》けてもらったお礼《れい》なんだって。

それと、ぼくはいいことを知《し》っているんだ。教《おし》えてあげてもいいけど」

「いいことって、なんだよ？」

「おじいさんは今晩《こんばん》ここで、みんなにあることを発表《はっぴょう》するつもりなんだ。でもぼくは、おじいさんがポリーおばさんに今日《きょう》、こっそり秘密《ひみつ》を話《はな》すのを聞《き》いちゃったんだ。

本当《ほんとう》は、もうたいした秘密《ひみつ》でもないらしいよ。みんな知《し》っているからね。ダグラスさんだって知《し》っているけど、一生懸命《いっしょうけんめい》に知《し》らないふりをしているんだ。

おじいさんは、どうしてもハックをここに連《つ》れてこなきゃならなかったんだ。でっかい秘密《ひみつ》を発《はっ》表《ぴょう》するときに、ハックがいないと困《こま》るからね！」

「秘密《ひみつ》ってなんだよ？　シッド」

「ハックがダグラスさんの家《いえ》まで泥棒《どろぼう》をつけていったことさ。おじいさんはきっとそれを言《い》って、みんなを驚《おどろ》かせるつもりなんだ。かなり空振《からぶ》りになると思《おも》うけど」

シッドはそう言《い》うと、満足《まんぞく》そうにくすくす笑《わら》いました。

「シッド、おまえが秘密《ひみつ》をばらしたのか？」

「そんなの誰《だれ》でもいいじゃない。誰《だれ》かが言《い》ったってだけだよ」

「シッド、この村《むら》でそんな汚《きたな》いことをする奴《やつ》は一人《ひとり》しかいない。おまえだよ。もしおまえがハックの立場《たちば》だったら、丘《おか》をこっそり降《お》りたあとも、泥棒《どろぼう》のことは誰《だれ》にも言《い》ったりしなかったはずだ。

おまえは底意地《そこいじ》の悪《わる》いことばかりして、立派《りっぱ》なことをした人《ひと》がほめられるのを見《み》るのが嫌《いや》なんだ。ほら、ダグラスさんが言《い》ったみたいに、お礼《れい》なんていいからな！」

トムはシッドの頬《ほお》をたたき、何度《なんど》か足《あし》でけってドアのほうへ押《お》しやりました。

「さあ、向《む》こうに行《い》っておばさんに言《い》いつけろよ。そしたら明日《あした》、また仕返《しかえ》しをしてやるからな！」

数分後《すうふんご》、パーティーに招《まね》かれたお客《きゃく》さんたちは食事《しょくじ》の席《せき》につきました。

一《いち》ダースほどの子供《こども》たちは同《おな》じ部屋《へや》に置《お》かれた、小《ちい》さなサイドテーブルに座《すわ》らされます。

やがてタイミングを見計《みはか》らって、おじいさんが短《みじか》いスピーチをしました。

今日《きょう》は、わしと息子《むすこ》たちのためにパーティーを開《ひら》いていただき光栄《こうえい》です。

しかし本当《ほんとう》は、もう一人《ひとり》、大変《たいへん》に活躍《かつやく》した方《かた》がおるのです。その方《かた》はとても控《ひか》えめでいらっしゃって――というような内容《ないよう》です。

おじいさんは、ハックが今回《こんかい》の事件《じけん》で果《は》たした役割《やくわり》を、自分《じぶん》なりにかなりドラマチックに明《あ》かしたつもりでしたが、みんなが見《み》せた驚《おどろ》きの反応《はんのう》はほとんどが演技《えんぎ》で、期待《きたい》されたほど歓声《かんせい》を上《あ》げたり興奮《こうふん》したりしませんでした。

でもダグラスさんは、かなり驚《おどろ》いたふりをして、ハックを山《やま》ほどほめちぎりながら感謝《かんしゃ》の言葉《ことば》を並《なら》べました。ハックはみんなに注目《ちゅうもく》されながら、さかんにほめられるという苦痛《くつう》を味《あじ》わったので、真新《まあたら》しい服《ふく》を着《き》せられたきゅうくつさを忘《わす》れるほどでした。

パーティーの席上《せきじょう》、ダグラスさんはハックを自分《じぶん》の家《いえ》に住《す》まわせて、教育《きょういく》を受《う》けさせるつもりであること、そしてお金《かね》に余裕《よゆう》ができたら、小《ちい》さな商売《しょうばい》も始《はじ》めさせてやりたいと述《の》べました。

トムの出番《でばん》がきました。

「ハックはお金《かね》なんていらないんです。もう大金持《おおがねも》ちですから」

誰《だれ》かがおもしろいジョークを言《い》ったときには、笑《わら》ってあげなければなりません。しかしパーティーに出席《しゅっせき》した人《ひと》は礼儀《れいぎ》正《ただ》しいので、トムがジョークを言《い》っても笑《わら》うのをこらえていました。気《き》まずい沈黙《ちんもく》が少《すこ》し続《つづ》いたあと、トムがまた言《い》いました。

「ハックにはお金《かね》があるんです。みんな信《しん》じないかもしれないけど、大金持《おおがねも》ちなんですよ。無理《むり》ににっこりしてくれなくていいんです。証拠《しょうこ》を見《み》せますね。ちょっと待《ま》ってて」

トムはドアから外《そと》に走《はし》り出《で》ていきました。お客《きゃく》さんたちは戸惑《とまど》いと興味《きょうみ》の入《い》り交《ま》じった表情《ひょうじょう》で、お互《たが》いの顔《かお》を見合《みあ》わせます。そしてハックのことを、いかにも質問《しつもん》したそうな顔《かお》で眺《なが》めましたが、ハックは口《くち》をきゅっと結《むす》んだままでした。

「トムはまたどこか悪《わる》いのかい？」

ポリーおばさんが、シッドに話《はな》しかけます。

「あの子《こ》は……本当《ほんとう》によくわからない子《こ》だよ。あたしは一度《いちど》だって――」

トムが部屋《へや》に戻《もど》ってきました。重《おも》そうな袋《ふくろ》をひきずってよろよろしています。おばさんは言《い》いかけた言葉《ことば》をのみこみました。トムはテーブルの上《うえ》にジャラジャラと金貨《きんか》を広《ひろ》げてみせたのです。

「ほらね、言《い》った通《とお》りでしょう。半分《はんぶん》はハック、半分《はんぶん》はぼくのものなんです！」

全員《ぜんいん》、息《いき》をのみました。誰《だれ》もが金貨《きんか》を見《み》つめ、しばらく何《なに》もしゃべりません。それから今度《こんど》は、みんなが説明《せつめい》を聞《き》きたがりました。

トムはいいですよと言《い》って話《はなし》を始《はじ》めました。それは長《なが》い話《はなし》でしたが、とてもおもしろい内容《ないよう》でした。

誰《だれ》もが話《はなし》にすっかり引《ひ》きこまれ、途中《とちゅう》でさえぎる人《ひと》はほとんどいません。トムが話《はなし》を終《お》えると、ジョーンズじいさんは、こんなふうに言《い》いました。

「わしは今日《きょう》、みなさんをちょっとばかり驚《おどろ》かせるための準備《じゅんび》をしたつもりでしたが、もうわしの話《はなし》など、とるに足《た》らないものになりましたな。トムの話《はなし》に比《くら》べれば、ちっぽけな話《はなし》だった。一本《いっぽん》とられましたな！」

金貨《きんか》を数《かぞ》えてみると、全部《ぜんぶ》で一万二千《いちまんにせん》ドルもあることがわかりました。

確《たし》かにパーティーに出席《しゅっせき》した人《ひと》の中《なか》には、その何倍《なんばい》もの財産《ざいさん》をもっている人《ひと》も何人《なんにん》かいました。

でも、一度《いちど》にこんなにたくさんのお金《かね》を見《み》たことがある人《ひと》は、誰《だれ》もいませんでした。

盗《とう》賊《ぞく》トム・ソーヤ一《いち》味《み》

トムとハックが大金《たいきん》を探《さが》し当《あ》てた話《はなし》は、小《ちい》さくて貧《まず》しいセントピータースバーグ村《むら》に大騒《おおさわ》ぎを起《お》こしました。

そのうちに多《おお》くの村《むら》の人《ひと》がよからぬ考《かんが》えにとりつかれ、ふらふらし始《はじ》めます。セントピータースバーグや近《ちか》くの村《むら》にあるありとあらゆる幽霊屋敷《ゆうれいやしき》では、床板《ゆかいた》がはがされ、基礎《きそ》の土台《どだい》まで掘《ほ》り起《お》こされて徹底的《てっていてき》に宝探《たからさが》しが行《おこな》われました。しかも宝探《たからさが》しに夢中《むちゅう》になったのは、子供《こども》たちではなく大人《おとな》だったのです。

トムとハックは行《い》く先々《さきざき》で歓迎《かんげい》され、ほめちぎられ、じろじろ見《み》られました。以前《いぜん》は何《なに》を言《い》ってもまともに相手《あいて》にしてもらえなかったのに、今《いま》では口《くち》にする一言一言《ひとことひとこと》がありがたがられ、どんどんうわさになっていきます。また自分《じぶん》たちのやることなすことすべてが素晴《すば》らしいと言《い》われるので、ごくごく普通《ふつう》のことをしたり、話《はな》したりする能力《のうりょく》がなくなったような気《き》がしました。それどころか過去《かこ》の行《おこな》いもあれこれ調《しら》べられ、昔《むかし》から独創的《どくそうてき》だったなどと、やたらと持《も》ち上《あ》げられてしまいます。村《むら》の新聞《しんぶん》は二人《ふたり》の生《お》い立《た》ちまで紹介《しょうかい》しました。

ダグラスさんは、ハックのお金《かね》を六《ろく》パーセントの金利《きんり》で貸《か》し付《つ》け、ポリーおばさんに頼《たの》まれたサッチャー判事《はんじ》も、トムの分《ぶん》を同《おな》じように貸《か》し付《つ》けました。

結果《けっか》、トムとハックには、一年《いちねん》のうち平日《へいじつ》は毎日《まいにち》、日曜日《にちようび》は一週間《いっしゅうかん》おきに一《いち》ドルが入《はい》ってくるようになりました。これは二人《ふたり》にとってけたはずれの収入《しゅうにゅう》でした。

当時《とうじ》は週《しゅう》に一《いち》ドル二十五《にじゅうご》セントもあれば、子供《こども》を食事《しょくじ》つきの下宿《げしゅく》に住《す》まわせて、学校《がっこう》に通《かよ》わせることができました。もちろん洋服《ようふく》を買《か》い与《あた》えたり、きちんと体《からだ》を洗《あら》わせたりして、こぎれいにしておくための費用《ひよう》もまかなえます。

サッチャー判事《はんじ》は、トムのことをとても高《たか》く買《か》うようになりました。自分《じぶん》の娘《むすめ》を洞窟《どうくつ》から救《すく》い出《だ》したトムはただものではないとほめましたし、ベッキーが、絶対《ぜったい》に秘密《ひみつ》にするという約束《やくそく》で、トムが自分《じぶん》の代《か》わりに学校《がっこう》でむちに打《う》たれてくれたことを教《おし》えると、明《あき》らかに感動《かんどう》したようでした。しかもベッキーが、そのときにトムがついたうそを許《ゆる》してあげてほしいと頼《たの》むと、それは気高《けだか》くて思《おも》いやりにあふれたうそだ、ジョージ・ワシントンが斧《おの》で桜《さくら》の木《き》を切《き》った話《はなし》と同《おな》じくらい、歴史《れきし》に語《かた》り継《つ》がれるべき行為《こうい》だと言《い》いました。

サッチャー判事《はんじ》はトムに将来《しょうらい》、優秀《ゆうしゅう》な弁護士《べんごし》か軍人《ぐんじん》になってほしいと思《おも》っていました。トムを陸《りく》軍《ぐん》の士官学校《しかんがっこう》に入学《にゅうがく》させ、それから国《くに》で一番優秀《いちばんゆうしゅう》な大学《だいがく》の法学部《ほうがくぶ》で学《まな》ばせるようにするつもりだというのです。そうすればトムは軍人《ぐんじん》か弁護士《べんごし》、あるいは両方《りょうほう》になることもできます。

一方《いっぽう》、大金持《おおがねも》ちになり、ダグラスさんに世話《せわ》をしてもらえるようになったハックルベリーは、普通《ふつう》の社会生活《しゃかいせいかつ》を送《おく》るようになりました。というよりも社会《しゃかい》にむりやり引《ひ》きずり出《だ》され、放《ほう》りこまれたのです。

その結果《けっか》、ハックは耐《た》えられないような苦《くる》しみを味《あじ》わうことになりました。

ダグラスさんの召《め》し使《つか》いたちは、いつも清潔《せいけつ》でこざっぱりとした格好《かっこう》をさせ、髪《かみ》にはくしを通《とお》し、夜《よる》には冷《つめ》たい感《かん》じのする、きれいすぎるシーツの上《うえ》に寝《ね》かせようとします。

食事《しょくじ》のときにはナイフとフォーク、それにナプキン、カップ、お皿《さら》を使《つか》うように言《い》われ、本《ほん》を読《よ》んで勉強《べんきょう》したり、教会《きょうかい》に通《かよ》ったりさせられるようにもなりました。言葉遣《ことばづか》いもきちんとしなければならないので、ハックの話《はなし》はおもしろみのないものになってしまいました。

ハックはどこにいても、文明的《ぶんめいてき》な暮《く》らしという牢屋《ろうや》に閉《と》じこめられ、手《て》や足《あし》に鎖《くさり》をつながれたように感《かん》じていました。

ハックは三週間《さんしゅうかん》もの間《あいだ》、この苦痛《くつう》に耐《た》えましたが、ある日《ひ》とうとう姿《すがた》を消《け》しました。

ダグラスさんはひどく悲《かな》しみ、まる二日間《ふつかかん》、あらゆる場所《ばしょ》を探《さが》し回《まわ》りました。村《むら》の人《ひと》もとても心《しん》配《ぱい》したので、川底《かわぞこ》をさらって、おぼれ死《し》んでいないかどうかまで調《しら》べました。

ハックの捜索《そうさく》が始《はじ》まった三日目《みっかめ》の朝早《あさはや》く、トム・ソーヤは機転《きてん》をきかして、以前《いぜん》、二人《ふたり》が逃《に》げこんだ小屋《こや》に行《い》ってみました。裏手《うらて》に転《ころ》がっている古《ふる》びた樽《たる》をつついていくと、案《あん》の定《じょう》、逃《に》げ出《だ》したハックがいました。そこで寝泊《ねと》まりしていたのです。

ハックは朝《あさ》ごはん用《よう》に盗《ぬす》んだ残飯《ざんぱん》の寄《よ》せ集《あつ》めを食《た》べ終《お》えたばかりで、気持《きも》ちよさそうに横《よこ》になって、パイプをふかしています。

髪《かみ》はもじゃもじゃのままで、くしも通《とお》していません。身《み》につけているのは昔《むかし》、ハックが自由《じゆう》で幸《しあわ》せだった頃《ころ》に目印《めじるし》になっていた、ぼろぼろの服《ふく》でした。

トムはハックを引《ひ》きずり出《だ》して、みんなが大騒《おおさわ》ぎしているんだから、家《いえ》に帰《かえ》れと説得《せっとく》しました。

ハックの顔《かお》から穏《おだ》やかさが消《き》えて、憂《ゆう》うつな表情《ひょうじょう》になっていきます。

「その話《はなし》はやめてくれよ、トム。おれだって努力《どりょく》してみたけど、だめだったんだ。ああいう暮《く》らしはおれには合《あ》わないし、なじめねえんだよ。

そりゃあダグラスのおばさんは親切《しんせつ》で、優《やさ》しくしてくれたさ。

でもあの人《ひと》たちみたいなやり方《かた》は、もう我慢《がまん》できねえんだ。

毎朝《まいあさ》、きっちり同《おな》じ時間《じかん》に起《お》こされて顔《かお》を洗《あら》わされ、みんなにむりやり髪《かみ》をとかされる。おばさんは薪小屋《まきごや》で寝《ね》るのだって許《ゆる》してくれないし、きゅうくつで息《いき》が詰《つ》まりそうな服《ふく》も着《き》なきゃならねえ。すごく上等《じょうとう》な服《ふく》だから、座《すわ》るのも寝《ね》るのも、転《ころ》がり回《まわ》るのもだめときてる。地下室《ちかしつ》の扉《とびら》にのっかったりしたのなんて、もう何年《なんねん》も前《まえ》のような気《き》がするな。教会《きょうかい》に行《い》ったら汗《あせ》だくになるし、つまらない説教《せっきょう》も大嫌《だいきら》いなんだ。あそこに行《い》くとハエもつかまえられないし、煙草《たばこ》を口《くち》にくわえてもいけねえ。おばさんはベルの合図《あいず》で飯《めし》を食《く》い始《はじ》めて、ベルの合図《あいず》で寝《ね》て、ベルの合図《あいず》で起《お》きるんだ。なんでもかんでもやたらと規則正《きそくただ》しいなんて、おれには耐《た》えられねえよ」

「でも『みんな』そういうふうにしているんだよ、ハック」

「トム、おれには関係《かんけい》ねえよ。おれは『みんな』じゃねえし。しばりつけられるなんて最悪《さいあく》だし、食《く》い物《もの》も簡単《かんたん》に手《て》に入《はい》りすぎる。あんなふうに出《だ》されると、逆《ぎゃく》に食《た》べる気《き》がしなくなるんだ。釣《つ》りに行《い》くにも泳《およ》ぎに行《い》くにも、お許《ゆる》しをもらわなくちゃならない。全部《ぜんぶ》がそうさ。すごく上品《じょうひん》なしゃべり方《かた》をしなきゃなんねえから気《き》が休《やす》まらなくて、わざわざ毎日屋根裏《まいにちやねうら》に上《あ》がって、しばらくわざと悪《わる》い口《くち》をきいてたんだ。おばさんは煙草《たばこ》も吸《す》わせてくれねえし、大声《おおごえ》でどならせてもくれねえ。人前《ひとまえ》であくびをするのも、伸《の》びをするのもひっかくのもだめなんだ。それに何《なに》がイライラするって、あの人《ひと》は年《ねん》がら年中祈《ねんじゅういの》ってるんだ！

あんな人《ひと》は見《み》たことがねえよ。とにかくおれは逃《に》げなきゃならなかったんだ。何《なに》がなんでもな。それにもうすぐ学校《がっこう》が始《はじ》まったら、学校《がっこう》にも行《い》かなきゃならなくなる。そんなのまっぴらごめんだ。なあトム、金持《かねも》ちになるってのは、そんなにいいことじゃねえぞ。心配事《しんぱいごと》ばっかだし、嫌《いや》な汗《あせ》ばかりかいちまう。死《し》んだほうがましだって思《おも》うことばっかだよ。おれには、今着《いまき》ているみたいなこういう服《ふく》があってるんだ。この樽《たる》もな。おれはこういうものを、もう放《ほう》り出《だ》したりするつもりはねえんだよ。

トム、あの金《かね》さえなきゃ、こんな面倒《めんどう》なことにはならなかった。だからおれの分《わ》け前《まえ》も、おまえが引《ひ》き取《と》ってくれよ。おれにはたまに十《じっ》セントでもめぐんでくれればいいから。でも、しょっちゅうはだめだぜ。簡単《かんたん》に手《て》に入《はい》るもんなんてつまらねえんだ。なあ、おれの代《か》わりにダグラスのおばさんのとこに行《い》って、もう親切《しんせつ》にしてくれなくても大丈夫《だいじょうぶ》ですって断《ことわ》ってくれよ」

「ハック、そんなの無理《むり》だってわかってるだろう？　そんなのずるいよ。それに、あそこでの暮《く》らしだって、もうちょっと続《つづ》けてみたら気《き》に入《い》るようになるよ」

「気《き》に入《い》るようになるだって！　ああそうだろうともさ、熱《あつ》いストーブだって上《うえ》に長《なが》く座《すわ》っていたら、そこを好《す》きになれるんだろうな。

トム、おれは金持《かねも》ちにはならねえ。いまいましいきゅうくつな家《いえ》に住《す》むより、森《もり》とか川《かわ》とか樽《たる》の中《なか》のほうが好《す》きだから、おれはそっちをとるよ。

ちきしょう！　鉄砲《てっぽう》も洞窟《どうくつ》も見《み》つけて盗賊《とうぞく》になる準備《じゅんび》ができたってのに、くだらねえことで全部《ぜんぶ》がパーになっちまった」

トムに相手《あいて》を説得《せっとく》するチャンスがきました。

「ねえハック、金持《かねも》ちになったからって、おれは盗賊《とうぞく》になるのをやめるわけじゃないよ」

「何《なに》！　そりゃあすげえな。おまえ、ほんとの本気《ほんき》で言《い》っているのか？　トム」

「ああ、ほんとの本気《ほんき》だよ。だけどハック、立派《りっぱ》な人《ひと》にならないと盗賊《とうぞく》の仲間《なかま》には入《い》れてあげられないんだ」

ハックから喜《よろこ》びの表情《ひょうじょう》が消《き》えました。

「おれを仲間《なかま》に入《い》れられねえだって？　海賊《かいぞく》になったときは混《ま》ぜてくれたじゃねえか？」

「うん、でも今度《こんど》は違《ちが》うんだよ。

普通《ふつう》、盗賊《とうぞく》っていうのは海賊《かいぞく》よりもっと身分《みぶん》が上《うえ》なんだ。ほとんどの国《くに》じゃあ、貴族《きぞく》の中《なか》でも公爵《こうしゃく》とかそういう人《ひと》ぐらいにすごく偉《えら》いんだよ」

「トム、おまえは今《いま》までずっとおれの友達《ともだち》だったよな？　まさか、おれをのけ者《もの》にしたりはしねえよな？　そうだろう、トム？」

「ハック、もちろん、おれだってそんなことはしたくないよ、絶対《ぜったい》にね。でも、みんながなんて思《おも》うかな。こんなふうに言《い》うかもしれないぜ。『ふん！　トム・ソーヤの一味《いちみ》か！　あのすごく柄《がら》の悪《わる》い奴《やつ》がいるところだな』って。それはハックのことなんだぜ。そんなの嫌《いや》だろう？　おれだって嫌《いや》さ」

ハックはしばらく黙《だま》って悩《なや》み続《つづ》けていましたが、ついに腹《はら》を決《き》めました。

「ひと月《つき》だけダグラスさんのところへ戻《もど》ってみて、我慢《がまん》できるようになるか試《ため》してみるよ。おれを盗賊《とうぞく》の仲間《なかま》に入《い》れてくれるんならな」

「いいよハック、そうこなくちゃ！　さあ行《い》こう、ダグラスさんには、もうちょっとだけ大目《おおめ》に見《み》てくださいって頼《たの》んでやるよ」

「ほんとか、トム、そうしてくれるのか？　そりゃあ助《たす》かる。一番《いちばん》がんじがらめのとこをちょっとだけ甘《あま》くしてもらえりゃあ、おれも人前《ひとまえ》で煙草《たばこ》を吸《す》ったり悪《わる》口《くち》を言《い》ったりするのは我慢《がまん》して、絶対《ぜったい》に盗賊《とうぞく》になれるようにするよ。

で、いつ盗賊《とうぞく》になるんだ？」

「今《いま》、すぐにでもさ。他《ほか》の連中《れんちゅう》を呼《よ》んで今晩《こんばん》あたり、結団式《けつだんしき》をやろうよ」

「何《なに》をするって？」

「結団式《けつだんしき》だよ」

「なんだ、それ？」

「誓《ちか》いあうのさ。盗賊《とうぞく》はお互《たが》いに助《たす》けあうとか、たとえ体《からだ》をバラバラに切《き》り裂《さ》かれても秘密《ひみつ》を言《い》わないとか、それと仲間《なかま》を傷《きず》つけた奴《やつ》は、どんな奴《やつ》でも家族《かぞく》と一緒《いっしょ》に殺《ころ》すって約束《やくそく》するんだ」

「そいつはいいな、すごく楽《たの》しそうだな、トム」

「絶対楽《ぜったいたの》しいよ。この儀式《ぎしき》は真夜中《まよなか》に、どこよりも寂《さび》しくて怖《こわ》い場所《ばしょ》でやらなくちゃならないんだ。幽霊屋敷《ゆうれいやしき》が一番《いちばん》よかったけれど、もう壊《こわ》されちゃったし」

「とにかく真夜中《まよなか》ってのはいいな、トム」

「うん、そう。それと誓《ちか》いを立《た》てるときは棺桶《かんおけ》の上《うえ》に手《て》を置《お》いて、血《ち》で自分《じぶん》の名前《なまえ》を書《か》くんだ」

「いいぞ！　いいぞ！　海賊《かいぞく》よりも百万倍《ひゃくまんばい》も楽《たの》しいじゃねえか。

　そしたらおれも、死《し》ぬまでダグラスさんのところでがんばるよ。おれがすげえ立派《りっぱ》な盗賊《とうぞく》になって、みんながうわさをするようになったら、ダグラスのおばさんだって、外《そと》で暮《く》らしていたおれを引《ひ》き取《と》ったことを自慢《じまん》に思《おも》うだろうしな」

訳者《やくしゃ》あとがき

田邊雅之《たなべまさゆき》

小学生《しょうがくせい》のみなさんにとって一番《いちばん》、楽《たの》しみなのはどんな時間《じかん》でしょう？

国語《こくご》や音楽《おんがく》といった授業《じゅぎょう》が好《す》きだという人《ひと》もいれば、給食《きゅうしょく》や休《やす》み時間《じかん》がやっぱり楽《たの》しみ、放課後《ほうかご》のクラブ活動《かつどう》がおもしろくてたまらないという人《ひと》もいると思《おも》います。


でも、なんといっても待《ま》ち遠《どお》しいのは、やはり夏休《なつやす》みではないでしょうか。

夏休《なつやす》みがくれば毎日《まいにち》、朝《あさ》から友達《ともだち》と遊《あそ》んだり、プールで泳《およ》いだり、テレビを見《み》たりしながらのびのび過《す》ごせます。宿題《しゅくだい》もやらなければなりませんが、家族《かぞく》の人《ひと》たちと一緒《いっしょ》に遊《あそ》びにいく機会《きかい》も増《ふ》えるので、ドキドキしたりワクワクしたりする出来事《できごと》もたくさん体験《たいけん》できます。


『トム・ソーヤの冒険《ぼうけん》』は、そんなドキドキやワクワクがぎゅっとつまった物語《ものがたり》です。

いたずらが大好《だいす》きで、学校《がっこう》のことなんかそっちのけ。頭《あたま》の中《なか》はいつも遊《あそ》びや冒険《ぼうけん》のことでいっぱいのトムは、普通《ふつう》の子供《こども》にはなかなかできないような体験《たいけん》をたくさんしていきます。

殺人事件《さつじんじけん》を目撃《もくげき》したかと思《おも》えば、洞窟《どうくつ》で遭難《そうなん》しそうになったり、さらには秘密《ひみつ》の財宝《ざいほう》を探《さが》し出《だ》して、ついには大金持《おおがねも》ちにまでなったりする。特《とく》に物語《ものがたり》の後半《こうはん》は、さまざまなエピソードが関係《かんけい》しながら進《すす》んでいくので、誰《だれ》もがハラハラしながらトムの冒険談《ぼうけんだん》を夢中《むちゅう》になって読《よ》んでしまうのです。

『トム・ソーヤの冒険《ぼうけん》』が、昔《むかし》から多《おお》くの人《ひと》に親《した》しまれてきた理由《りゆう》は他《ほか》にもあります。

そのひとつは、みなさんのような子供《こども》たちがどんなふうに遊《あそ》んだり、暮《く》らしたりしているのかということが、とても生《い》き生《い》きと描《えが》かれている点《てん》です。

もちろんこの物語《ものがたり》が書《か》かれたのは一八七〇年代《ねんだい》の頃《ころ》ですから、子供《こども》たちの遊《あそ》び方《かた》や持《も》ち物《もの》、毎日《まいにち》の暮《く》らしぶりなどは、今《いま》の時代《じだい》とかなり違《ちが》っています。たとえばトムはビー玉《だま》やガラスのかけら、ネズミの死骸《しがい》、壊《こわ》れた窓枠《まどわく》、抜《ぬ》けた歯《は》といったがらくたを大切《たいせつ》に集《あつ》めますが、ネズミの死骸《しがい》を見《み》つけて喜《よろこ》んだりする子供《こども》は、みなさんの周《まわ》りにはほとんどいないと思《おも》います。

でも子供《こども》たちが、自分《じぶん》たちの小《ちい》さな世界《せかい》でいろんな宝物《たからもの》に夢中《むちゅう》になるのは、時代《じだい》や住《す》んでいる国《くに》が違《ちが》っても変《か》わりません。だから物語《ものがたり》を読《よ》み進《すす》めていくと誰《だれ》もがクスリと笑《わら》ったり、「そうそう、これと同《おな》じことがあった！」と自然《しぜん》に共感《きょうかん》するのです。

また『トム・ソーヤの冒険《ぼうけん》』には、子供《こども》たちの心《こころ》の動《うご》きが、とてもきめ細《こま》やかに描《えが》かれているという特徴《とくちょう》もあります。

トムは幽霊《ゆうれい》や魔女《まじょ》、不思議《ふしぎ》な呪文《じゅもん》を信《しん》じていますし、どこかに盗賊《とうぞく》が埋《う》めたはずの財宝《ざいほう》もずっと探《さが》し続《つづ》けています。でも女《おんな》の子《こ》のことも大好《だいす》きなので、ベッキーというかわいい転校生《てんこうせい》といきなり結婚《けっこん》の約束《やくそく》をし、何度《なんど》も落《お》ち込《こ》んだり、ぬか喜《よろこ》びをしたりする羽目《はめ》になります。

ただし、冒険《ぼうけん》や好《す》きな人《ひと》に夢中《むちゅう》になるというのは、実《じつ》は大人《おとな》も一緒《いっしょ》です。みなさんは意外《いがい》に思《おも》うかもしれませんが、大人《おとな》には子供《こども》とあまり変《か》わらないところが他《ほか》にもたくさんあるのです。トムが学校《がっこう》をずる休《やす》みすることばかりを考《かんが》えているのと同《おな》じように、大人《おとな》の人《ひと》たちもしょっちゅう仕事《しごと》をサボりたいと思《おも》っています。みんなの前《まえ》で格好《かっこう》をつけて目立《めだ》ちたいと思《おも》うのも、うまい具合《ぐあい》にお金《かね》を手《て》に入《い》れて、大金持《おおがねも》ちになりたいと思《おも》ったりするのも一緒《いっしょ》です。

作者《さくしゃ》のマーク・トウェインさんは、そんな「大人《おとな》になりきれない大人《おとな》」たちの姿《すがた》もユーモラスに描《えが》いています。これもまた『トム・ソーヤの冒険《ぼうけん》』が多《おお》くの人《ひと》に愛《あい》されてきた理由《りゆう》でしょう。でも作者《さくしゃ》のトウェインさんは、大人《おとな》になってきちんとした暮《く》らしをするのは、必《かなら》ずしも楽《たの》しいことばかりではないということも教《おし》えてくれます。

それが一番《いちばん》はっきりと現《あらわ》れるのは、物語《ものがたり》の最後《さいご》の部分《ぶぶん》です。大金持《おおがねも》ちになったハックルベリーは、ダグラスさんのもとで普通《ふつう》の生活《せいかつ》を送《おく》りはじめますが、やがてはぼろぼろの服《ふく》を着《き》て、樽《たる》のなかで眠《ねむ》るような暮《く》らしに戻《もど》ってしまいます。そして、ダグラスさんの家《いえ》に戻《もど》れと説得《せっとく》しにきたトムにこう言《い》うのです。

「なあトム、金持《かねも》ちになるってのは、そんなにいいことじゃねえぞ。心配事《しんぱいごと》ばっかだし、嫌《いや》な汗《あせ》ばかりかいちまう」「おれには、今着《いまき》ているみたいなこういう服《ふく》があってるんだ。この樽《たる》もな。おれはこういうものを、もう放《ほう》り出《だ》したりするつもりはねえんだよ」

ハックルベリーの言葉《ことば》には、とても深《ふか》い意味《いみ》が込《こ》められています。子供《こども》の頃《ころ》は誰《だれ》もが大人《おとな》になりたいとあこがれますが、そのかわりに失《うしな》ってしまうものもたくさんあります。だからこそいたずらや遊《あそ》びに明《あ》け暮《く》れるトムたちの姿《すがた》は、誰《だれ》にとっても夏休《なつやす》みの思《おも》い出《で》のようにきらきらと輝《かがや》くのです。

なお、この本《ほん》には子供《こども》が体罰《たいばつ》を受《う》ける場面《ばめん》や、インディアン（インジャン）、黒人《こくじん》といった他《ほか》の人《ひと》を差別《さべつ》するような表現《ひょうげん》も出《で》てきます。もちろん私《わたし》もジュニア文庫《ぶんこ》の編集部《へんしゅうぶ》も、体罰《たいばつ》や人《ひと》を差別《さべつ》する考《かんが》え方《かた》は大反対《だいはんたい》です。でも昔《むかし》のアメリカでは、インジャンという単語《たんご》がごく普通《ふつう》に使《つか》われていました。またトムはポリーおばさんや学校《がっこう》の先生《せんせい》からお仕置《しお》きを受《う》けますが、このような場面《ばめん》も当時《とうじ》の人《ひと》たちの習慣《しゅうかん》や、ものの考《かんが》え方《かた》をみなさんに理解《りかい》してもらうために、あえて残《のこ》したものです。

ちなみに原作《げんさく》を英語《えいご》から日本語《にほんご》に訳《やく》す際《さい》には、上田聡子《うえださとこ》さんに作業《さぎょう》を手伝《てつだ》っていただきました。この場《ば》をお借《か》りして、上田《うえだ》さんにあらためてお礼《れい》を申《もう》し上《あ》げたいと思《おも》います。

たぶんみなさんが大人《おとな》になる頃《ころ》には、世《よ》の中《なか》はもっと大《おお》きく変《か》わっているでしょう。でもどんなに世《よ》の中《なか》が変《か》わっても、子供《こども》の頃《ころ》に味《あじ》わったドキドキやワクワクはずっと心《こころ》の中《なか》に残《のこ》り続《つづ》けます。この本《ほん》を通《つう》じてみなさんが大冒険《だいぼうけん》に出《で》かけ、とびっきり楽《たの》しい思《おも》い出《で》を作《つく》ってもらえたら、トムもハックルベリーもきっと大喜《おおよろこ》びすると思《おも》います。

Shogakukan Junior Bunko

★小学館ジュニア文庫★

トム・ソーヤの冒険

2016年10月 3 日　初版第 1 刷発行

作／マーク・トウェイン
監訳／田邊雅之
絵／日本アニメーション

発行人／立川義剛
編集人／吉田憲生
編集／杉浦宏依

発行所／株式会社　小学館
〒101-8001　東京都千代田区一ツ橋２－３－１
電話　編集　03-3230-5105
販売　03-5281-3555

印刷・製本／中央精版印刷株式会社

デザイン／クマガイグラフィックス

編集協力／辻本幸路

Printed in Japan　　ISBN 978-4-09-230889-3